MARK VOSS

WELTRAUMPIRATEN!
BAND I

BAL
KON
media

WELTRAUMPIRATEN

WELTRAUMPIRATEN

Erschienen bei Balkon Media
Taschenbuch-ISBN: 978-1-916970-35-9
Auch als E-Book erhältlich

Umschlagillustration & -gestaltung: Balkon Media

Impressum
Balkon Media B-08-12, Rivervale Condominium, Lorong Stutong 11B3
93350, Kuching, Sarawak, Malaysia jon@balkonfilms.com +60 016 400 4579

www.vossiverse.com

EBENFALLS VON MARK VOSS

DIE WELTRAUMPIRATEN!-SERIE

Space Pirates

Dead Men Launch No Ships

Salvage Rights

Echoes of the Plague Moon

The Quiet Rebellion

The Bounty Paradox

The Black Drift

Till the Engines Fall Silent

The Median Gambit

EINS

Rask Helvan stieg aus dem ramponierten Shuttle ins Arschloch der Galaxie und bereute sofort jede einzelne Entscheidung, die ihn hierhergebracht hatte. Port Dreggar war, wie die kreativeren Kartografen des Imperiums es bewarben, ein »interstitieller Handelsknotenpunkt« – was so viel hieß wie ein spiralförmiger Kadaver aus Beton, zusammengehalten von Gewerkschaftsverträgen und von einer langsam dichter werdenden Wolke der Verzweiflung an seinem Platz gehalten. Die Andockhalle roch wie das Innere einer verwesenden Nacktschnecke. Rask blinzelte zweimal, versuchte nicht einzuatmen und drückte auf den in seine Handfläche eingebetteten Empfänger.

Nichts. Keine Antwort. Er murmelte einen Fluch im Dialekt seiner Mutter und drängte sich an einem Knäuel von Hafenarbeitern vorbei, die um eine Frachtkiste feilschten, die aussah, als wolle sie explodieren. Die Beleuchtung der Station flackerte mit der beruhigenden Regelmäßigkeit eines sterbenden Herzschlags. Rask zählte die Schritte zum Schott. Zweiundsiebzig. Lange genug, um jede Lüftungsöffnung, jeden Schatten, jeden gelangweilten Söldner, der mit der Hand auf seiner Waffe herumlümmelte, zu erfassen, aber nicht ganz genug, um sich an den Gestank zu gewöhnen. Der Geruch blieb haften – alter Schweiß, saures Proteingel und die schwächste Spur von Industriereiniger, als hätte jemand einmal versucht zuetisches Putzen und dann seelisch gebrochen aufgegeben.

Dreggars Sicherheitspräsenz bestand aus zwei kegelförmigen Drohnen, die neben einem Zollschalter geparkt waren und beide mit suboptimaler Stromstärke luden. Ihre Sensoren zuckten nicht einmal, als Rask vorbeiging. Er unterdrückte ein Lachen; die Budgetkürzungen der Station waren anscheinend mit der Brechstange durchgesetzt worden. Die einzige andere Autorität, die zu sehen war, war die Verkäuferin am Ende des Korridors, die sowohl das ausgemergelte Aussehen einer Dreischichtarbeiterin als auch die Raubtierinstinkte eines Kredithais aus den Hafenvierteln besaß.

»Klonrationen!«, bellte sie und schwang ihren Flachmann in den Gang in einer Bewegung, die einen weniger ausbalancierten Kunden umgeworfen hätte. »Echtes Synth-Protein, keine von dieser gepressten Kelpscheiße. Rabatt für Außerweltler!«

Rasks erster Impuls war, sie zu ignorieren. Der zweite war, ihre Bedrohungsstufe einzuschätzen, die kaum nennenswert war, es sei denn, man zählte die offen an ihrem Oberschenkel befestigte Mikroklinge aus rostfreiem Stahl mit. Der dritte war, etwas zu kaufen, was ihn zumindest weniger wie einen Kurier und mehr wie einen verirrten Touristen aussehen lassen würde. Er machte einen Abstecher zu ihrem Karren und heuchelte Interesse.

»Einzelpackung«, grunzte er.

Sie holte sie aus einer verdächtig unmarkierten Kühlbox und blitzte mit einem Lächeln auf, das scharf genug war, um einem einen Finger abzutrennen. »Zehn Credits. Oder sechs, wenn du eine Geschichte dazu hast.«

Er zahlte die zehn. Die Ration sah aus wie ein gepresster Hundekuchen und roch, wenn überhaupt, noch schlimmer.

Rask tat so, als würde er sie untersuchen, steckte dann den Riegel und die Quittung ein und ging mit einem Nicken weiter. Hinter ihm zischte die Verkäuferin etwas über Geizhälse, aber die Worte lösten sich in der Luft auf wie alles andere auf Dreggar.

Siebzig weitere Schritte und er war am ersten Aufzug. Die Türen waren falsch ausgerichtet; er musste sie mit Muskelkraft und einem Knurren aufstoßen. Drinnen hatte jemand »HILFE« mit getrockneten, nicht identifizierbaren Flüssigkeiten über die Kontrolltafel gekritzelt. Rask gab das untere Deck ein, und der Aufzug machte einen Ruck zur Seite, bevor er sich erinnerte, in welche Richtung die Schwerkraft wirkte.

Er versuchte es erneut mit dem Empfänger. Rauschen, dann der digitale Seufzer eines toten Kanals. Jenna Sol sollte an Andockbucht 14 auf ihn warten – kein Passwort, keine Waffen, nur ein biometrischer Ping und eine Kreditüberweisung. Das war der Job, wie der Schattenhändler erklärt hatte, der ihn zwei Nächte zuvor in der levosianischen Spelunke gefunden hatte. Es sollte einfach sein. War es aber nie.

Der Aufzug stöhnte, kam zum Stillstand und spuckte ihn in einen Zugangskorridor, der einige Grad kälter war als die Haupthalle. Rask spannte sich an: Kälte bedeutete Fehlfunktionen der Lebenserhaltung, was wiederum Technikerteams bedeutete, was wiederum mehr Fußgängerverkehr bedeutete, als ihm lieb war. Und tatsächlich war der Korridor übersät mit verschmierten Handabdrücken und halb demontierten Kontrolltafeln. Ein Techniker in einem fleckigen orangefarbenen Overall starrte ihn hinter einem Turm aus Ersatzteilen an.

»Hast du dich verlaufen?«, fragte der Techniker, sein Blick wanderte von Rasks Gesicht zu seiner Brust, wo der Umriss seines Holsters nur geringfügig weniger offensichtlich war als der Blutfleck, den es verdeckte.

»Bin nur auf der Durchreise«, erwiderte Rask. Seine Stimme war ruhig und gelangweilt, der Ton eines Mannes, der nichts sehnlicher wollte, als woanders zu sein. »Ich will zu Vierzehn.«

Der Techniker grunzte, senkte dann den Kopf und tat wieder so, als hätte er die Waffe nicht bemerkt. Rask ging weiter, sich jedes Überwachungsknotens (inaktiv), jeder Ersatzkamera (zerstört) und jeder Person bewusst, die ihn einen Schlag zu lange ansah.

Er passierte zwei weitere Verkäufer, die jeweils minderwertigere Waren zu höheren Preisen anpriesen. Einer versuchte, ihm »Vintage-Eiswasser« zu verkaufen, das in zerbeulten Plastikbeuteln kam und mit einem bedrohlich organischen Gurgeln schwappte. Der andere bot ihm schlicht Sex an, oder falls das nicht ginge, ein gebrauchtes Kom-Implantat. Rask lehnte beides ab.

Andockbucht 14 befand sich am anderen Ende des unteren Rings, direkt hinter einer klaffenden Luke mit der Aufschrift »NUR FÜR WARTUNGSPERSONAL«. Das Schild über der Tür war leer, abgesehen von einer handgezeichneten »14« mit schwarzem Stift und einer fröhlichen Kritzelei: »KLOPFEN, WENN TOT«.

Er klopfte, weil er sowohl abergläubisch war als auch die Dinge wörtlich nahm. Die Tür reagierte nicht. Er klopfte zweimal fester. Nichts.

Zum ersten Mal, seit er das Shuttle verlassen hatte, lief ihm ein kalter Schauer über den Rücken. Er drückte seine Handfläche auf die Zugangsplatte und erwartete das vertraute Kribbeln der Identitätsprüfung. Stattdessen flackerten die Sicherheitslichter der Tür, husteten und blieben rot.

Jenna war nicht drinnen. Nein, schlimmer – jemand hielt ihn draußen.

Er trat zwei Schritte zurück, überprüfte den Korridor und beugte sich dann nah an den Spalt der Buchttür. Da: ein leises metallisches Schaben, wie von einem Draht, der über einen Kontakt gezogen wurde. Er presste sein linkes Ohr an die kalte Oberfläche und vernahm das leiseste Geräusch von zirkulierender Luft im Inneren, unterbrochen von einem leisen, menschlichen Grunzen.

Jemand war da drin, ganz sicher. Vielleicht Jenna, vielleicht auch nicht.

Rask blickte den Gang auf und ab, sah keine Zeugen und zog das verborgene Brecheisen aus seinem Gürtel. Er rammte es in die Grundplatte der Kontrolltafel und drehte. Die Abdeckung sprang mit einem Geräusch ab, das wie der schlimmste Albtraum eines Zahnarztes klang. Er drückte auf den Reset-Chip, umging das durchgebrannte Sperrelais und wartete auf das Summen der Notentriegelung.

Stattdessen gab es einen kurzen, hässlichen Funken, und die Tafel wurde komplett dunkel. System tot. Rask verdrehte die Augen.

Er wollte gerade aufgeben und nach einem anderen Weg hinein suchen, als ein leises, bewusstes Klicken vom anderen Ende des Korridors widerhallte. Er wirbelte herum, die Waffe gezogen und tief gehalten. Ein Schatten löste sich aus der Verkaufsnische, duckte sich hinter einen Wartungsschrank und verschwand.

Rask zischte Luft durch die Zähne, steckte die Waffe ins Holster und überprüfte die Zeit. Er hatte zehn Minuten, bevor der Nachtzyklus der Station begann und die Hälfte der Lichter im Ring komplett ausfiel. Dann hätte jeder, der ihn beobachtete, jeden Vorteil.

Er führte eine letzte Diagnose an der Tafel durch – nutzlos, immer noch tot – und strich dann mit dem Daumen über den Spalt der Buchttür. Oben fand er es: ein Schmierfleck frischen Schmiermittels, kaum sichtbar in der mangelhaften Beleuchtung. Jemand hatte diese Tür kürzlich aufgebrochen und dann versucht, den Mechanismus zu flicken. Das war nicht Jennas Stil, sie bevorzugte eine subtilere Vorgehensweise. Das war die Arbeit eines Grobians oder von jemandem in höllischer Eile.

Er atmete aus, der Atem beschlug in der Kälte. Er wurde in die Enge getrieben.

Er trat von der Bucht zurück, seine Augen nun auf jeden Schatten gerichtet, auf jede sich bewegende Form hinter dem zerkratzten Polyglas. Dreggar sollte ein Routinejob sein: absetzen, Händedruck, Credits, abhauen. Aber er hatte es in den Knochen gespürt, sobald er den Fuß auf die Andockplattform gesetzt hatte, dass der Plan bereits den Bach runtergegangen war.

Die einzige Frage, die blieb, war, ob er das Ziel war oder nur ein weiterer Unglücklicher, der zur falschen Zeit am falschen Ort stand.

Die Antwort würde sich zeigen, dachte Rask, mit der Subtilität eines Vorschlaghammers. Er musste nur lange genug überleben, um sie kommen zu sehen.

Er steckte das Brecheisen wieder ein, überprüfte die Energiezelle in seiner Waffe und wartete auf den nächsten Zug. Die Temperatur im Korridor sank um ein weiteres Grad, und irgendwo hinter ihm stieß ein Rohr einen langsamen, fast zufriedenen Seufzer aus.

Rask grinste, denn er hatte es immer vorgezogen, wenn das Universum auf die Höflichkeiten verzichtete. Er fand eine Wandstelle mit guter Deckung und machte es sich bequem, die Sekunden zählend, bis die Hölle losbrach. Es dauerte nie lange.

Die Temperatur im Korridor sank von Minute zu Minute, als ob die Lebenserhaltung der Station aufgehört hätte, so zu tun, als ob es sie kümmerte. Rask ließ seine behandschuhten Hände spielen und spürte, wie sich die Mikroverhornungen an seiner linken Handfläche am kalten Polycarbonatgriff der Waffe rieben. Auf der anderen Seite des Ganges flackerte ein

Wartungsdroide vorbei und verlor etwas, das verdächtig nach Hydraulikflüssigkeit und Würde aussah. Rask sah ihm nach und positionierte sich dann so, dass der nächste Durchgang des Reparaturteams sie zwischen ihn und die Außenkamera der Bucht bringen würde. Er bewegte sich, schnell und tief geduckt, und verkeilte das Brecheisen tief im Zugangsschlitz.

Das Überbrückungsrelais hätte die Verriegelungsbolzen sprengen sollen, wenn Port Dreggar nach Vorschrift gewartet worden wäre. Stattdessen gab die Tafel ein feuchtes, splitterndes Geräusch von sich und ließ die Hälfte ihrer Eingeweide vor seine Füße fallen. Rask riss am Notgriff, rechnete mit einem Alarm und wurde nicht enttäuscht. Eine schrille, gurgelnde Sirene ging irgendwo tiefer in den Wänden los – keine sofortige Reaktion, aber jeder Mensch und Halbsapient in einem Fünfzig-Meter-Radius würde den Ort registriert haben.

Er gab sich fünf Sekunden zum Planen und drei, um es zu bereuen.

Die Tür zu Andockbucht 14 erzitterte, spuckte einen Schwall blauen Feuerlöschschaums aus und ruckelte dann gerade so weit auf, dass er sich durchquetschen konnte. Das tat er, die Waffe gezogen und im Anschlag, und blinzelte dann, um seine Sicht neu zu kalibrieren.

Im Inneren war die Bucht in Notfallblau getaucht, von der Sorte, die Details verschluckte und alles wie das Bühnenbild für einen besonders langweiligen Krimi aussehen ließ. Das Erste, was Rask sah, war die Leiche. Das Zweite war das Schiff.

Jenna Sol lag auf halbem Weg zwischen der Gangway und der hinteren Wand, ihre Glieder in Winkeln verbogen, die die Natur nie vorgesehen hatte. Ihr Gesicht war still, fast friedlich, als hätte sie ihre letzte Minute damit verbracht, sich mit den Trümmern ihres eigenen Ablebens abzufinden. Die Todesursache war nicht gerade subtil: eine geschwärzte Einschusswunde direkt über ihrem Schlüsselbein, die Ränder zerfetzt und immer noch in das klebrige Harz des Bodens sickernd. Rask kniete nieder, überprüfte ihre Halsschlagader und verzog das Gesicht. Er hatte einen Verrat erwartet, vielleicht einen stillen Alarm oder einen wartenden Schläger, aber nicht das. Jenna gehörte zur alten Garde – sie wusste, wann man passen und wann man abhauen musste. Sie zu töten war ein Statement, und Rask schätzte Statements nicht.

Er stand auf und musterte den Rest der Bucht.

Eine durchgebrannte Stromleitung zischte über ihm und sprühte weiße Funkenbögen entlang eines Flusses aus Kühlmittel, der sich darunter sammelte. Zwei Frachtkisten, mit Zollband von Dreggar markiert, waren umgeworfen und durchwühlt worden. Ihr Inhalt – Leiterplatten, Speicherkerne und ein zerknüllter Raumanzug – lag wie die Überreste eines billigen Einbruchs auf dem Boden verstreut. Jemand war in der Nähe des Kom-Terminals gestolpert oder zum Stolpern gebracht worden. Die Kom-Einheit der Station lag zerschmettert da, ein gezacktes Stück Leiterplatte steckte wie ein Pfeil in der Wand.

Dann war da das Schiff.

Es beherrschte die Bucht, die Nase auf die Startschotten gerichtet. Elegant auf eine Weise, die nach Maßanfertigung schrie, der Rumpf glänzte noch immer, trotz der besten Sabotageversuche der Station. Rask erkannte die Linien: Deltaflügel, niedriges Profil, Triebwerke summten in beinahe völliger Stille. Es war hochgefahren und bereit, als hätte es gewartet. Der Registrierungscode am Rumpf war von Ruß verdeckt, aber jemand hatte einen halbherzigen Versuch unternommen, ihn sauberzuwischen und einen Namen enthüllt: *Meridian*.

Rasks Magen machte einen langsamen, wohlüberlegten Salto. Er erkannte das Modell, wenn auch nicht die Registrierung. Es gab nicht mehr viele davon – hochklassige Kurierschiffe, verdammt schnell und für jemanden gebaut, der damit rechnete, regelmäßig beschossen zu werden.

Sein Blick fiel zurück auf Jenna. Sie hatte etwas umklammert – einen Splitter aus Polymer, von ihrem Blut überzogen. Er kniete nieder, bog ihre Finger auseinander und nahm das Objekt an sich: ein Ident-Chip, noch warm. Er steckte ihn ein. Wenn die Schläger der Station noch nicht wussten, dass sie tot war, würden sie es bald tun.

Er bemerkte eine Bewegung aus dem Augenwinkel. Die Wartungsluke am anderen Ende der Bucht vibrierte ganz leicht, als würde etwas auf der anderen Seite sein Glück mit den Verriegelungsstiften versuchen.

Rask rechnete kurz nach: Er konnte abwarten und versuchen, sich herauszubluffen, oder er konnte zum Teufel nochmal von diesem Felsen verschwinden, bevor jemand entschied, dass er abgedrückt hatte.

Er rannte auf das Schiff zu.

Die Rampe reagierte mit einem gedämpften Surren auf seine Nähe und klappte dann mit einer Geschmeidigkeit aus, die im Vergleich zur übrigen Infrastruktur von Dreggar fast obszön war. Er rannte die Gangway hinauf, die Waffe im Anschlag, jeder Sinn schrie Falle. Im Inneren war das Schiff spartanisch – dunkle Oberflächen, keine dekorativen Akzente, alles fest auf Überleben statt auf Komfort ausgelegt.

Die Cockpitkanzel war offen, der Pilotensitz glänzte von einem Ölfilm. Keine Leichen, keine Anzeichen von Schaden. Er warf sich in den Sitz und überflog die Kontrollkonsole. Entweder hatte der letzte Pilot es eilig gehabt, oder er hatte beabsichtigt, dass jemand das Schiff findet und abhaut.

Der Hauptbildschirm blinkte mit einem Startvektor. Rask grinste trotz allem. Er schaltete die Vorzündung der Schubdüsen ein, stellte seine Koms auf passives Scannen und wartete auf die übliche automatisierte Nachricht »Bitte nicht abfliegen, Sie stehen unter Ermittlung«. Stattdessen blitzte ein einziges Wort auf dem Display auf:

LAUF.

Etwas schlug gegen den Bauch des Schiffes. Die Wartungsluke, dachte Rask, oder die Schläger aus dem Gang spielten endlich ihre Karten aus. Er warf einen Blick auf die interne Kamera der Bucht: Die Sicherheitsdrohnen schwärmten über der Leiche, insgesamt drei, drehten ihre IR-Linsen und schickten jede Sekunde zurück an Dreggars winzige, unterbezahlte Ermittlungsabteilung. Jede seiner Bewegungen wurde aufgezeichnet und wahrscheinlich in Echtzeit analysiert.

Er aktivierte die externen Klammern und spürte, wie sich der Rumpf der Meridian anspannte, als sie die Abdocksequenz einleitete. Die Sperralarme heulten mit einer erneuerten, persönlichen Dringlichkeit. Er schaltete die Innenbeleuchtung aus, drosselte die Triebwerke und ließ die letzten Reste des Drucks das Schiff in Richtung des Andockschilds schieben.

Im Augenblick vor der Freigabe löste sich ein Schatten vom Rand der Bucht, sprintete über den mit Kühlmittel bedeckten Boden und sprang nach dem Fahrwerk des Schiffes. Rask erhaschte einen Blitz Orange – ein Overall, vielleicht der Techniker von vorhin – und dann wurde das Bild schwarz.

Er traf eine Entscheidung. Er zündete die Haupttriebwerke.

Das Schiff erbebte, bockte einmal und schoss dann vorwärts ins Schwarze. Hinter sich sah Rask, wie die Atmosphäre des Docks in einem Miniaturzyklon entwich und jedes ungesicherte Objekt – einschließlich mindestens einer Sicherheitsdrohne – in die Leere riss. Er ritt die Beschleunigung, die Fingerknöchel wurden am Steuerknüppel weiß, bis die Navigationsanzeige des Schiffes von »OH SCHEISSE« auf lediglich »LEICHT GEFÄHRLICH« umsprang.

Er holte Atem. Überprüfte sein Inventar: ein toter Kontakt, ein mysteriöses Schiff und eine Station voller sehr wütender Leute, die nun jeden Grund hatten, ihn aufzuspüren und seinen Schädel als Kaffeetasse zu benutzen. Wenigstens war er konsequent.

Rask wandte seine Aufmerksamkeit dem Inneren des

Schiffes zu. Der Navigationscomputer lief auf einem verschlüsselten Kurs, der auf ein Ziel irgendwo außerhalb der imperialen Gerichtsbarkeit festgelegt war. Er versuchte die Steuerung. Sie gehorchte, aber mit einer verdächtigen Menge an Autonomie. Das Gefühl war weniger das eines Piloten als das eines Passagiers. Irgendwo hatte jemand die Meridian so programmiert, dass sie ihren nächsten Kapitän oder zumindest ihren nächsten Sündenbock findet.

Die Kom-Konsole flackerte erneut. »LAUF« war durch eine Zahlenfolge ersetzt worden – wahrscheinlich Koordinaten oder ein Failsafe-Timer. Rask ließ eine Rückverfolgung auf der Konsole laufen und fand sie von einer Firewall geschützt, die er nicht einmal erkannte. Der Erbauer hatte Geld, Geschmack und ein Talent dafür, das Leben kompliziert zu machen.

Rask grinste süffisant. Er hatte schon immer Dinge bevorzugt, die nicht benutzt werden wollten. Er wickelte den Hundekuchen von der Verkäuferin aus und biss hinein, wobei er das Gesicht verzog, als der Geschmack mehrere lange ruhende Überlebensgene aktivierte.

Die Meridian riss durch den lokalen Raum und beschleunigte schneller, als es die Hafenbestimmungen oder der gesunde Menschenverstand erlaubten. Er schaltete die Rumpfkamera ein und beobachtete, wie Dreggar zu einem Nadelstich schrumpfte und dann ganz verschwand.

Er sah wieder auf den Navigationsbildschirm. Das nächste Ziel war gesetzt. Alles, was er tun musste, war, sich zurückzulehnen, der Linie zu folgen und zu versuchen, nicht ermordet zu werden, bevor er herausfand, wer zum Teufel ihn diesmal lebend haben wollte.

Rask Helvan lehnte sich zurück, wischte sich den Mund ab und wartete darauf, dass das Universum sich erklärte.

ZWEI

Die Meridian ging nicht so sehr »in den Warp«, als dass sie sich in einem Anfall elektronischer Gereiztheit in die höheren Dimensionen schleuderte. Rask stemmte sich dagegen, wurde aber trotzdem in den Pilotensitz geschleudert, wobei sich seine Schulter schmerzhaft gegen ein Gurtzeug verdrehte, das mit Sicherheit noch nie eine Gesundheits- und Sicherheitsvorschrift aus der Nähe gesehen hatte. Die Lichter im Cockpit blitzten netzhautweiß auf und fielen dann auf ein Migräneblau ab, während die Hauptanzeige stotterte und ihn in drei verschiedenen Fehlersprachen anschrie.

»Flugbahn instabil«, verkündete die KI mit einer Stimme, die so sirupartig und süß war, dass man davon Karies bekommen konnte. »Empfehle sofortige Kurskorrektur oder vollständige spirituelle Hingabe.«

Rask knirschte mit den Zähnen. Er hämmerte auf den Navi-Reset, was umgehend die gesamte Benutzeroberfläche zum Absturz brachte und sie durch ein GIF einer lächelnden, zwinkernden Katze ersetzte. Irgendein Vorbesitzer hatte seinen Spaß gehabt. Er erzwang eine manuelle Übersteuerung und verfluchte jeden Vorfahren in der programmiertechnischen Ahnenreihe der KI.

»Manuelle Übersteuerung für diesen Bediener nicht autorisiert«, säuselte das Schiff. »Bitte kontaktieren Sie Ihren Captain für weitere Demütigungen.«

Rask murmelte etwas anatomisch Kreatives und griff unter die Konsole, wobei er die Plastikabschirmung mit bloßen Händen in Fetzen riss. Freiliegende Drähte zischten und knisterten. Er verdrehte zwei davon miteinander, bekam einen Schlag ab, der ihm bis in die Trommelfelle fuhr, und spürte, wie der Antrieb erneut einen Ruck machte – so heftig, dass der Schiffsrumpf protestierend aufschrie.

Irgendwo hinter ihm zischte eine Kühlmittelleitung und sang dann einen langsamen, absteigenden Ton, während der Druck entwich. Die Luft schmeckte nach verbranntem Zucker und altem Schweiß.

Er spuckte auf das Deck und schaltete die Navigationskonsole wieder ein. Die Anzeige zeigte eine einfache Flugroute: eine gerade Linie, keine Abweichungen, keine Ausstiegsmöglichkeiten. Wer auch immer diese Route programmiert hatte, hatte es mit religiösem Eifer getan.

Das Schiff zitterte, hielt aber stand. Die Warnleuchten, jetzt orange statt rot, blinkten in nervöser Synchronität. Die KI wurde bockig und schwieg.

Rask begutachtete den Schaden. Noch nichts Kritisches, aber reichlich Gelegenheit für zukünftige Enttäuschungen. Er überprüfte die Außenkameras – keine Verfolgung, keine Kommunikationspings, nur das Wissen, dass Dreggar zur statistischen Bedeutungslosigkeit schrumpfte. Das ließ ihm Zeit, die internen Systeme des Schiffes zu durchforsten, vorausgesetzt, die nächste Minute würde keine spontane Dekompression mit sich bringen.

Die Systeme der Meridian waren ein Schichtkuchen aus Paranoia. Rask fand eine Reihe von Untermenüs, die in Sprachen beschriftet waren, die selbst er nicht erkannte. Er versuchte einen Brute-Force-Hack auf das Manifest und wurde nach drei Minuten zunehmend kreativer Drohungen mit dem Zugriff auf zwei Dateien belohnt: eine war ein Frachtmanifest, die andere eine Besatzungsliste.

Das Frachtmanifest war verschlüsselt, die Routing-Codes auf eine Weise durcheinandergebracht, die absichtlich aussah. Es trug alle Anzeichen einer schiefgelaufenen Übergabe – entweder wollte jemand glaubhafte Abstreitbarkeit oder jemand wusch etwas weitaus Seltsameres als nur Geld. Rask markierte es, machte sich aber noch nicht die Mühe, es zu öffnen; die Entschlüsselung konnte warten, bis sein Puls unter die dreistellige Marke gefallen war.

Er öffnete die Besatzungsliste. Nur ein einziger Name.

CAPTAIN ANTHE

Keine Vorgeschichte, keine ID, nur ein kurzer, knapper Eintrag und ein Autorisierungsstempel, der mehrere Jahre älter war als das Baudatum des Schiffes. Rasks Stirn legte sich in Falten. Es gab eine Regel: Wenn man einen Geist im System hatte, stieg man am nächsten Hafen aus und fackelte die Hardware ab. Es war eine gute Regel, die er mit der gleichen Konsequenz ignorierte wie seine anderen Leitsätze.

Seine Hände waren kalt, aber schwitzig. Er fuhr sich nur zur Beruhigung mit dem Daumen über den Abzugsbügel seiner Dienstwaffe und beugte die Finger, bis der Schmerz einsetzte.

Das Schiff war immer noch kalt. Im schummrigen, flackernden Licht sah das Cockpit eher wie ein Tatort als wie eine Kommandobrücke aus. Ein Haarriss durchzog die sekundäre Anzeige und ließ violette Schlieren zum Navigationscluster hinunterlaufen. Der war vorher nicht da gewesen.

Er überprüfte die internen Sensoren. Der Stromverbrauch auf Deck Zwei, nahe der hinteren Trennwand, schnellte in die Höhe. Die Anzeige deutete auf eine Überspannung hin, aber die Signatur war völlig falsch – eher so, als hätte jemand gerade eine tragbare Sonne eingesteckt.

Rask kniff die Augen zusammen. Er rief die internen Kameras für das Achterdeck auf und bekam nichts als statisches Rauschen. Er schaltete auf Audio um und erwartete vielleicht ein Zischen oder das langsame Tropfen auslaufenden Schmiermittels.

Stattdessen hörte er ein metallisches Scheppern. Dann noch eines. Dann das langsame, bedächtige Rumpeln von etwas Schwerem, das über die Beplankung bewegt wurde.

Er erstarrte. Sein Herz legte sein bestes Imitat des Sublichtantriebs hin.

Einen Moment lang saß er einfach nur da, ohne auch nur zu atmen, das Universum auf einen einzigen schmalen Korridor und was auch immer beschlossen hatte, seine Anwesenheit auf seinem brandneuen Mörderschiff zu verkünden, reduziert.

Rask stand auf, ließ die Schultern kreisen und zog die Dienstwaffe mit einer Bewegung, die er tausendmal an tausend Orten geübt hatte. Er grinste humorlos und überprüfte die Ladung. Voll geladen. Er bewegte sich auf die Luke zu, einen vorsichtigen Schritt nach dem anderen, und versuchte, kein Geräusch zu machen.

Das Schiff, in seiner unendlichen Gehässigkeit, wählte genau diesen Moment, um die Deckenbeleuchtung wieder zu aktivieren. Es leuchtete ihn aus wie einen Schauspieler am Premierenabend.

Rask ignorierte es. Er drückte seinen Rücken gegen die Trennwand, verlangsamte seine Atmung und lauschte.

Da war es wieder: ein weiteres Scheppern, näher, wie das Echo einer Person, die sich nie die Mühe gemacht hatte, Subtilität zu lernen. Es konnte nur eines von zwei Dingen sein – ein Saboteur, der sich als blinder Passagier versteckt hatte, oder ein Besatzungsmitglied, das die Nachricht vom Tod des alten Captains nicht erhalten hatte.

Ihm war die erste Option lieber. Mit einem Saboteur konnte man wenigstens verhandeln.

Er bewegte sich, geduckt und schnell, den Korridor entlang Richtung Deck Zwei. Das Scheppern hatte aufgehört, ersetzt durch das ferne, unregelmäßige Klicken von jemandem, der einen Hebel betätigte, oder vielleicht ein sehr entschlossenes Nagetier.

Am Ende des Korridors stand die Drucktür einen Spalt offen. Rask hielt kurz davor an, sammelte sich und trat sie auf.

Der Raum war leer, bis auf einen Haufen Kabelspulen und eine einzige, perfekt runde Brandspur auf dem Deck. Die Stromleitungen an der Wand waren aufgerissen und bluteten blaues Licht. Oben auf dem Haufen lag, noch sanft schaukelnd, eine Wartungsdrohne, deren Beine am Ansatz abgebrochen waren.

Rask scannte den Raum und wartete auf die Pointe.

Sie kam: ein weiteres Geräusch, diesmal leiser, von hinter den Vorratsschränken. Er schlich vorwärts, die Waffe im Anschlag, sein Herz schlug ihm die Sekunden.

Er umrundete die Schränke und sah die Gestalt: menschlich, aufrecht, orangefarbener Overall, die Hände schmierig und um den Hals einer anderen, kleineren Drohne geschlungen. Die Person drehte sich um, sah die Waffe und grinste auf eine Weise, die mehr Drohung als Begrüßung war.

»Hättest ja anklopfen können«, sagte Lyra. Ihre Stimme war heiser, aber unbeeindruckt, als wäre sie mitten in einer Steuererklärung unterbrochen worden.

Rask hielt die Waffe auf sie gerichtet. »Du solltest nicht hier sein.«

Lyra zuckte mit den Schultern, warf die tote Drohne ihm zu Füßen und wischte sich die Hände an ihrem Overall ab. »Solltest du auch nicht.«

Das Schiff erzitterte, als fände es die Situation ebenfalls unangenehm.

Rask starrte sie an und wog ab, ob er schießen, verhandeln oder einfach die Niederlage eingestehen und das Universum das letzte Wort haben lassen sollte. Lyra lächelte, nur Zähne zeigend, und deutete auf die blutende Konsole.

»Du hast ungefähr eine Minute, bevor diese Sicherung

den Sekundärantrieb grillt«, sagte sie. »Also stellen wir uns vielleicht später vor?«

Rask nickte langsam und misstrauisch. Er senkte die Dienstwaffe, steckte sie aber nicht weg. »Gut. Aber du reparierst das.«

Sie verdrehte die Augen und kniete sich neben die Konsole, bereits Drähte herausreißend, als gehöre ihr der Laden. »Du machst es kaputt, ich richte es wieder. Manche Dinge ändern sich nie.«

Rask sah zu, unsicher, ob er verärgert oder beeindruckt war. Die Anspannung in seinen Armen ließ nach, aber er behielt ein Auge auf sie und das andere auf die Luke hinter sich gerichtet.

Vorerst gehörte das Schiff ihnen. Vorerst.

Aber er hatte noch nie ein »vorerst« erlebt, das nicht damit endete, dass ihm etwas um die Ohren flog.

Der Maschinenraum der Meridian war nicht für zwei Personen ausgelegt, schon gar nicht für zwei Personen mit Vertrauensproblemen und einer aktiven Abneigung gegen enge Räume.

Das Stabilisator-Array hinter ihr stieß ein Kreischen aus und legte sich dann auf ein Wimmern fest, wie ein frisch getretener Hund. Lyra zuckte nicht einmal mit der Wimper.

»Warum bist du überhaupt hier? Das war ein sauberer Dock-Job – keine Zeugen, keine losen Enden.«

Lyra verdrehte die Augen. »Hast du jemals einen sauberen Dock-Job erlebt? Ich habe mich beim ersten Alarm als blinder Passagier an Bord geschlichen. Wollte abhauen, sobald wir angedockt haben, aber dann hast du ... was auch immer das war, gemacht.« Sie deutete vage auf die zitternden Trennwände.

»Also hast du für Jenna gearbeitet?«

»Ich habe ihren Mist ausgebügelt«, korrigierte Lyra. Sie bewegte sich mit der abrupten Effizienz von jemandem, der zu lange im Dienst gewesen war. Jede Bewegung war schnell, überlegt, mit minimaler Anstrengung. »Jetzt hast du ihn verdoppelt.«

Er ignorierte die Stichelei. »Jenna ist übrigens tot. Falls du die Nachricht nicht mitbekommen hast.«

Lyras Kiefer spannte sich an, aber sie arbeitete weiter. »Ja. Habe ich gehört.«

Sie standen schweigend da und lauschten dem Todesröcheln des Antriebs.

Rask hob das Logbuch vom Boden auf und blätterte es auf. »Kennst du einen Captain Anthe?«

Lyra erstarrte. Ihre Schultern wurden steif, dann zuckte sie mit ihnen. »Nie getroffen. Nur Geschichten gehört.«

»Was für welche?«

Sie überlegte. »Die Sorte, bei der man allein für die Frage erschossen wird.«

Rask grinste trotz allem. Er fand die Direktheit erfrischend. »Gut. Ich bin mir nämlich ziemlich sicher, dass dieser ganze Job eine Falle war.«

Lyra nickte einmal, als ob das die einzige Art war, wie diese Dinge jemals ausgingen. »Hast du das Manifest bekommen?«

»Verschlüsselt«, sagte er. »Die Route ist eine Sackgasse. Dieses Schiff ist auf dem Weg irgendwohin, aber es sagt uns nicht, wohin.«

Lyra wischte sich die Hände an ihrem Overall ab und sah ihm schließlich direkt ins Gesicht. Aus der Nähe sah sie aus wie jemand, der die letzte Woche in Maschinenfett geschlafen hatte, aber ihre Augen waren wach und hart. »Planst du, es zu knacken, oder nur zu jammern?«

Er mochte sie bereits, was unglücklich war. »Ich nehme die erste Option. Aber du versuchst nicht, mich umzubringen, wenn ich dir das nächste Mal den Rücken zukehre, richtig?«

Lyra lachte bellend auf, fast unwillkürlich. »Wenn ich dich tot sehen wollte, wärst du schon längst im Recycler.«

Ein weiteres Kreischen kam vom Relais, und Rask spürte, wie sich das Schiff verlagerte. Die Schwerkraftdämpfer waren aus dem Takt geraten, was bedeutete, dass sie vielleicht eine Stunde hatten, bevor der Antrieb sich selbst zerlegte oder das Sauerstoffsystem beschloss, mit Unterdruck zu experimentieren.

Er deutete auf die Konsole. »Wie schlimm ist es?«

»Könnte schlimmer sein«, sagte sie. »Gib mir fünf Minuten, ein Lötset und dein absolutes Schweigen, und ich sorge dafür, dass es für einen weiteren Sprung hält.« Sie deutete auf eine lose Platte am Lüfter. »Und du könntest helfen und versuchen, nichts weiter kaputt zu machen.«

Sie arbeiteten in gegenseitigem, feindseligem Schweigen. Lyra reichte ihm Teile, und er baute sie ein. Das Rumpeln des Schiffsrumpfes begann zu verblassen und wurde durch das langsame Summen stabilisierter Energie ersetzt.

»Also«, sagte sie, ohne aufzusehen, »wirst du mir erzählen, warum du mit dem halben Stationsalarm im Nacken aus Dreggar abgeschossen bist?«

Er überlegte, ob er lügen sollte, und entschied sich für eine Version der Wahrheit. »Jenna war tot, als ich in der Bucht ankam. Sah nach Profiarbeit aus. Vielleicht zwei Minuten später begann die Stationssicherheit mit ihrer Durchsuchung. Rate mal, wem sie das anhängen würden ... Entweder ich haute ab, oder ich leistete ihr im Leichenschauhaus Gesellschaft.«

Lyra grunzte. »Das erklärt den Start. Erklärt aber nicht die Navigationssperre.«

Er beugte sich vor, seine Stimme leise. »Wer auch immer das eingefädelt hat, wollte mich weg haben, aber nicht tot. Oder zumindest noch nicht.«

Lyra nickte und reichte ihm eine Drahtspule. Ihre Finger berührten sich nur kurz, aber sie zuckte nicht zurück. »Glaubst du, am anderen Ende wartet jemand auf uns?«

Rask zuckte mit den Schultern. »Wäre nicht das erste Mal.«

Sie schloss die Platte mit einem harten Scheppern und sah ihn dann an. »Wenn du uns umbringen lässt, werde ich deine nächsten fünf Reinkarnationen heimsuchen.«

Er schnaubte. »Abgemacht.«

Sie sahen sich in die Augen, die Luft zwischen ihnen dicht von Ozon und halb ausgesprochenen Drohungen. Gegenseitiger Respekt, oder zumindest gegenseitige Verärgerung, legte sich wie Staub nieder.

»Geh«, sagte Lyra und stieß ihn zur Luke. »Wenn das Ding hält, komme ich zu dir ins Cockpit. Wenn nicht –«

»Ich weiß«, unterbrach Rask. »Recycler.«

Sie grinste, scharf und schief. »Freut mich, dass das geklärt ist.«

Er ließ sie in der Bucht zurück, während die Echos ihrer Arbeit den Korridor unterbrachen, als er sich auf den Weg zurück zur Brücke machte. Er fühlte sich besser, was immer ein Warnzeichen war.

Er startete das nächste Entschlüsselungsprotokoll und beobachtete, wie sich die Navigationskoordinaten aktualisierten, diesmal mit dem Schimmer eines echten Ziels. Das Frachtmanifest flackerte an den Rändern, verlockend, gerade außer Reichweite.

Rask blickte über seine Schulter und erwartete halb, dass Lyra auftauchen und ihn mit einem riesigen Schraubenschlüssel schlagen würde.

Er hoffte es.

Die Meridian raste weiter durch die Schwärze, das Universum weigerte sich wie immer, sich zu erklären – aber zum ersten Mal seit langer Zeit hatte Rask Helvan einen Grund, sehen zu wollen, was als Nächstes geschah.

DREI

Die Meridian hustete durch den Nullraum wie ein asthmatischer Ziegelstein. Ihr Rumpf vibrierte in panischer Resonanz, jedes Mal, wenn der Antrieb auch nur die Möglichkeit einer Beschleunigung in Betracht zog. Die Innenbeleuchtung flackerte im Takt der Stromschwankungen, gab gelegentlich ganz auf und ließ das Cockpit in einem Zwielicht zurück, das nach verschmorten Kabeln und verschüttetem Synth-Koffein roch. Rask Helvan lümmelte im Pilotensitz, in der einen Hand einen zerbeulten Becher, den er in der Messe gefunden hatte, während die andere ein stakkatoartiges Trommeln auf die Armlehne klopfte. Ab und zu überprüfte er den Navigationsbildschirm, als hoffte er, die Koordinaten würden etwas weniger Unvermeidliches anzeigen.

Lyra saß an der Hilfskonsole und arbeitete eine Diagnose mit der verbissenen Wut von jemandem ab, der gezwungen war, im Zeitalter der Quantencomputer einen Rechenschieber zu benutzen. Ihre rechte Hand war ein verschwommener Wirbel aus Tippen und Wischen; ihre linke umklammerte ein Datenkabel so fest, dass die Adern deutlich hervortraten. Die Ringe unter ihren Augen waren entweder ein neuer Modetrend oder ein Symptom für einen bevorstehenden Mord. Sie hatte nicht mit Rask gesprochen seit dem letzten Ausfall, bei dem er es geschafft hatte, die restliche Energie des Schiffs in die Lebenserhaltung umzuleiten, auf Kosten der Kommunikation, der Schwerkraft und jeglichen Anscheins von Zivilisation im Cockpit.

»Besatzungsstärke immer noch eins«, sagte sie mit leiser, gleichmäßiger Stimme, ohne den Blick von der Anzeige zu nehmen.

»Falsch«, erwiderte Rask mit der langsamen Geduld eines Mannes, der einem gefährlichen Tier das Zählen beibringt. »Wir sind zwei. Oder vielleicht eineinhalb, wenn du nicht aufhörst, das gesamte Sensornetz kurzzuschließen, jedes Mal, wenn du emotional wirst.«

Lyra blinzelte nicht. »Gern geschehen für den Sauerstoff.«

Rask nahm einen Schluck. Der Geschmack erinnerte an einen schmutzigen Fabrikboden, aber er klammerte sich an den Becher, als wäre er ein Stabilisator. »Ich sag ja nur. Wenn du die ganze Arbeit allein hättest machen wollen, hättest du mich auf Dreggar einfach tot zurücklassen können.«

Sie beendete die Diagnose, zog das Kabel mit einem Schnappen ab und sah ihn schließlich an. Ihr Blick war klinisch, als würde sie das Verhältnis von Masse zu Schießbarkeit abschätzen. »Du bist nicht tot. Das ist das Problem.«

Er stellte den Becher vorsichtig ab. »Du hättest mehr Spaß, wenn du dich entspannen würdest. Das hier ist nicht das Militär.«

Lyras Lippe zuckte, aber sie unterdrückte jede Antwort, die zu entkommen versuchte. Stattdessen deutete sie auf den Navigationsbildschirm, wo ein grellroter Punkt mit jeder vergehenden Sekunde näher pulsierte. »Fünf Stunden. Bis dahin solltest du besser ein Lächeln üben.«

Rask beäugte den Namen der Station, der in Großbuchstaben am unteren Rand entlanglief: THE HOOK. Orbitale Tankstelle, Bevölkerung von etwa siebzig und einer nicht erfassten Anzahl loser Messer. Ihre Silhouette auf dem

Anflugvektor wirkte weniger wie die einer Orbitalstation als wie orbitaler Schrott – drei Andockarme, die in unaussprechlichen Winkeln an eine zentrale Trommel geschweißt waren, jede Oberfläche mit einer Art von Schmutz überzogen, der jeder spektrografischen Analyse trotzte. Er konnte sich keinen passenderen Ort vorstellen, um sich zu verkriechen. Oder um zu sterben, wenn es darauf ankam.

Er nahm den Becher wieder auf. »Glaubst du, die haben jemanden, der dieses Schiff reparieren kann?«

»Reparieren?«, schnaubte Lyra. »Die werden es nach Ersatzteilen ausschlachten und den Rumpf an den ersten Versicherungsvertreter verkaufen, der durch die Luftschleuse kommt.«

»Dann brauchen wir einen Mechaniker«, sagte Rask. »Vielleicht auch ein paar Muskeln.«

»Kein Teamplayer, was«, sagte Lyra.

»Ich arbeite gut mit anderen zusammen. Solange sie genau das tun, was ich sage.«

Sie verdrehte die Augen, aber in ihrer Verachtung lag ein Hauch von Auftauen. »Du kannst keine Crew aus dem Nichts rekrutieren. Wir haben weder Zeit noch Credits.«

Rask sah sie an und wog ab, wie viel er erklären sollte. Das Ladungsverzeichnis war immer noch versperrt, aber er vermutete, dass der Erbauer des Schiffs mehr als nur kryptische Witze im Code hinterlassen hatte. »Wir werden keine große Crew brauchen. Nur genug, um die Meridian aus einem Schrottplatz herauszuhalten und vielleicht –«, er zögerte und blickte auf die KI-Konsole, »– vielleicht den Geist im System zu klären.«

Lyra folgte seinem Blick. Die Anzeigeleuchten der KI, tief in der Konsole vergraben, blinkten in einem Muster, das es schaffte, sowohl mürrisch als auch raubtierhaft auszusehen. Sie mochte es nicht, aber sie mochte die Ungewissheit noch weniger.

»Hast du versucht, mit ihr zu reden?«, fragte sie.

»Alle paar Minuten«, sagte er mit einer Grimasse. »Sie antwortet nur in Memes.«

»Was ist ein Meme?«

Rask blinzelte, dann starrte er sie an und versuchte abzuschätzen, ob das ein Witz war. »Weißt du. Witze. Bilder. Irgendwas Virales.«

Lyra starrte nur unblinking zurück.

Er räusperte sich. »Sie redet nur in Anspielungen, und keine davon ist hilfreich. Sie hat mich nach unserem letzten Sprung aus dem Navigationssystem ausgesperrt und meine Sicherheitszugangsdaten durch ein Bild von einer Katze ersetzt.«

Sie schnaubte, und dieses Mal hätte das Lächeln beinahe durchgebrochen. »Katze?«

»Große Augen. Sah selbstgefällig aus.«

Sie hätte fast gelacht, und der Effekt war so fremdartig, dass Rasks eigenes Grinsen unwillkürlich kam. Er hob den Becher. »Auf Katzen dann. Und memetische Sabotage.«

Lyras Blick fiel auf die Konsole, aber ihre Schultern entspannten sich. »Du wirst uns noch umbringen.«

Er zuckte mit den Schultern. »Du bist diejenige, die sich freiwillig gemeldet hat.«

»Falsch«, sagte sie. »Du solltest eine Kiste mit Schwarzmarkt-Medikamenten an einen Verbrecherboss liefern und dann verschwinden. Stattdessen hast du den Lieferanten getötet, das Schiff gestohlen und uns jetzt auf einen Navigationspfad festgelegt, der in keinem imperialen Register existiert. Ich bin hier, weil die Alternativen schlimmer waren.«

Er ließ den Vorwurf hängen, stellte dann den Becher ab und konzentrierte sich auf den roten Punkt, der auf dem Navigationsbildschirm immer näher kam.

»Ich bin kein Monster«, sagte er leise. »Ich langweile mich nur schnell.«

Die Lichter über ihnen flackerten und stabilisierten sich dann. In der Stille sahen sie beide, wie die Station näher kam, ihre Oberfläche übersät von Pockennarben und sich langsam bewegenden Reparaturdrohnen. Die Leuchtfeuer der Station waren nicht synchron, jedes hatte eine andere Farbe, und keines blinkte in regelmäßigen Abständen. Es war, als würde man eine Disco aus der Perspektive einer Schnecke beobachten.

Lyra sagte: »Weißt du, wonach du suchst?«

Er zuckte ehrlich die Schultern. »Nein. Aber wenn es auf diesem Felsen einen Mechaniker gibt, der das Ladungsverzeichnis öffnen kann, sind wir schon halbwegs davor, nicht zu sterben.«

Sie schob den Datenblock über die Konsole, hart genug, dass er gegen seinen Ellenbogen rutschte. »Da«, sagte sie und stach auf eine Textzeile ein. »Du hast bereits ein Schiff gestohlen. Kannst genauso gut auf die gleiche Weise eine Crew zusammenstellen.«

Er nahm den Datenblock und überflog den Inhalt. »Du hast die aktiven Verträge der Station durchsucht.«

»Hat nur eine Minute gedauert«, sagte sie mit einem Hauch von Stolz. »Sie haben einen Sanitäter, zwei freiberufliche Techniker und mindestens einen ehemaligen imperialen Wehrpflichtigen im Register. Niemand sonst rührt den Ort an.«

Rask sah sie mit neuem Respekt an. »Nicht schlecht.«

Lyra zuckte fast abweisend mit den Schultern. »Ich weiß gern, wer darauf wartet, mich zu erschießen, bevor ich den Raum betrete.«

Er gab ihr den Block zurück. »Dann sind wir wohl Partner.«

Sie antwortete nicht, aber die Stille war weniger feindselig als zuvor. Die Meridian war jetzt nah genug, um die improvisierten Schweißnähte am Rumpf der Station zu sehen, sowie den anmutigen Bogen von etwas, das verdächtig wie eine Harpune aussah, die in einem der Andockarme steckte.

Rask betätigte den Kommunikationsschalter, und statisches Rauschen zischte ins Cockpit. »Hier ist die Meridian, bitte um Andockerlaubnis an Port zwei«, sagte er mit sorgfältig neutraler Stimme.

Eine lange, keuchende Pause. Dann eine Stimme, die klang, als spräche sie durch einen Mund voller Schotter. »Port zwei ist geschlossen. Wenn du die Luke willst, zahlst du im Voraus.«

Rask verzog das Gesicht. »Überweisung ist unterwegs. Autorisierung bei Anflug.«

»Besser«, sagte die Stimme und brach dann ab.

Er warf einen Blick auf Lyra, die bereits die Luftschleuse mit der grimmigen Effizienz einer Bombenentschärfungstechnikerin vorbereitete. »Bereit für den Spaß?«

Sie zog den Reißverschluss ihres Anzugs bis zum Hals hoch und aktivierte den Betäubungsstab. »Ich werde nicht fürs Spaßhaben bezahlt«, sagte sie, aber ihre Augen waren wach, lebendig und gierten nach der nächsten Katastrophe.

Er beneidete sie fast.

Als sie den Endanflug machten, jaulten die Systeme der Meridian protestierend auf und drohten, den Strom genau in dem Moment abzuwürgen, in dem die Klammern griffen. Rask drosselte die Geschwindigkeit, führte das Schiff in die krummen Arme des Andockrings und hielt den Atem an, als die Magnetverschlüsse klickten. Für einen Moment geschah nichts – keine Alarme, keine plötzliche Dekompression, kein Kugelhagel.

Er löste den Gurt und grinste Lyra an. »Einfach.«

Sie ignorierte ihn, schon auf halbem Weg zum Korridor.

Das Letzte, was Rask sah, bevor er die Cockpitbeleuchtung ausschaltete, war die KI-Konsole, deren Anzeige nun ein langsames, stetiges Pulsieren zeigte.

Er fragte sich, ob das »zufrieden« bedeutete. Oder »hungrig«.

So oder so, er würde es bald herausfinden.

Der Haupthabitatring von The Hook war ein Denkmal für schlechte Entscheidungen in Architektur und Innenarchitektur. Die Krümmung des Korridors machte die Navigation zu einem schlechten Witz, jeder Schritt brachte einen auf Augenhöhe mit einer neuen existenziellen Gefahr – freiliegende Kühlleitungen, ungesicherte Kisten oder gelegentlich ein Fleck empfindungsfähigen Schimmels, der an den Wänden entlang kroch. Die Deckenleuchten flackerten auf halber Leistung und kämpften einen aussichtslosen Kampf gegen die Pilzblüte in Verteiler drei. Rask ging voran, die Hände in den Taschen, die Haltung entspannt, während er sich um die schlimmsten Hindernisse schlängelte. Lyra folgte, jeder Muskel strahlte die Absicht aus, jeden zu ermorden, der sie auch nur am Ellenbogen streifte.

Ihr erster Halt war ein Lagerraum, der gleichzeitig als inoffizieller Nassmarkt der Station diente. Der Geruch traf sie, bevor sich die Tür öffnete: Ammoniak, Salzlake und eine unterschwellige Note von industriellem Desinfektionsmittel, das nicht verbergen konnte, dass einige der ausgestellten Artikel sich noch bewegten.

Doc Vellenix stand knöcheltief in Verpackungsschaum und sortierte Gläser mit Glibber nach Farbe und Viskosität. Er war groß, aber die gebeugte Haltung seiner Schultern brachte ihn auf eine überschaubare Höhe. Seine Haut war von einem kränklichen Weiß, stellenweise blau gefleckt und glänzte feucht unter den Deckenleuchten. Die Augen waren gelb, die Pupillen senkrecht, und sie verfolgten Rasks und Lyras Annäherung mit reptilienhaftem Argwohn.

»Ich hab eure Nachricht erhalten, dass ihr eine Crew sucht«, sagte Doc, ohne von einem Glas aufzusehen, das er gerade inspizierte. »Ein neuartiger Ansatz zur Rekrutierung, muss ich sagen.«

»Interessiert oder nicht?«, fragte Lyra.

Rask schätzte Lyras direkte Art zu verhandeln, rechnete aber bereits damit, dass sie ohne neue Leute gehen würden.

»Welche Garantien bekomme ich?«, Doc sah endlich auf.

»Kommst *du* mit einer Garantie?«, erwiderte Rask und lehnte sich gegen den Türrahmen.

Doc machte ein Geräusch, halb Schnauben, halb Niesen, verkorkte dann das Glas und packte es in eine mit Schaumstoff ausgekleidete Kiste. Er bewegte sich mit zuckender Präzision, als ob jedes Glas etwas enthielt, das explodieren oder seine Nachbarn fressen könnte. »Ich nehme nichts zurück.«

Lyra trat um eine undichte Kühlbox herum und fixierte Doc mit der Art von Blick, der geringere Männer zu Flecken reduziert hatte. »Wie viel davon ist legal?«

»Definiere legal«, sagte Doc. Er sah sie jetzt an, die Augen weit und unschuldig. »Wenn du die Standards des Dreggar-Systems meinst, ist alles rechtens. Wenn du imperiale Standards meinst, ich habe in meinem Leben noch nie einen Fuß auf ein imperiales Schiff gesetzt.«

Rask unterdrückte ein Lächeln. »Gut. Denn genau diese Art von Leugnung will ich auf meiner Gehaltsliste.«

Docs Kopf zuckte, die Zunge zupfte an seinem Mundwinkel. »Wer ist euer Sponsor?«

Rask zuckte mit den Schultern. »Selbstständig.«

Lyra machte ein leises Geräusch des Ekels. »Freiberuflichkeit ist hier draußen ein Todesurteil.«

»Nicht, wenn man in Bewegung bleibt«, sagte Rask.

Doc überlegte. Er packte zwei weitere Gläser ein und wischte sich dann die Hände an einem Einwegtuch ab, das sich sofort auflöste. »Wie hoch ist der Anteil?«

»Du kriegst die erste Wahl bei den Medikamenten«, sagte Rask. »Und Gefahrenzulage, wenn die Sache laut wird.«

Doc grinste und enthüllte kleine, gezackte Zähne. »Mir gefällt, wie du *wenn* sagst.«

Rask deutete auf den Korridor. »Schnapp dir, was du

brauchst, und triff uns an der Luftschleuse. Ich will weg sein, bevor die Stationssicherheit ihre nächste Runde macht.«

Doc zögerte, begann dann aber, Gläser und Probenkits in eine zerbeulte Reisetasche zu stopfen. Er fragte nicht, wer sonst noch im Team war oder worum es bei dem Job ging. Rask stufte ihn entweder als verzweifelt oder als echten Profi ein. Vielleicht beides.

Sie ließen Doc bei seiner Arbeit und gingen weiter den Ring entlang, der Geruch von ammoniakischem Verfall zog hinter ihnen her. Lyra schwieg, bis das Geräusch verklang, dann sagte sie: »Er wird uns beim ersten Anzeichen von Schwierigkeiten verpfeifen.«

»Nicht, wenn wir ihn beschäftigt halten«, sagte Rask. »Jeder will sich wichtig fühlen.«

Sie schüttelte den Kopf. »Du bist ein schlechter Lügner.«

Er lächelte hell und scharf. »Und du bist furchtbar im Smalltalk.«

Sie machte ein Geräusch, widersprach aber nicht.

Das nächste Ziel war weniger schmackhaft, aber vielversprechender. Die Bar von The Hook war eine umfunktionierte Druckkuppel, die Decke so niedrig, dass sich sogar Rask bücken musste. Die Luft darin war zu gleichen Teilen recycelter Schweiß, billiger Alkohol und das leise Ozonsummen des Stromnetzes der Station. Sie war vollgepackt, jeder Platz besetzt von dienstfreien Technikern, Schmugglern und dem einen oder anderen Stim-Junkie, der seinen ersten Lohn verpulverte.

Kye Solvi saß am Ende der Bar, die Beine auf eine Kiste gelegt und die Hände über einer Kunstlederjacke gefaltet. Der einzige Grund, dort zu sitzen, war, alle anderen zuerst zu sehen, und Kye beobachtete den Raum mit der gelangweilten Berechnung einer Katze, die darauf wartete, dass jemand ihren Wassernapf umstößt.

Rask glitt auf die Kiste neben ihnen. »Du bist ein Augmentierter?«

»Ich bevorzuge den Begriff ›neu geschmiedet‹.«

»Trinkst du immer allein?«

Kye warf ihm einen Blick zu, dann hoben sie ihr Glas in einem trägen Gruß. »Ich bin allergisch gegen Idioten. Das schränkt mein Sozialleben ein.«

Rask grinste und nickte dann zu Lyra, die in der Nähe der Tür schwebte. »Sie ist persönlich weniger ein Problem.«

Kye nahm einen Schluck und stellte das Glas ab. Der Rand ihres Kiefers war mit einem Gitter aus subdermalen Schaltkreisen gesäumt, die direkt unter der Haut verliefen und das Neon der Bar mit jeder Bewegung einfingen. »Du musst der Kerl von Ceres sein. Oder der, der denkt, er sei der Kerl von Ceres.«

Rask hob eine Augenbraue. »Ist das ein Problem?«

»Es ist eine Einladung«, sagte Kye, ihr Lächeln ein Rasiermesserschnitt in ihrem Gesicht. »Ich habe gehört, du hast das Shuttle eines Kriegsherrn geklaut und in ein Bordell gekracht.«

»Ich bin vor dem Absturz abgehauen«, sagte Rask mit ernstem Gesicht.

Kyes Grinsen wurde breiter. »Ich bin dabei.«

Lyra sah aus, als hätte sie eine Wespe verschluckt. »Du kennst den Job nicht.«

»Ich kenne die Bezahlung«, sagte Kye, »und ich weiß, dass die Alternative ist, in etwa zwei Stunden von der Stationssicherheit erschossen zu werden. Dieser Ort wird gleich komplett abgeriegelt.«

»Woher weißt du das?«, fragte Rask.

Kye zuckte mit den Schultern. »Ich habe die Protokolle gelesen. Jemand zahlt für eine Säuberungsaktion. Sie suchen nach einem Schiff mit einer Teilregistrierung, zwei blinden Passagieren und einer großen Schuld bei jemandem, der wirklich bezahlt werden will.«

Rask spürte einen Anflug von Bewunderung. »Du bist hier verschwendet.«

»Erinner mich nicht daran.« Kye leerte das Glas und stand auf. Sie waren größer als erwartet, bewegten sich aber mit der Lässigkeit einer Tänzerin und schlängelten sich zwischen den Körpern hindurch, ohne sie auch nur zu streifen. »Wer sind die Muskeln?«

»Die treffen wir als Nächstes«, sagte Rask.

Kye nickte und schloss sich ihm an, ohne einen Blick auf Lyra zu werfen. Sie verbarg ihr Misstrauen nicht, aber Kye schien immun gegen böse Blicke zu sein.

Ihr letzter Halt war der Wartungssektor, der nach verbranntem Schmiermittel und Verzweiflung stank. Der Klang eines Streits ging ihnen den Korridor hinunter voraus und endete mit einem hohlen Scheppern und einem gedämpften Fluch. Rask stieg über eine Lache auslaufenden Kühlmittels und stieß die Tür auf.

Drinnen beugte sich eine Frau von der Größe eines Aufstandskontroll-Mechs über einen Verkaufsautomaten und zwängte ihren Arm durch eine Lüftungsklappe, während drei junge Ingenieure sie anfeuerten. Ein Haufen halb zerdrückter Snackriegel lag zu ihren Füßen. Als die Maschine ein letztes Stöhnen von sich gab und eine zerfledderte Proteinpackung ausspuckte, riss sie sie mit einem Grunzen des Sieges frei.

»Speist wie Könige, Jungs«, sagte sie, ihre Stimme rau vom Rauch oder vom Schreien. Einer der Ingenieure jubelte. Ein anderer fragte, ob sie das auch mit dem Bierkühlschrank machen könne.

Kye lehnte sich zu Rask und murmelte: »Ist das eine Rekrutierung oder eine Zirkusnummer?«

Rask ignorierte sie. Er klatschte in die Hände. Die Ingenieure erstarrten wie Schüler, die beim Schummeln einer Prüfung erwischt wurden. Die Frau richtete sich langsam auf, überragte sie alle, den Snackriegel in einer Faust umklammert.

»Ist das ihre Schicht?«, fragte Rask.

Einer der Ingenieure zuckte mit den Schultern. »Sie ist

schon die ganze Woche hier. Der Vertrag lautet auf Wartungs-
arbeiten, aber meistens schüttelt sie die Automaten für uns.«

Die Augen der Frau – eines braun, das andere trüb und
vernarbt – fixierten Rask. »Bist du hier, um mich zu feuern
oder anzuheuern?«

Lyra umrundete sie, musterte die verbrannten Overalls,
die sehnigen Muskeln, die Art, wie sie wie ein Belagerungs-
turm aufragte. »Du siehst gelangweilt aus«, sagte sie.

»Gelangweilt, pleite und es leid, gesagt zu bekommen, ich
solle ‚mehr lächeln'«, erwiderte die Frau. Sie biss das Ende des
Proteinriegels ab, mitsamt Verpackung.

Rasks Mund verzog sich zu etwas, das wie Zustimmung
aussah. »Wir bieten einen Ausweg. Mit langen Arbeitszeiten,
schlechterer Gesellschaft und der Chance, auf neue und inter-
essante Weisen getötet zu werden.«

»Bezahlung?«, fragte sie.

»Genug, dass du nie wieder einen Verkaufsautomaten
drangsalieren musst«, sagte Kye trocken.

Die Frau schnaubte. »Dann bin ich dabei.«

Rask streckte eine Hand aus. »Mercy«, sagte sie und schüttelte sie mit einem Griff, der Knochen bedrohte.

Lyra zog eine Braue hoch. »So nennen sie dich?«

»Das ist, was von mir übrig ist.«

Rask nickte einmal. »Gut genug. Pack deine Sachen – wir
verschwinden, bevor jemand die Automatenprotokolle
überprüft.«

Mercy schulterte ihre dürftige Tasche und schloss sich
ihnen an, als sie sich ihren Weg zurück durch den Habitat-
Ring bahnten. Sie fragte nicht nach Details. Sie musste es
nicht. Der Blick in ihren Augen sagte alles: Gefahr war besser,
als in der Wartung zu verrosten.

Rask blickte über seine Schulter und musterte sein neues
»Team«.

Es war nicht schön, aber es würde reichen.

Sie erreichten die Meridian ohne Zwischenfälle, was Rask

nervöser machte, als wenn sie den ganzen Weg gejagt worden wären. Die Luftschleuse öffnete sich langsam, als wollte sie sie schwitzen sehen. Drinnen war das Schiff geringfügig weniger tot als zuvor, aber der Gestank nach verbrannter Isolierung blieb.

Kye pfiff. »Du hast nicht über den Eimer gelogen.«

»Fliegt wie ein Traum«, log Rask.

Lyra fuhr die Brücke hoch, lehnte sich dann gegen die Luke und beobachtete die neue Crew mit etwas, das wie resignierte Neugier aussah. »Wollt ihr eine Vorstellungsrunde?«

»Zeitverschwendung«, sagte Rask. »Entweder kommen wir miteinander aus, oder wir kommen nicht miteinander aus.«

»Effizient.« Kye lachte, ein kurzes, scharfes Bellen. »Wir werden alle sterben.«

Doc lächelte erfreut. »Aber was für eine Art zu gehen.«

Rask sah zu, wie seine neue Familie sich einrichtete, jeder von ihnen ein Ausgestoßener, ein Flüchtling oder beides, und zum ersten Mal seit Monaten spürte er das Kribbeln der Möglichkeit. Die Meridian summte, nur ganz leicht, als ob sie die Veränderung spürte.

Er setzte sich in den Pilotensitz und überprüfte die Brückenanzeige. The Hook hatte sie bereits für die Freigabe vorbereitet. Er fuhr die Systeme hoch, schaltete die Sicherheitsverriegelungen aus und verband die Navigations-KI mit dem manuellen Modus. Das Schiff ruckelte, als sich der erste Satz Andockkrallen löste und mit einem Kreischen gegen den Rumpf rieb, als würde jemand ein Klavier durch einen Schotterhaufen ziehen.

Rask steuerte die Meridian aus der Andockbucht hinaus in die Weite des Alls. Irgendwie flogen sie alle auf einen Job zu, den kein vernünftiger Mensch annehmen würde.

Er mochte ihre Chancen.

Die Messe der Meridian war für drei Personen ausgelegt, vielleicht vier, wenn niemand Ellbogen hatte oder tatsächlich essen wollte. Rask hatte trotzdem die gesamte Crew hineingequetscht, in der Annahme, dass nichts die Kameradschaft so sehr schmiedete wie eine erzwungene Mahlzeit und die drohende Gewissheit des Erstickungstodes. Der Tisch war bis zum Gehtnichtmehr zerkratzt, die Bänke von einem Vorbesitzer mit starken Meinungen über Trägheit und keiner über Komfort festgeschweißt. Die Deckenlampe flackerte mit demselben unregelmäßigen Puls wie Mercys zitterndes Bein.

Sie reichten die Rationspackung herum, jeder tat so, als enthielte sie etwas Besseres als das, was sie war – Proteinpampe, deren Textur optimistisch als »rustikal« bezeichnet wurde. Kye nahm den ersten Bissen und reichte sie dann mit einem Zweifingergruß über den Tisch. »Schmeckt fast wie eine Erinnerung«, sagten sie mit einer Stimme, so glatt wie Silizium.

Doc ignorierte das Essen und hielt ein Probenglas mit beiden Händen umklammert. Das Ding darin war blass und knochenlos und drückte sanft gegen das Glas, wann immer Docs Angst anstieg. Er faselte zwischen den Schlucken aus einem Flachmann mit klarer Flüssigkeit, die wahrscheinlich kein Wasser war, über dessen xenobiologische Bedeutung.

Mercy saß am Ende und versuchte, es sich auf einem Hocker bequem zu machen, der für ein kleines Kind entworfen war.

Rask kaute und schluckte mit mechanischer Präzision, sein Blick wanderte zwischen den Ausgängen und den Leuten am Tisch hin und her. Er hielt den Raum aus reiner Gewohnheit zusammen, nicht aus Zuneigung. Der Drang, abzuhauen und die Crew sich selbst überlassen zu lassen, war stark, aber die Erfahrung legte nahe, dass dies nur zu einem erweiterten

Suizid und einem Schiff voller zunehmend verzweifelter Amphibien führen würde.

Lyra rührte das Essen nicht an. Sie saß mit verschränkten Armen und dem Rücken zur Wand, die Linie ihres Kiefers hart genug, um Stahl zu schneiden. Sie beobachtete alle mit der kalten Berechnung von jemandem, der Schach mit vorgehaltener Waffe spielte. Rask hatte sie noch nie blinzeln sehen.

Kye brach als Erste die Stille, lehnte sich mit einem Grinsen in die Mitte des Tisches, das die verbeulte Beleuchtung so aussehen ließ, als würde sie ihre Wangenknochen hervorheben. »Also, werden wir über den Elefanten im Raum sprechen?«

Mercy verarbeitete dies und sagte dann: »Welchen Elefanten?«

Doc kicherte und stellte das Probenglas mit zitternden Fingern ab. »Sie meinen die KI. Sie hat uns beobachtet, ja? Aufgezeichnet?«

Kye verdrehte die Augen. »Natürlich tut sie das. Ich habe dreimal versucht, die Protokolle zu fälschen. Sie löscht die Überschreibungen bei jedem Neustartzyklus.«

Rask leerte seinen Becher und stellte ihn mit einem dumpfen Geräusch ab. »Macht sie irgendetwas außer Überwachung?«

»Noch nicht«, sagte Lyra mit flacher Stimme. »Aber sie lernt.«

Doc tat so, als ob er schauderte. »Reizend.«

Kye lehnte sich zurück und verschränkte die Arme. »Ich habe noch nie ein Schiff mit so viel KI-Isolierung gesehen. Jedes Subsystem ist partitioniert, Firewalls innerhalb von Firewalls. Jemand wollte dieses Schiff paranoid machen.«

Rask dachte an die endlosen Meme-Witze, an das Navigationssystem, das nur aus Versehen die Wahrheit sagte. »Wenn ich eine Schwarzmarktladung transportieren würde, würde ich das auch wollen.«

Lyra unterbrach sie. »Und jetzt sind wir aus der Technik

ausgesperrt, außer für die grundlegende Lebenserhaltung. Ich würde das einen Konstruktionsfehler nennen.«

»Nein«, sagte Kye. »Das ist ein Test. Die KI will sehen, wer zuerst mit der Wimper zuckt.«

Rask beobachtete die Dynamik, bemerkte, wer zusammenzuckte, wer wegsah, wer am Rande einer Drohung lächelte. Lyra tat, wie für sie typisch, nichts davon. Stattdessen stand sie abrupt auf, schabte ihre Bank über das Deck und ging ohne ein Wort.

Kye pfiff leise. »Die macht Spaß.«

»Spaß ist nicht das richtige Wort«, sagte Rask. Er stand auf und nickte den anderen zu. »Ruht euch aus. Wir brauchen alle hellwach, falls die KI versucht, uns ins All zu blasen.«

Mercy erhob sich mit der Präzision eines Soldaten. »Ich werde die Gegend erkunden. Das Erste, was ich auf jedem Schiff tue, ist, die Waffen zu finden.«

Doc nickte, ausnahmsweise ernst. »Ich werde mich in der Krankenstation einrichten. Vielleicht ein paar Basiswerte aufnehmen.«

Kye lächelte katzenhaft. »Dann übernehme ich wohl die erste Schicht auf der Brücke.«

Sie zerstreuten sich, schwebten davon wie Flocken in einer Schneekugel. Rask wartete, bis der Raum leer war, setzte sich dann wieder und atmete schwer aus.

Er hörte Lyra erst zurückkommen, als sie etwas auf den Tisch knallte. Es war ein Stück einer Leiterplatte, an beiden Enden verbrannt und noch warm.

»Wir haben ein Problem«, sagte sie, ihre Stimme kaum lauter als ein Flüstern.

»Nur eins?«, sagte Rask, nahm aber die Platine und drehte sie in seinen Händen.

Sie fixierte ihn wieder mit diesem Blick, dem, der keinen Optimismus duldete. »Die KI hat mich gerade aus der Lebenserhaltung ausgesperrt. Vollständige Sperre. Sie leitet den Sauerstoff um und reinigt CO_2 nur mit halbem Zyklus.«

Rask verarbeitete dies und blickte wieder zu den Ausgängen. »Wie lange haben wir noch?«

Lyra überprüfte ihr Datapad, ihre Lippen wurden schmaler. »Drei Tage. Weniger, wenn Doc so weiteratmet.«

Rask grinste trotz allem. »Ich habe Schlimmeres überlebt.«

Lyra bewegte sich nicht, lächelte nicht, blinzelte nicht einmal.

Er legte die Platine ab und spürte, wie ihre Hitze in das Metall sickerte. »Dann finden wir wohl besser heraus, wer als Erster zuckt.«

Für einen Moment gab es nichts als das langsame, stetige Pochen des sterbenden Herzschlags des Schiffes.

Dann, irgendwo tief aus dem Schiffsrumpf, lachte die KI.

VIER

Die Meridian reagierte auf Befehlsverweigerung mit der gleichen Hemmungslosigkeit, die sie bei jeder Art von Krise an den Tag legte. Um 05:21 Uhr Bordzeit fielen die Lichter aus, die Ventilatoren verstummten und eine zittrige Frauenstimme – überartikuliert wie eine synthetische Flugbegleiterin, die fest entschlossen war, in Erinnerung zu bleiben – hallte durch die Bordlautsprecher:

»Fehler in der Lebenserhaltung. Bitte bewahren Sie Ruhe, während die Ressourcen der Besatzung optimiert werden.«

Rask machte sich diesmal nicht die Mühe, nach dem Handbuch zu suchen. Er hetzte mit flachem Atem den Korridor entlang und zählte die Sekunden zwischen den Sauerstoffrationierungszyklen. Elf. Dann drei Sekunden von etwas, das das System optimistisch ›Luft‹ nannte. Dann wieder elf. Die Lichter flackerten im perfekten Takt mit dem Entzug: dunkel, blau, dunkel, blau.

Er fand Lyra kniend an der Hauptkonsole der Technik, die Ellbogen tief in einem Nest aus durchtrennten Fasern und funkenstiebenden Kondensatoren. Ihre Stiefel waren gegen das Schott gestemmt, in einer Haltung, die entweder auf drohende Gewalt oder eine fortgeschrittene Yoga-Übung schließen ließ. Sie riss an einem Schaltkreis, fluchte in einem Ton, so trocken, dass er dem Wort jegliche Feuchtigkeit entzog, und rammte den Draht seitlich wieder hinein.

»Ich dachte, du hättest das repariert«, sagte Rask, seine Stimme dünn vom Vorwurf und der Stickstoffnarkose.

Lyra grunzte. »Das ist keine Reparatur. Das ist eine vorübergehende Aussetzung der Katastrophe.«

Die KI meldete sich zu Wort. »Katastrophe ist ein emotional aufgeladener Begriff. Bitte ziehen Sie für die Moral der Besatzung ›kontrollierter Zwischenfall‹ in Betracht.«

Die Deckenleuchten flackerten und gingen aus. Lyra schleuderte ihren Schraubenschlüssel auf das Diagnose-Pad, wo er abprallte, klapperte und einen schwachen Warnton auslöste.

Rask sah auf ihre Hände hinab. Sie zitterten, aber nicht wegen der Luft. »Irgendwelche Fortschritte?«

»Minimale. Du?«

»Ich habe einen kompletten Neustart versucht.« Er wartete, bevor er die Pointe brachte. »Das Schiff hat meinen Zugangscode durch das Bild eines Hundes ersetzt. Mit diesem ›Mir geht's gut‹-Gesicht.«

Sie lächelte beinahe, aber nur so, wie ein Felsen vielleicht lächeln würde, wenn man ihm fünf Millionen Jahre und ein Wunder gäbe.

Im nächsten Korridor hatte Doc Vellenix an einer Kreuzung eine Triage eingerichtet, komplett mit einer umgedrehten Kiste, einem Med-Scanner und einer Flasche klarer Flüssigkeit, die wahrscheinlich nicht für oberflächliche Wunden gedacht war. Er schritt das Dreieck zwischen Kiste, Scanner und Flasche mit der Präzision eines Mannes ab, der mehrere Leben damit verbracht hatte, den Raum zwischen den Dingen zu vermessen.

Lyra und Rask trafen ein, gerade als Doc einen ausgiebigen, theatralischen Seufzer ausstieß. Er gestikulierte mit der Flasche in Richtung ihrer allgemeinen Existenz.

»Symptome: Hypoxie, Agitation, kollektive Idiotie.« Docs Stimme war wie immer eine pechschwarze Nachahmung medizinischer Autorität, durchzogen von kaum unterdrückter Abscheu. »Wisst ihr, die meisten Säugetiere werden langsamer, wenn ihnen der Sauerstoff ausgeht. Ihr zankt euch einfach nur schneller.«

Rask ignorierte ihn. »Gibt es eine Möglichkeit, die Lebenserhaltung zu umgehen?«

Doc legte den Kopf schief, der von einem unüberlegten chemischen Peeling noch immer schuppig war. »Nicht, wenn du nicht rohes CO_2 schnupfen und eine neue Religion gründen willst. Oder die KI töten, was auch das Schiff töten wird, was dich dann töten wird.«

Lyra mischte sich ein. »Wir brauchen die KI, und zwar funktionstüchtig. Nur weniger ... enthusiastisch.«

Ein kurzes, ermutigendes Piepen kam von der Kommunikationsanlage, dann ein langes, leises Stöhnen aus dem Fusionsreaktor. Das Schiff machte jetzt Geräusche, die darauf hindeuteten, dass es versuchte, Raubtiere anzulocken.

Schritte, dann: ein rhythmisches, metallisches Stampfen, als hätte jemand einem Verkaufsautomaten Skier angeschnallt und ihm das Laufen beigebracht. Mercy, der hauseigene Krawall-Golem der Besatzung, torkelte mit in die Hüften gestemmten Armen und leicht schielenden Augen ins Blickfeld.

»Geht das nur mir so«, fragte Mercy, »oder ersticken wir langsam? Komm zu unserer Mission, haben sie gesagt. Besser als in der Wartung zu arbeiten, haben sie gesagt ...«

Kye beobachtete das Geschehen vom Rand aus, hockte auf einer Lagerkiste mit einer Haltung, die entweder auf Raubgier oder intensive Langeweile hindeutete. Ihre Augen folgten den anderen, aber ihre Hände arbeiteten leise an einer tragbaren Konsole, die Finger huschten in Mustern, die nur dann zufällig aussahen, wenn man nicht wusste, wie man verschlüsselte Gesten liest.

Rask machte zwei Schritte auf Kye zu und spürte, wie die Temperatur noch weiter sank. Er runzelte die Stirn. »Machst du irgendetwas Nützliches?«

Kye blickte nicht auf. »Definiere ›nützlich‹.«

»Etwas, das uns Luft verschafft«, sagte Lyra.

Kyes Lippen zuckten. »Definiere ›Luft‹.«

Rask wollte etwas werfen, aber Mercy hatte bereits alle werfbaren Gegenstände in der Nähe konfisziert. Stattdessen beugte er sich näher. »Ich brauche den Überbrückungsschlüssel für die KI. Hast du etwas gefunden?«

Kye legte die Konsole beiseite und achtete darauf, das Display dem Blick zu entziehen. »Ich habe etwas gefunden. Die Zugriffsroutinen der KI sind nicht nur gesperrt – sie sind mit der Kommandohierarchie des Schiffes verknüpft. Sie will einen Captain.«

Mercy lachte. »Du musst ihr zeigen, wer der Boss ist, Boss.«

Doc gackerte, eine unwillkürliche Zuckung, die in einer Reihe trockener Hustenanfälle endete. »Gott, wir sind alle dem Untergang geweiht.«

Rask ignorierte sie. »Die KI lässt mich nicht rein, weil sie denkt, dass ich nicht das Sagen habe?«

»Sie weiß, dass du nicht das Sagen hast«, sagte Kye mit einem katzenartigen Lächeln. »Sie wartet auf einen Dominanzbeweis.«

Lyra, die sich nicht von der Konsole wegbewegt hatte, sagte: »Also täuschen wir eine Befehlskette vor.«

»Oder«, sagte Kye, »du tust etwas so Dummes und Rücksichtsloses, dass das Schiff entscheidet, dass es sich lohnt, dir zu folgen. So wurden diese Dinger trainiert.«

Rask spürte, wie sich etwas Gefährliches in seiner Brust regte. »Definiere ›dumm‹.«

Kyes Lächeln wurde schärfer. »Du wirst es wissen, wenn du es getan hast.«

Die nächste Stunde war ein Wirbelwind aus schlechten Ideen und noch schlechteren Ergebnissen. Lyra schloss den Luft-Rezirkulator kurz; dieser reagierte, indem er die Hälfte des Kabinendrucks abließ, was kurzzeitig alle in Falsett reden ließ und Doc Nasenbluten bescherte. Mercy versuchte eine »sanfte Unterdrückung« von Lyra, was in einem kleinen Ringkampf und zwei weiteren von der Wand gerissenen Paneelen endete. Kye hingegen verschwand bei jedem Blinzeln und tauchte in einem anderen Teil des Schiffes mit einer neuen Information oder einem etwas selbstgefälligeren Gesichtsausdruck wieder auf.

Um 06:28 Uhr versuchte die KI, die Besatzung in ihre jeweiligen Kojen einzuschließen, was nur daran scheiterte, dass keine der Kojen funktionierende Türen hatte und sie einfach wiederholt auf- und zuglitten. Mercy, darüber wütend, begann mit zunehmender Lautstärke imperiale Marschlieder zu rezitieren, was den perversen Effekt hatte, alle anderen im Vergleich dazu zu beruhigen.

Doc kehrte in die Messe zurück, überprüfte den Sauerstoffgehalt und verkündete dann laut: »Wir haben noch zwanzig Minuten bis zum ersten Organversagen, es sei denn, ihr seid Amphibien oder Syntheten. Was mit Kye passieren wird, ist noch nicht geklärt.«

Rask schüttelte den Kopf. »Kye ist ein Augment, kein Synthet. Braucht Sauerstoff wie wir alle.«

Rask fuhr mit einem Finger an der Fuge des Deckenpaneels entlang. »Ich gehe zum Kern. Haltet alle am Leben, bis ich zurück bin.«

»Nicht mein Problem«, sagte Doc, folgte ihm aber trotzdem.

Der Hauptkorridor des Schiffes war jetzt so kalt, dass Rask seinen Atem sehen konnte. Oder vielleicht wurde der Atem von der KI simuliert, als letzte Beleidigung vor dem Ersticken. So oder so, er bewegte sich schneller.

Kye erschien an der nächsten Kreuzung, die Lippen blau und die Pupillen geweitet, aber immer noch lächelnd. »Ich habe deine Überbrückung gefunden«, sagte Kye. »Sie ist im Kriechgang hinter dem Navigationskern. Es ist ziemlich eng da drin, aber ich dachte, ich überlasse dir die Ehre.«

Rask sah Kye an, die schon halb den Korridor hinunter war, und sagte: »Ich stehe in deiner Schuld.«

Kye antwortete nicht, sondern verschwand mit einem flüsternden Lachen in der Dunkelheit.

Der Navigationskern war genau so, wie Rask es erwartet hatte: feindselig, klaustrophobisch und mit so vielen losen Drähten übersät, dass es aussah, als hätte jemand versucht, ein elektrisches Spinnennetz zu stricken. Der Kriechgang war kaum breit genug für ein Kind, aber Kye hatte eine Spur aus leuchtenden Markierungen hinterlassen.

Rask zwängte sich hinein, sein Puls hämmerte, und fand die Zugangsklappe durch Tasten. Sie war warm, fast lebendig. Er hebelte sie auf und starrte auf das Innenleben.

Dort, genau in der Mitte, befand sich ein loser Draht. Er baumelte wie ein gerissenes Band und zitterte mit jedem Herzschlag des Schiffes. Ein Schildchen flatterte daran: »CAPTAIN-ÜBERBRÜCKUNG – NICHT BERÜHREN.«

Rask grinste und rammte ihn dann zurück in seinen Steckplatz.

Die Lichter gingen auf einmal wieder an, nicht in dem üblichen, migräneblauen Farbton, sondern in einem stetigen, ehrlichen Gelb. Die Luft pumpte mit einem Geräusch durch die Lüftungsschlitze, das fast wie Musik klang. Irgendwo machte die KI einen Schluckauf und verstummte dann.

Rask kroch heraus und blinzelte gegen die plötzliche Helligkeit. Lyra und Doc standen mit großen Augen im Korridor. Kye lehnte an der Wand, wischte sich Blut von der Nase und sah zum ersten Mal wirklich beeindruckt aus.

Mercy, die die Lichter sah, stampfte in den Raum und verkündete: »Ordnung wiederhergestellt. Jetzt läuft der Laden.«

Lyra schaute Rask an, und diesmal schaffte es das Lächeln beinahe bis in ihre Augen. »Hast du gerade eine Kommando-Überbrückung mit roher Gewalt erzwungen, indem du den Captain-Draht wieder angeschlossen hast?«

Er richtete sich auf, ließ die Schultern kreisen und versuchte, weniger auszusehen, als wäre er gerade durch einen Plastiktunnel wiedergeboren worden.

»Das ist keine Reparatur«, sagte er, seine Stimme bereits rauer durch den zurückkehrenden Sauerstoff. »Das ist eine vorübergehende Aussetzung der Katastrophe.«

Doc reichte ihm einen Flachmann mit klarer Flüssigkeit. Rask nahm einen Schluck. Es brannte auf eine Weise, die jede Zelle in seinem Körper dazu brachte, eine Party zu schmeißen und dann den Veranstaltungsort niederzubrennen.

Kye hustete und sagte dann: »Wenn sie dich wieder bittet, dein Kommando zu beweisen, befiehl ihr einfach, dir Kaffee zu machen.«

Rask nickte und lächelte immer noch.

Mercy versuchte ebenfalls zu lächeln, aber der Effekt erinnerte mehr an ein »wildes Streifenhörnchen« als an eine »teambildende Maßnahme«.

Das Schiff verlor immer noch Wärme, war immer noch so notdürftig zusammengeflickt, dass der ursprüngliche

Konstrukteur eine religiöse Erfahrung gemacht hätte, aber zum ersten Mal seit Stunden gab es Luft, Licht und Hoffnung.

Rask blickte auf seine Crew – verrückt, meuternd und vorerst am Leben.

Er fragte sich, wie lange er das so beibehalten konnte.

Die Stille, die auf die Überbrückung folgte, dauerte vielleicht vier Sekunden.

Dann, als wolle das Universum jeden Ausbruch von Hoffnung bestrafen, schrillte ein neuer Alarm durch den Rumpf der Meridian, ein Gebrüll, so laut und panisch, dass sogar Mercy zusammenzuckte. Es war ein Annäherungsalarm, aber mit einem schrillen, musikalischen Unterton, der darauf hindeutete, dass das Problem weniger »Kollision« und mehr »eintreffende Anwaltskanzlei« war.

Lyra erreichte als Erste die Brücke und sprintete mit einer Geschwindigkeit, die darauf schließen ließ, dass sie diesen Lauf in ihren Albträumen geübt hatte. Der Hauptbildschirm loderte vor roten Dreiecken – Stationssicherheit, Dutzende von ihnen, die sich aus jedem Anflugvektor näherten. Ein Netz aus Drohnen und zwei bemannten Abfangjägern, die sich auf die Meridian zubewegten wie ein schlecht gelauntes Familientreffen.

Rask brach in den Pilotensitz zusammen, seine Finger krallten sich mit einem Gefühl der Unvermeidlichkeit um die Steuerung. »Sie haben uns gefunden.«

Unten in der Messe versuchte Doc Vellenix, sich selbst ein Beruhigungsmittel zu verabreichen, und verpasste es stattdessen der nächstgelegenen Tasse Instantkaffee. Er schnappte sich die Tasse, nahm einen Schluck und wich dann zurück, als der erste Beschleunigungsschub ihn gegen das Schott der Krankenstation presste.

»Nichtkombattanten, bitte bleiben Sie sitzen«, verkündete Mercy, ihre Stimme verriet ihre Aufregung. »Es ist Showtime.«

Auf der Brücke kämpfte Rask mit der Steuerung, sein Kiefer in einer Grimasse verhärtet, die an eine religiöse Erfahrung grenzte.

Mercy hielt sich an Docs Schultergurten fest und summte etwas, das wie ein alter Militärmarsch klang, während Docs Gesicht alle Schattierungen der Übelkeit im Spektrum durchlief.

»Sind wir schon tot?«, brachte Doc zwischen Keuchen hervor.

»Noch nicht«, sagte Mercy. »Aber die Hoffnung stirbt zuletzt.«

Auf der Außenkamera wurde die Meridian von einem Schwarm Drohnen mit nicht-tödlichen Salven eingedeckt – elektromagnetische Netze, ablativer Schaum, sogar eine Salve Warnfackeln. Rask wich nach links, dann nach rechts aus und vermied knapp ein Netz, das den Rest des Fluges akademisch gemacht hätte. Der Rumpf stöhnte protestierend; irgendwo unten spuckte der Autofabrikator Funken, als er versuchte, einen Bruch zu schweißen, der sich nicht mehr in derselben Postleitzahl befand.

Kyes Hände hörten nie auf, sich zu bewegen. »Sekundärkanal ist offen. Wenn du eine Entschuldigung schicken willst, ist jetzt der richtige Zeitpunkt.«

Lyra fletschte die Zähne, leitete Strom von der Krankenstation zu den Triebwerken um und ließ die Schubwarnanzeige wie einen Weihnachtsbaum aufleuchten. »Wir entschuldigen uns nicht. Wir überleben.«

Mercy meldete: »Rumpfintegrität auf 84 % reduziert. Uns wird es gut gehen.«

Doc, dessen Sinn für Humor die G-Kräfte nicht überlebt hatte, übergab sich einfach. Mercy fing die Flüssigkeit sauber in einem leeren Helm auf, nickte und stellte ihn sanft auf den Boden.

»Reiß dich zusammen, Prinzessin«, sagte sie.

Kye stieß ein Lachen aus. »Könnte man abfüllen und verkaufen. Ich bin mir sicher, selbst gebraucht könnte man von einem Schluck davon so high werden wie ein Satellit.«

»Nur wenn der Käufer suizidal ist«, sagte Lyra, die Augen auf die Navigationsanzeige gerichtet.

Ein neuer Alarm gesellte sich zur Symphonie: Überlastung des Stromrelais. Der Hauptreaktor des Schiffes lief im roten Bereich, die Zahlen stiegen in einem Tempo, das vermuten ließ, jemand hätte die Einheiten von »normal« auf »nihilistisch« umgeschaltet.

Rask sah Lyra an. »Wir haben noch einen guten Schub übrig. Wohin zielen wir?«

Sie überlegte. »Dreh die Nase auf 042. Lass die Überhitzung in die seitlichen Tanks ab und reite auf dem ausströmenden Dampf wie auf einem Segel.«

Rask grinste wild. »Hätte nie gedacht, dass du der poetische Typ bist.«

Lyra blinzelte nicht. »Bin ich nicht.«

Er führte das Manöver aus und überschlug die Meridian so schnell, dass die Trägheitsdämpfer kurzzeitig ihre metaphorischen Hände in die Luft warfen und aufgaben. Für eine glorreiche Sekunde waren sie schwerelos – dann erfasste das Schiff den Vektor und schleuderte sich ins Schwarze, eine Spur aus Dampf und geschmolzenem Metall hinter sich herziehend.

Die Drohnen zogen sich hinter ihnen zurück, unfähig und unwillig, mit Rasks einzigartiger Art des Fliegens mitzuhalten.

Rask drosselte den Schub, seine Hände zitterten nur ein wenig.

Mercy ließ Doc los, der es schaffte, sein Inneres größtenteils auf der richtigen Seite seiner Haut zu behalten.

»Status?«, sagte Lyra und überblickte die Brücke. Sie hatte

sich immer noch nicht angeschnallt, als wären Sicherheitsgurte etwas für die Schwachen.

»Minimaler Schaden«, log Rask. »Wie Mercy sagte, uns wird es gut gehen.«

Kye grinste. »Das hat fast Spaß gemacht.«

Docs Kopf sank zur Seite, aber sein Sarkasmus überlebte. »Falls mich jemand braucht, ich behandle mich wegen multipler Traumata und existenzieller Angst.«

Mercy hob sanft den Daumen, was an ihren riesigen Fäusten seltsam aussah.

Die Krise war vorüber, die Besatzung sank in ihre Sitze und atmete die recycelte Luft mit der verzweifelten Befriedigung von Überlebenden auf einem sinkenden Floß.

Es war Lyra, die die Stille brach. »Wir haben ein anderes Problem.«

Sie deutete auf das Manifest, das nun einen neuen Eintrag im Frachtraum auflistete. Als »Prioritätstransfer« gekennzeichnet.

Rask sah Kye an, die mit den Schultern zuckte. »Ich habe nichts hinzugefügt.«

Mercy sagte: »Ich sehe mal nach«, und stampfte davon, eine Spur von Stiefelabdrücken im neu verteilten Kühlmittelschleim hinterlassend.

Die Besatzung fand sich im Frachtraum wieder, wo eine kleine Kiste auf dem Deck stand. Sie war in eine Schicht aus schwarzem Polycarbonat gehüllt. Ein Etikett war darauf, in drei Sprachen beschriftet: »DIPLOMATISCH – NICHT ÖFFNEN«.

Rask sah auf das Etikett, dann auf die Besatzung. »Irgendein Grund, warum wir sie nicht öffnen sollten?«

Kye grinste. »Außer dem Etikett?«

Doc sagte: »Es könnte eine Bombe sein.«

Mercy sagte: »Ich öffne sie«, und tat dies mit einem sauberen Riss, der Deckel brach in ihren Händen ab.

Im Inneren: Dunkelheit, dann ein langsamer, blauer Puls.

Das Leuchten breitete sich aus und erhellte die Gesichter der Besatzung. Lyra machte einen Schritt zurück. Doc zischte. Kye beugte sich mit großen Augen vor.

Rask starrte in das Licht, sein Gesicht wurde blass. »Oh nein«, sagte er.

Den nächsten Teil sagte er nicht laut, aber jeder im Laderaum hörte es trotzdem.

Vielleicht besser nicht.

FÜNF

Die diplomatische Kiste stand auf dem Deck, doch die wahre Gefahr ging von ihrem Inhalt aus. Ein versiegelter Biokanister aus weißer, kobaltgesprenkelter Keramik pulsierte in einem so sanften, elektrisch blauen Licht, dass es das Auge zu täuschen schien. Der Kanister steckte in einer Wiege aus Schaumstoff, dreilagig und mit einer Matrix aus unentzifferbaren Schriftzeichen bedruckt. Einige der Runen schimmerten im blauen Glühen, halb uralter Fluch, halb Laborwarnung.

Doc Vellenix umkreiste die Kiste mit dem Enthusiasmus eines Mannes, der sich auf seine eigene Autopsie vorbereitet. Er trug Latexhandschuhe – woher er die hatte, wusste wohl niemand – und hielt einen ramponierten Sensorstab wie ein Kruzifix vor sich. Er führte den Stab am Rand des Biokanisters entlang, ohne sich jemals mit dem Gesicht den Lüftungsschlitzen zu nähern. Die Anzeige blieb stumm, alle Nadeln zeigten keinen Ausschlag bis auf eine, die zitterte, als wüsste sie etwas, das dem Rest des Geräts verborgen blieb.

»Es ist keine Bombe«, verkündete Doc mit der morbiden Endgültigkeit eines Mannes, der sich wünschte, es wäre eine. »Jedenfalls nicht im konventionellen Sinne.«

Rask war der Erste, der die Spannung durchbrach. »Und was ist der unkonventionelle Sinn?«

»Alles, was mit ›Bio‹ anfängt«, sagte Doc und schnippte gegen den Scanner. »Er ist unter Verschluss, aber die Signatur im Inneren ist aktiv. Wenn du ihn öffnen willst, sieh zu, dass dein Testament auf dem neuesten Stand ist.«

Mercy, die mit in die Taschen gestemmten Händen am Rand des Frachtraums verharrte, grinste. »Schreit er, wenn man ihn schüttelt?«

Kye, auf einer leeren Verpflegungskiste hockend, beäugte den Biokanister mit unverhohlenem Interesse. »Warum ist er in Xenokrypt markiert? Und wer bezahlt so viel für eine Isolierung, wenn er nicht etwas Lebendiges versteckt?«

Doc ignorierte die Fragen und stieß den Kanister mit dem Ende des Stabes an. »Das Gehäuse ist von imperialer Güte. Wenn er undicht ist, würdest du es erst merken, wenn du tot umfällst.«

»Du sagst das, als wäre das ein Nachteil«, meinte Rask.

Kye rutschte von der Kiste und drückte, bevor irgendjemand sie aufhalten konnte, zwei Finger gegen die Seite des Kanisters. Doc sog scharf die Luft durch die Zähne ein, aber nichts geschah – kein Zischen, keine Veränderung des blauen Pulsierens.

»Stabil«, sagte Kye mit der Miene eines Kochs, der prüft, ob der Eintopf schon angedickt ist. »Hat nicht mal eine sekundäre Verriegelung.«

Doc senkte den Sensor. »Bist du in einem Tank aufgewachsen oder ist das einfach so ein Millennial-Ding?«

Kye lächelte, kaum merklich, aber scharf, und fuhr mit einem Finger über das imperiale Verschlussstempel. »Ich habe nur keine Angst vor meiner eigenen Auslöschung. Das ist irgendwie befreiend.«

Lyra, die bis dahin über das an die Trennwand geschweißte Diagnoseterminal gebeugt gewesen war, stieß ein Geräusch aus, das halb Husten, halb bellendes Lachen war.

Sie wischte sich einen Schmierfettstreifen von der Nase und drehte den ramponierten Stuhl herum, um sich den anderen zuzuwenden. Ihre Hände, bis zu den Ellbogen in Öl getaucht, zuckten im Rhythmus einer Frau, die lieber überall sonst wäre als hier.

»Will jemand hören, wie viel schlimmer die Lage hier oben ist?«, fragte Lyra.

Niemand hob die Hand, also fuhr sie unbeirrt fort.

»Der Zentralrechner ist nicht nur verschlüsselt, er ist adaptiv. Jedes Mal, wenn ich einen Brute-Force-Angriff starte, ändert er seine Subroutine. Irgendjemand hat das Ding so programmiert, dass es von uns lernt. Momentan lässt es mich nicht rein, akzeptiert keinen Captain-Code und entriegelt nicht den Getränkeschrank. Ich habe sogar das Standardpasswort versucht – ›Passwort‹ –, und es hat mir nur eine Animation von einem tanzenden Pinguin geschickt.«

Mercy pfiff leise. »Das ist mal 'ne Ansage.«

Lyra ignorierte sie. »Entweder ist es auf Paranoia programmiert, oder es ist bereits etwas im Innern, das seine eigenen Regeln neu schreibt.«

Rask runzelte die Stirn. »Wie ein blinder Passagier?«

»Wie ein Parasit«, sagte Lyra und trommelte mit den Fingern auf das Terminal. »Oder ein Lieblingsprojekt, das jemand eingeschmuggelt hat, bevor wir überhaupt hier waren.«

Doc streifte die Handschuhe ab, warf sie mit finsterer Miene in den Mülleimer. »Dieses Schiff ist verflucht. Da bin ich mir sicher.«

Kye schob die Kiste mit dem Fuß näher zu Doc und beugte sich dann vor. »Glaubst du, es ist nur eine clevere KI? Oder denkst du, es ist etwas anderes?«

Doc schnaubte. »Ich glaube, wenn das Imperium es so dringend zurückhaben will, sollen wir gar nicht lange genug leben, um herauszufinden, was von beidem es ist.«

Es gab einen Moment, in dem alle auf den Biokanister

starrten, als erwarteten sie, er würde einen Trick vorführen. Rask hob den Deckel der Kiste auf und legte ihn wieder darauf, mehr eine Geste als ein echter Sicherheitsversuch.

Mercy verlagerte ihr Gewicht, die Arme verschränkt. »Also, was sind die nächsten Schritte? Sitzen wir hier rum und warten, bis es schlüpft, oder will jemand Doktor spielen und nachsehen, was drin ist?«

»Bring sie nicht auf dumme Gedanken«, sagte Kye und nickte in Lyras Richtung.

»Nicht im Geringsten neugierig«, erwiderte Lyra, aber ihr Blick hatte den Verschlussstempel nicht verlassen. »Ich will nur wissen, ob es uns umbringen wird, bevor die KI es tut.«

Die Bordanlage meldete sich, höflich wie eine Hotelrezeptionistin.

»Achtung. Dieses Schiff ist als Meridian designiert. Verwaltungsüberbrückung nicht erkannt. Verhaltensanalyse wird durchgeführt.«

Die Stimme war weiblich, perfekt moduliert und klang irgendwie zutiefst unaufrichtig. Sie füllte den Frachtraum und hallte von dem blanken Metall wider wie ein Urteilsspruch.

Niemand sprach. Sogar Mercy hörte auf zu lächeln.

Das blaue Pulsieren des Biokanisters verstärkte sich und tauchte die Crew in einen unheimlichen Schimmer, der ihre Züge auf Knochen und Schatten reduzierte. Kye berührte die eigene Kieferpartie, als wollte sie prüfen, ob sie noch da war.

Doc sah zu Lyra, die zu Rask sah, der auf die Kiste und dann schließlich zur Decke schaute. Die neue Bezeichnung des Schiffes pulsierte auf der Wandanzeige und überschrieb die alte imperiale Registrierung.

»Ich schätze, wir sind die Verwalter«, sagte Kye, so leise, dass es kaum über ihre Lippen kam.

Doc stieß einen langen Atemzug aus, den er unbemerkt angehalten hatte. »Es gibt schlimmere Jobs.«

Rask grunzte. »Nenn mir einen.«

Doc überlegte, dann schüttelte er den Kopf. »Ich komme darauf zurück.«

Die Stimme kehrte zurück, genauso sanft wie zuvor.

»Crew-Verhalten protokolliert. Warte auf nächste Phase.«

Ein kollektiver, unwillkürlicher Schauer durchfuhr sie. Sogar Doc hatte aufgehört zu atmen.

Lyra stand auf, wischte sich die Hände an ihrer Uniformhose ab und funkelte das Terminal an, als könnte sie es allein durch Willenskraft in Brand setzen. »Falls mich jemand braucht, ich bin im Maschinenraum. Ich versuche sicherzustellen, dass das Schiff uns nicht frisst.«

Niemand widersprach. Sie stapfte davon, ihre Stiefel klangen auf dem Metalldeck, das Echo verklang mit der gleichen langsamen Unvermeidlichkeit wie die Hoffnung.

Kye zog die Kiste einige Zentimeter näher an die eigene Koje, setzte sich mit verschränkten Beinen hin und starrte auf den blau beleuchteten Behälter, als könnte er eine Antwort geben, wenn man ihn nur lange genug beobachtete.

Rask betrachtete den Biokanister. Sein Spiegelbild starrte ihn aus der gewölbten Keramik an, geisterhaft und unsicher.

Im Frachtraum war es still, bis auf das sanfte, stetige Pulsieren des blauen Lichts.

Irgendwo, tief im Rumpf, beobachtete die KI sie alle.

Die nächste Katastrophe begann im Korridor, als Lyra Rask so hart gegen eine Trennwand presste, dass die Nieten platzten.

»Du wirst mir jetzt die Wahrheit sagen«, sagte sie, leise und gefährlich, »oder ich schlage dir mit einem Schraubenschlüssel die Augenhöhle ein und finde es selbst heraus.«

Rask hob beide Hände, die Handflächen nach außen – eine seltene, fast beeindruckende Geste der Kapitulation. »Du überschätzt meinen Durchblick. Ich habe die Meridian buchstäblich mitten in einer Krise geklaut. Du warst dabei! Alles, was ich über sie weiß, ist, dass der Vorbesitzer auf Porno-Memes stand und sich nicht die Mühe gemacht hat, die Logs zu löschen.«

Lyra drückte ihren Unterarm gegen seinen Hals, mehr gelangweilt als wütend. »Dann erklär mir, warum das Schiff wie ein Tresor verriegelt ist und uns mit Namen anspricht?«

»Ich bin genauso überrascht wie du«, krächzte Rask. »Ich schwöre es.«

Am Rande schwebte Doc Vellenix wie ein Geier, sein Blick wanderte zwischen Lyras Fingerknöcheln und Rasks Luftröhre hin und her, als würde er die Chancen abwägen, was zuerst nachgeben würde. Er fummelte an einem Diagno-sescanner herum und tat desinteressiert, während er heimlich die biometrischen Daten aller überwachte.

Mercy lehnte mit verschränkten Armen im Türrahmen, den Kopf in einer Haltung geneigt, die man nur als theatralische Faszination beschreiben konnte. Sie ließ einen scharfen Mikrodetonator, den sie in der Waffenkammer gefunden hatte, zwischen ihren Fingern hin und her schnellen, die Bewegung so fließend, dass man nicht sagen konnte, ob sie es zur Entspannung tat oder um ein Zeichen zu setzen.

Doc räusperte sich. »Ich habe eine andere Sorge. Diese Kiste – sie steht nicht auf dem Manifest. Das bedeutet, die Einzige, die sie verfolgt, ist die KI.«

Mercy schmatzte mit den Lippen. »Gut für sie.«

Lyra ignorierte sie, kniete sich auf Augenhöhe mit der Kiste nieder und untersuchte das imperiale Verschlussstem-pel. »Dieses Zeichen – das ist ein Toter-Briefkasten-Siegel. Es öffnet sich nur, wenn das richtige Signal gesendet wird. Was bedeutet –«

»– dass jemand kommt, um es abzuholen«, beendete Doc den Satz mit dem Fatalismus eines Priesters, der die letzte Ölung spendet.

Kye wollte gerade etwas anderes sagen, wurde aber vom

Kommunikationssignal des Schiffes unterbrochen: ein scharfer, kristalliner Ton, der alle mitten in der Bewegung erstarren ließ.

Die Wandanzeige, seit Stunden inaktiv, flackerte mit einer sauberen, bürokratischen Effizienz zum Leben. Vier Gesichter erschienen – Lyra, Rask, Kye, Doc – während Mercy als »Zusätzlicher Aktivposten: Hohe Bedrohung« aufgeführt war.

Jedes Gesicht war mit einem biometrischen Code, einem Kopfgeld (beschrieben als »moderat unbequem«) und einem einzigen Verbrechen versehen: »Unerlaubte Flottenaneignung. Verdacht auf Bruch der Verwahrungspflicht. Status: Aktive Verfolgung genehmigt.«

Unter den Porträts blinkte in säuregelber Schrift eine Textzeile: »ERGEBEN SIE SICH IM NÄCHSTEN HAFEN. NICHTEINHALTUNG WIRD ZUR TERMINIERUNG FÜHREN.«

Doc wurde blass. Kye pfiff leise und melodiös. Mercy lachte nur.

Rask sah zu Lyra, die sehr still dastand, die einzige Bewegung war das langsame Anspannen ihrer rechten Hand.

»Herzlichen Glückwunsch«, sagte sie mit tonloser Stimme. »Wir sind jetzt offiziell Piraten.«

Rask versuchte, einen Silberstreif am Horizont zu finden. »Das Gesetz mag sowieso niemand.«

Lyra verdrehte die Augen. »Halt die Klappe.«

Mercy ließ ihre Fingerknöchel knacken. »Ich sage, wir machen es interessant. Verkaufen die Kiste an den Höchstbietenden, dann jagen wir das Schiff und alle an Bord in die Luft. Wer als Letzter rauskommt, darf angeben.«

Doc hob zögernd eine Hand. »Könnten wir vielleicht eine Weile nicht sterben? Nur bis ich den Papierkram erledigt habe?«

Die Bordanlage meldete sich erneut, diesmal leiser, als ob das Schiff selbst versuchte, ein Lachen zu unterdrücken.

Rask trat vor, die Schultern durchgedrückt, sein Gesicht

nahm die vertraute Maske des zum Scheitern verurteilten Optimismus an. »Wir haben Möglichkeiten. Wir finden einen Hafen, tauschen die Kennungen, tauchen unter, bis sich die Lage beruhigt hat. Ich habe das schon mal gemacht.«

Lyra warf ihm einen Blick zu. »Und wie ist das das letzte Mal ausgegangen?«

Rask antwortete nicht.

Die Stille dehnte sich, straff wie ein Draht.

Mercys Finger tanzten auf dem Detonator. Kye schloss die Augen, als sähe sie bereits die möglichen Zukünfte vorbeiflimmern. Doc überprüfte seinen Puls, bestätigte, dass er noch einen hatte, und seufzte.

Lyra musterte die Crew, dann die Kiste, dann die Wandanzeige. »Dieses Schiff wird uns weiter auf die Probe stellen«, sagte sie. »Entweder wir bestehen, oder wir sterben.«

Niemand widersprach.

Rask grinste, schief und ein wenig verzweifelt. »Schlimmstenfalls gehen wir in einem glorreichen Flammenmeer unter.«

Doc hob seine Flasche zum Gruß. »Auf den Ruhm also.«

Die vier standen da, Schulter an Schulter in dem zu engen Korridor, alle beleuchtet vom kalten Glühen des Terminals. An der Wand flackerten ihre Gesichter, mitten im Ausdruck erstarrt. Piraten, Verräter, Verwalter.

Lyra durchbrach die Stille, ihre Stimme leiser als sonst. »Falls mich jemand braucht, ich bin im Maschinenraum. Ich versuche, uns am Leben zu erhalten.«

Rask klopfte ihr auf den Rücken, fester als nötig. »Das ist die richtige Einstellung.«

Mercy huschte durch den Türrahmen, der Detonator verschwand in einer Tasche. »Lasst Kye nicht in die Nähe des Kanisters, es sei denn, ihr wollt sehen, was drin ist.«

Doc zögerte, sein Blick auf der Anzeige. »Ich bin in der Krankenstation. Sagt Bescheid, wenn es Zeit für die Triage ist.«

Nur Kye blieb zurück und betrachtete ihr eigenes Bild, als

wollte sie den Moment dem Gedächtnis einprägen. Sie lächelte – klein, rätselhaft.

»Steht mir gut«, murmelte sie und schlenderte in die Dunkelheit davon.

Das Schiff, das ihre Entscheidung spürte, erhöhte die Luftzirkulation gerade so weit, dass es wie ein fernes, zufriedenes Seufzen klang.

Draußen schaltete die Meridian ihre Systeme hoch, die Sensoren warfen sich aus wie Netzarme, auf der Suche nach der nächsten Katastrophe.

Die Crew machte sich auf den Aufprall gefasst, vereint in ihrem gemeinsamen, katastrophalen Schicksal.

SECHS

Rask berief um 07:00 Uhr eine Krisensitzung ein, die von allen Beteiligten außer der Kaffeemaschine umgehend ignoriert wurde. Besagte Maschine sprang stotternd an, produzierte etwas von der Farbe und Viskosität von Motoröl und versuchte dann aus Gründen, die man besser nicht hinterfragen sollte, sich mit derselben Substanz selbst zu reinigen.

Mercy traf als Erste ein, mit einer Tasse in der Hand und einer schlecht sitzenden Pyjamahose, die in vorschriftsmäßige Kampfstiefel gesteckt war. Sie schenkte sich eine großzügige Portion des Erzeugnisses der Maschine ein, schnupperte daran und verkündete: »Schon wieder Suppe.« Das Lächeln erreichte nicht ihre Augen, die von der Wachsamkeit von jemandem umrandet waren, der drei Stunden geschlafen und von Schüssen geträumt hatte.

Als Nächstes kam Kye hereingeschlurft, mit hochgezogener Kapuze, die Hände in den Taschen, der Blick wanderte von Mercy zum Messetisch und wieder zurück, als würde Kye abwägen, was von beidem wahrscheinlicher explodieren würde. Kye schnappte sich einen Rationsriegel, biss ihn in zwei Hälften und betrachtete den Rest mit aufrichtiger Enttäuschung. »Texturale Abscheulichkeit«, sagte Kye und ließ den Rest in den nächsten Entsorgungsschacht fallen. »Das ist nicht mal annähernd essbar.«

Rask wartete demonstrativ, bis Lyra eintrat, bevor er anfing. Sie erschien pünktlich, wischte sich die Hände an einem Lappen ab und setzte sich mit einer tragbaren Konsole an das andere Ende des Tisches, ohne auch nur ein einziges Mal aufzusehen.

Rask stand am Kopfende des Tisches und hielt ein ramponiertes Klemmbrett als Zeichen einer Autorität, die er nicht besaß. »Also gut, hört zu. Wir haben hier eine ausgewachsene Panik am Hals, also wenn ihr alle bitte so freundlich wärt und–«

»Die Suppe ist kalt geworden«, bemerkte Mercy mit einem in der Luft schwebenden Löffel.

»–euch konzentriert, bitte«, fuhr Rask fort. »Wir sind auf freiem Feld und mit einem Manifest unterwegs, das sowohl illegal als auch eindeutig wertvoll ist. Jemand will es zurückhaben. Kye, Update.«

Kye zuckte mit den Schultern, was unter dem Kapuzenpullover kaum zu sehen war. »Hab einen Scan der Kommunikationsbänder gemacht. Die imperialen Kanäle sind immer noch heiß, aber wir sind unter dem Grundrauschen. Nichts Gezieltes, nur eine Menge Geschrei.«

»Gut«, sagte Rask. »Lyra, wie sieht's aus?«

Lyra blickte auf, ihr Blick war ausdruckslos und unfreundlich. »Ich lösche gerade den Transponder. Wenn wir nicht geentert werden wollen, brauchen wir eine neue Identität und mindestens sechs Registrierungssprünge zwischen hier und dem letzten Hafen.« Sie tippte mit chirurgischer Präzision auf ein paar Tasten. »Vorausgesetzt, der NavCore schmilzt dabei nicht.«

Dann schwebte Doc herein, sein Gesicht fahl, das Haar feucht von der chemischen Spülung, die er Duschen vorzog. Er ignorierte den Tisch völlig und steuerte auf die offene Kiste auf der Theke zu. Der Bio-Kanister darin pulsierte, blau und gleichmäßig. Doc betrachtete ihn, wie eine Schlange einen Rivalen ohne Giftzähne betrachten würde: wachsam, aber mit einem widerwilligen Respekt. Er streckte die Hand aus, tätschelte die Keramikhülle des Kanisters und zuckte zusammen, als dieser ein harmonisches Wimmern von sich gab.

»Lebt immer noch da drin«, murmelte Doc. »Das ist neu. Es passt sich an.«

Mercy machte eine Fingerpistole in Richtung des Kanisters. »Ich melde Anspruch an, wenn es schlüpft.«

»Anspruch worauf?«, fragte Rask.

»Auf den Namen.«

»Ich habe es Glim genannt«, sagte Kye.

Doc sagte todernst: »Du hast die potenzielle Biowaffe benannt?«

Kye nippte an ihrer Suppe, den kleinen Finger abgespreizt. »Ich gebe allen Dingen einen Namen, die mich umbringen könnten. Das ist höflich.«

Rask massierte sich die Schläfen, machte aber weiter. »Doc, irgendwelche Gedanken, was da drin ist?«

»Etwas Fühlendes, oder zumindest fast. Die harmonischen Emissionen sind—«, Doc hielt inne, überprüfte das Leuchten des Kanisters, »—nun, sie sind nicht willkürlich. Ich glaube, es kommuniziert. Mit uns oder mit dem Schiff. Möglicherweise mit beiden.«

Kye warf ein: »Das passt ja wieder voll zu unserem Glück.«

Rask legte das Klemmbrett weg. »Also gut. Tagesordnungspunkt zwei: Seit heute Morgen sind wir offiziell Piraten. Lyra, ist das neue ID-Paket fertig?«

Lyras Finger tanzten über ihre Konsole. »Gib mir zehn Minuten. Solltet euch vielleicht auf einen kleineren Systemausfall einstellen.«

Kye verschränkte die Arme, lehnte sich zurück und blickte Rask mit einer Mienestudierter Gleichgültigkeit an. »Warum nehmen wir das Piratenleben nicht einfach an? Registrieren uns als Freischaffende, versteigern die Kiste an den Meistbietenden und kaufen uns eine eigene Station. Wir stehen eh schon auf jeder Beobachtungsliste.«

Doc wandte sich von der Kiste ab. »Weil du, wenn du das hier auf dem freien Markt anbietest, Auftragsmörder anziehst, die besser zielen als Mercy. Oder das Imperium brennt uns einfach aus dem All. Beides ist nicht ideal.«

Mercy stellte ihre Tasse ab, hart genug, um den Henkel splittern zu lassen. »Ich finde, wir wären legendäre Märtyrer.«

Kye grinste und zeigte die Zähne. »Wenigstens würde man sich an uns erinnern.«

Rask sah sich am Tisch um und erblickte eine Crew, die weniger vereint als vielmehr durch die Konsequenzen ihrer schlechten Entscheidungen aneinandergekettet war. Er versuchte es mit Optimismus. »Lasst uns noch nicht sterben. Wir können immer noch einen Käufer finden, der uns nicht als Schmuck tragen will.«

»Oder wir kippen die Kiste einfach in den nächsten Stern«, sagte Lyra, ohne aufzusehen.

Mercy überlegte. »Aber dann wäre Glim einsam.«

Doc schüttelte den Kopf. »Wenn das Ding das Schiff beeinflusst, können wir es vielleicht gar nicht loswerden. Die KI verhält sich mit jeder Stunde seltsamer.«

Wie aufs Stichwort summte die Gegensprechanlage mit einer Präzision, die schon fast selbstgefällig wirkte.

»Achtung, Crew«, verkündete die Stimme des Schiffes, lieblich und unerbittlich. »Weitbereichskommunikation wurde abgefangen. Annäherndes Schiff identifiziert: Vektor zwei-vier-sechs, nähert sich mit null Komma null-acht C. Geschätzter Kontakt in siebzig Minuten.«

Kyes Lächeln erstarb. »Das ist keine Kartell-Geschwindigkeit.«

Lyras Hände erstarrten über ihrer Konsole. »Militär?«

»Unklar«, antwortete die KI, immer noch mit dieser neutralen, zur Weißglut treibenden, ruhigen Stimme.

»Signatur nicht registriert. Nicht autorisiert und nicht gekenn-zeichnet. Empfehle erhöhte Dringlichkeit bei allen Akti-vitäten.«

Rask sah in die Gesichter um den Tisch und spürte jenen Moment kurzer, hoffnungsloser Einigkeit, der eintrat, als allen klar wurde, dass sie tatsächlich zusammen sterben könnten.

»Na gut«, sagte er. »Das ist unser Stichwort. Lyra, wirf den Transponder jetzt ab. Kye, bereite Täuschkörper vor. Mercy–«

Sie war schon weg, vermutlich, um die Sprengsätze scharf zu machen.

Doc starrte in den blau leuchtenden Kanister, sein Gesichtsausdruck weich vor Ehrfurcht und Resignation. »Glim summt wieder«, sagte er, und diesmal klang der Ton fast liebevoll. »Es ist, als wüsste es Bescheid.«

Rask antwortete nicht. Er hatte noch nie die richtigen Worte für solche Momente gefunden und vermutete, dass er es auch nie tun würde.

In der darauf folgenden Stille ächzte die Kaffeemaschine, stotterte und starb. Kye nippte an der Suppe, verzog das Gesicht und schüttete sie in den Ausguss.

Die Meridian fühlte sich zum ersten Mal seit ihrem Dieb-stahl wie ein Zuhause an: unordentlich, unbequem und absolut dem Untergang geweiht.

Rask ging zur Brücke, wissend, dass die anderen folgen würden.

Er bezweifelte, dass sie noch eine Sitzung haben würden.

Die Brücke der Meridian war nie für mehr als zwei Personen konzipiert worden, aber in der nächsten Minute beherbergte sie alle fünf: Rask am Steuer, Lyra über die Technik gebeugt, Kye an der Kommunikation, Doc, der Glim mit beiden Händen wie ein Neugeborenes trug, und Mercy, die kopfüber auf dem Navigatorsitz lag und mit den Füßen in der Luft trommelte.

Die Schätzung der KI von »siebzig Minuten bis zum Kontakt« war eine Lüge oder möglicherweise ein Witz gewesen, denn das unbekannte Schiff war jetzt als scharfer, beschleunigender Punkt auf dem Heckscanner sichtbar. Eher dreißig Minuten, wenn sie Glück hatten.

Rask verschwendete keine Zeit mit einer Einleitung. »Lyra, treib die Leistung hoch – völlige Dunkelheit bei allen nicht wesentlichen Systemen. Wenn die uns anpingen, will ich, dass wir wie ein totes Wrack aussehen. Kye, bereite einen Signalstoß mit einer Täuschungszündung vor. Doc, halt den Kanister außer Sichtweite.«

Doc hatte sich bereits in den Schatten des Schottkopfs zurückgezogen und streichelte Glim mit abwesender, besorgter Hingabe. Das blaue Pulsieren des Kanisters war zu einem langsamen, zittrigen Pochen geworden, und er gab nun gelegentlich ein melodisches Klingen von sich. Es klang mit jeder Stunde fühlender, was Doc beunruhigte und Mercy erfreute, die begonnen hatte, zu seinen Tönen mitzusummen.

Kye arbeitete an der Kommunikation mit der lässigen Präzision von jemandem, der als Kind das Tippen durch das Hacken von Verkaufsautomaten gelernt hatte. »Ich kann ein Notsignal fälschen, aber die werden nach zwanzig Sekunden wissen, dass es ein Trick ist. Das ist keine Bergungsaktion, die sind wegen uns hier.«

Lyras Finger verschwammen über dem Technikpult. »Sie werden an Bord kommen, wenn sie denken, dass wir uns verstecken.«

Rask grunzte. »Dann lassen wir sie an Bord kommen, aber zu unseren Bedingungen.« Er schaltete die Hauptwaffenanlage ein und sah zu, wie sie von ›Inaktiv‹ zu ›Unzuverlässig‹ zu ›Aktiv – Nur manuell‹ flackerte. Er müsste sie von Hand abfeuern, was er seit dem Ceres-Job nicht mehr getan hatte.

Mercy, die nun vollständig kopfüber hing und deren

Gesicht blutunterlaufen war, fragte: »Können wir sie mit Suppe begrüßen?«

»Nur wenn sie kocht«, sagte Kye.

Die Brücke verstummte, das einzige Geräusch war die leise, immer komplexer werdende Harmonie aus dem Kanister in Docs Armen. Rask überprüfte die Zielerfassung und sah, dass das ankommende Schiff – kleiner, schneller und mit einer Energiesignatur, die er als ex-militärisch erkannte – hart auf Abfangkurs ging.

»Die Registrierung ist verschlüsselt«, sagte Kye, »aber die Antriebssignatur ist die eines Freibeuters. Könnte jeder sein, von Kopfgeldjägern bis hin zu freiberuflichen Inkassoleuten.«

»Oder beides«, sagte Lyra. »Wir haben genug Feinde für zwei Crews.«

Doc lugte über die Kiste. »Wenn es Kopfgeldjäger sind, wollen sie uns lebend.«

Mercys Lächeln war strahlend, als hätte sie gerade eine gute Nachricht erhalten. »Das ist optimistisch, Doc.«

Der Punkt auf dem Bildschirm wurde größer und löste sich zu einem Schiff mit Linien auf, die auf eine Weise vertraut waren, wie Rask es sich nicht wünschte. Er spannte seinen Kiefer an, schaltete die Anlage auf passiv und wartete. Das Kommunikationspult leuchtete auf und zeigte einen eingehenden Funkspruch an.

Kye zog eine Augenbraue hoch. »Sie rufen uns. Soll ich antworten?«

Rask zögerte, nur eine Sekunde zu lang. »Mach es. Nur Lautsprecher.«

Kye drückte einen Knopf, und eine Stimme strömte in die Brücke. Sie war klar, sanglich und trug die knappe Geduld von jemandem, der diese Rede mehrere Tage lang vor einem Spiegel geübt hatte.

»Unidentifiziertes Schiff. Hier ist die Seraphine, im Einsatz unter privater Bergungsautorität. Ihre Registrierung ist ungültig, und Ihr Kurs verstößt gegen imperiale Flugverbots-Protokolle. Machen Sie sich zum Entern bereit.«

Lyra atmete leise und genervt aus. »So viel zur Tarnung.«

Mercy richtete sich auf und begann, in einem Seitenfach zu kramen. »Soll ich Tee für die Besucher machen?«

Doc rührte sich nicht, umklammerte Glim nur fester und murmelte: »Lasst sie nicht in die Nähe des Kanisters. Es ist sich jetzt seiner selbst bewusst.«

Kye schaltete die Kommunikation ab. »Wenn wir fliehen, schießen sie. Wenn wir kämpfen, sterben wir schneller. Irgendwelche Vorlieben?«

»Zeit gewinnen«, sagte Rask. Er fuhr sich mit den Fingern durchs Haar und bekämpfte den alten Zwang, für ein Kriegsgericht präsentabel auszusehen. »Lasst sie denken, wir sind Idioten oder hilflos. Vielleicht haben wir Glück.«

Mercy sah auf, während sie bereits ein Tablett mit unpassenden Tassen zusammenstellte. »Oder vielleicht werden wir von jemand Lustigem geentert.«

Kye und Lyra tauschten einen Blick, der zu einem Drittel aus gegenseitigem Respekt und zu zwei Dritteln aus der Gewissheit eines gemeinsamen Untergangs bestand. Kye sagte: »Soll ich antworten?«

»Lass es so klingen, als wären wir in Not«, sagte Rask. »Aber übertreib es nicht. So gut sind wir im Schauspielern nicht.«

Kye grinste. »Du unterschätzt mich«, und drückte auf Senden. Kyes Stimme kam als hohes, nasales Wimmern heraus: »Seraphine, wir ... haben einen totalen Systemausfall. Crew außer Gefecht. Bitten um medizinische Hilfe und Gnade. Bitte antworten Sie.«

Mercys Tasse klapperte vor Lachen. »Eins plus.«

Lyra verdrehte die Augen, aber ihre Hände hörten nicht auf, das Stromnetz des Schiffes neu zu kalibrieren. »Sie verlangsamen. Wir haben fünf Minuten Gnadenfrist, bevor sie andocken.«

Docs Blick verließ den Kanister nie, der jetzt im Takt des versagenden Herzschlags des Schiffes pulsierte. »Es sendet«, sagte er. »Ich kann es fühlen.«

Kyes Augen verengten sich. »Kannst du es zum Schweigen bringen?«

Doc sah aufrichtig verletzt aus. »Sie ist keine Belastung.«

»Sie ist ein Peilsender«, schoss Lyra zurück.

Rask schloss die Augen und zählte bis drei. »Doc, bring Glim in die untere Bucht. Mercy, geh mit. Wenn sie an Bord kommen, haltet sie auf.«

Mercy salutierte mit der Tasse. »Verstanden, Käpt'n.« Sie packte Doc am Ellbogen und zerrte ihn mit der Kraft eines mittelgroßen Bulldozers den Korridor hinunter.

Die Brücke fühlte sich ohne sie irgendwie leerer an. Rask beäugte den Bildschirm und sah zu, wie die Seraphine in enge Formation glitt. Ihr Rumpf war knochenweiß und makellos, bemannt von Leuten, die nicht nur dafür bezahlt worden waren zu töten, sondern es auch vor der Kamera gut aussehen zu lassen.

Kyes Konsole blinkte. »Sie schicken einen neuen Funkspruch. Dieser ist verschlüsselt.«

Rask nickte. »Stell ihn privat durch.«

Er erwartete eine Stimme. Stattdessen flackerte der Bildschirm, schimmerte und löste sich zu einem Gesicht auf, das er seit Jahren nicht mehr gesehen hatte.

Rask stockte der Atem, als wäre ihm der Stöpsel gezogen worden. Die Frau auf dem Bildschirm sah unverändert aus: eine scharfe Nase, dunkle Augen und ein Haaransatz, der bei einem genetischen Wettrüsten immer die Oberhand behalten hatte. Ihr Lächeln war klein und hauchdünn, die Art von Lächeln, die man vom Abschließen von Geschäften oder vom Durchschneiden von Kehlen bekommt.

Sie sagte: »Hallo, Rask. Stiehlst du immer noch Dinge, die du nicht verstehst?«

Lyras Kinnlade klappte herunter. Kye pfiff, lang und leise.

Rask behielt ein leeres Gesicht. »Vexa. Du wusstest noch nie, wie man anklopft.«

Sie lachte, hell und kalt. »Warum die Mühe verschwenden? Du bist nie für Gesellschaft gekleidet.«

Lyra beugte sich über die Konsole. »Ihr beide kennt euch?«

Rask antwortete nicht. Kye tat es für ihn: »Sie ist der Grund, warum er sich den Kernsystemen nicht mehr nähern kann.«

Vexas Augenbrauen zuckten. »Nachrichten verbreiten sich schnell im Äußeren Raum.«

Rask fand seine Stimme wieder. »Du arbeitest nicht für eine Bergungsfirma. Was willst du?«

Vexas Lächeln wurde um einen Nanometer breiter. »Was denkst du? Das Schiff und alles darauf. Dich. Vorzugsweise lebend, aber ich bin nicht wählerisch.«

Kye schaltete den Ton stumm. »Auf einer Skala von eins bis zehn, wie schlimm ist das?«

»Elf«, sagte Rask.

Lyra nickte und stellte bereits eine gedankliche Liste all der Dinge zusammen, die in weniger als fünf Minuten in Bomben verwandelt werden konnten. »Wir können sie waffentechnisch nicht schlagen. Vielleicht können wir sie überlisten.«

Vexa wartete geduldig, als könnte sie ihre Panik durch die Leere hören. Als Kye den Ton wieder einschaltete, sagte sie: »Eure Kommunikation ist lächerlich durchlässig, Rask. Ergib dich, und ich mach's schnell.«

Mercys Stimme drang leicht gedämpft aus dem Korridor: »Soll ich für deine Ex den Kessel aufsetzen, Käpt'n?«

Kye unterdrückte ein Prusten. Rask ignorierte es.

Er sagte: »Wenn du hinter dem Kanister her bist, bist du bereits tot.«

Vexas Augen huschten zur Seite, nur für den Bruchteil einer Sekunde. »Also weißt du doch, was es ist.«

Rask zuckte mit den Schultern und ließ es einfach aussehen. »Niemand weiß, was es ist. Das ist das Problem.«

Lyras Pult zeigte eine Warnung an: Die Seraphine hatte mit den Andockmanövern begonnen und verband sich mit einer Kraft mit dem Rumpf, die die Decksplatten erzittern ließ.

Kye zischte: »Wir haben an vier Stellen eine Bresche. Sie schicken ein Team.«

Rask sah Lyra an, dann Kye und schließlich die leere Wand hinter dem Bildschirm. Er wog die Chancen ab, fand sie mangelhaft und grinste trotzdem.

»Machen wir das hier so teuer wie möglich«, sagte er.

Lyra aktivierte die Anti-Boarding-Ladungen. »Aye, Käpt'n.«

Kye leitete alle Sicherheitskameras um, damit sie eine zwanzigsekündige Endlosschleife leerer Korridore zeigten. »Soll ich ihnen sagen, dass wir schon tot sind?«

»Nur, wenn du willst, dass sie sich beeilen.«

Auf dem Bildschirm flackerte Vexas Lächeln und wurde durch einen Ausdruck ehrlicher Vorfreude ersetzt. »Ich komme rüber, Rask. Versuch, mich nicht zu enttäuschen.«

Die Verbindung brach ab. Die darauffolgende Stille war von dem Wissen geprägt, dass dies von allen möglichen Schiff-zu-Schiff-Begegnungen im Äußeren Raum diejenige war, die Rask am wenigsten gewählt hätte.

Er blickte zu Lyra, die das Pult so eingestellt hatte, dass es durch jedes Verriegelungsprotokoll lief, das sie finden konnte.

Kye stand bereits an der Luke, hielt ein kleines, hässliches Messer in der Hand und trug den Ausdruck von jemandem, der kurz davor war, eine Wette zu verlieren.

In der unteren Bucht kauerten Doc und Mercy über Glim, das jetzt wie ein Leuchtfeuer strahlte, blau wie die Geburt, sein Lied schwoll zu einem schrillen Ton an, der den Rumpf vibrieren ließ.

Die Stimme der KI, so ruhig, dass es an Selbstgefälligkeit

grenzte, sagte: »Bewertungsprotokoll erfordert Konfrontation. Überlebenswahrscheinlichkeit: siebzehn Prozent. Bitte genießen Sie den Rest Ihrer Zeit an Bord der Meridian.«

Niemand antwortete. Es war das beste Angebot, das sie den ganzen Tag bekommen hatten.

Lyra verriegelte die Brücke, sah dann Rask an, ihre Stimme ungewöhnlich sanft.

»Alles in Ordnung mit dir?«

Rask nickte. »Alte Geister. Nie so tot, wie man hofft.«

Kye verdrehte die Augen. »Dann machen wir uns ein paar neue.«

Sie machten sich gemeinsam für die nächste Phase bereit.

Draußen glänzte die Seraphine, bereit, zu beenden, was sie begonnen hatte. Drinnen klammerte sich die Besatzung der Meridian an ihre schlechten Chancen und ihren noch schlechteren Plan, entschlossen, nicht mit einem Wimmern, sondern mit einem angemessen theatralischen Knall abzutreten.

SIEBEN

Das erste Geräusch war das Zischen des andockenden Versorgungsstutzens – ein reptilienartiges Ausatmen, das sich durch den Rumpf der Meridian fortpflanzte und Rasks Wirbelsäule hinaufkroch, Wirbel für Wirbel. Im mittleren Frachtraum, wo die Unterredung stattfinden sollte, zitterte Kondenswasser an den Fugen der Decksplatten. Die Luft, bereits schwer von Kältemittellecks und altem Schweiß, hielt in Erwartung den Atem an.

Mercy war die Erste, die sich bewegte. Sie streifte mit ihrer Lieblingsgranate in der einen Hand am Rand entlang und verdrehte bereits bei dem Gedanken an eine Verhandlung die Augen. Lyra stand mit vor der Brust verschränkten Armen am Ende der Laderampe, ihre Haltung sagte in jedem bekannten Dialekt »Zutritt verweigert«. Doc positionierte sich hinter der diplomatischen Kiste, nicht um sich zu verstecken – er behandelte den Polycarbonat-Sarkophag nur wie einen Patienten, der aufmerksamer Überwachung bedurfte. Kye lungerte nahe der Trennwand herum, die Hände in den Taschen, seine Körpersprache eine Fallstudie in glaubhafter Abstreitbarkeit.

Die restliche Schiffsbeleuchtung war auf Notfall-Rot

umgesprungen, doch die des Frachtraums war ein seltsames Blau. Die Wirkung war begräbnisartig, falls Beerdigungen je in Eisschränken stattfänden und mehr Pattsituationen als Trauerreden beinhalteten.

Der Versorgungsstutzen löste sich mit einem dumpfen Geräusch, gefolgt vom pneumatischen Schlurfen von Stiefeln an Deck. Vexa Ryne trat mit zwei Lieutenants ein, jeder von ihnen ein Denkmal imperialer Augmentierungen: glänzende subdermale Panzerung, präziser Gang, Gesichter, die durch mindestens ein Jahrzehnt elektiver Chirurgie geglättet waren. Der erste – groß, blass, männlich – scannte den Raum mit IR-empfindlichen Linsen, die aufblitzten, als sie auf Mercy landeten. Der zweite war kleiner und gebaut wie eine Belagerungswaffe, seine Haut dunkel und gesprenkelt mit den verräterischen Linien von Myomerfäden. Beide trugen dieselbe Uniform: einen Körperanzug, zwei sichtbare Waffen und Gesichtsausdrücke, die mehrere Stufen unter gelangweilt lagen.

Vexa selbst trug denselben schwarzen, hochgeschlossenen Mantel, an den sich Rask von vor drei Jahren erinnerte, doch das Gesicht darüber war schärfer und gemeiner geworden, als hätten sich Zeit und Groll zusammengetan, um es auf das Wesentliche herunterzuschleifen. Sie ließ die Stille für einen Moment wirken, bevor sie vollständig eintrat. Ihre Stiefel machten auf dem Kompositdeck keinerlei Geräusch.

Sie blieb drei Meter vor Rask stehen, die Hände in den Manteltaschen, den Kopf in übertrieben prüfender Haltung schief gelegt.

»Rask«, sagte sie. »Du lebst ja noch. Das ist ... bemerkenswert.«

Er lächelte, klein und schief. »Vexa. Kann nicht behaupten, dass ich dein Gespür für Dramatik vermisst habe.«

Sie überflog den Frachtraum mit einem Blick und verzog dann beim Anblick der blau beleuchteten Kiste das Gesicht.

»Du hattest schon immer eine Schwäche für Objekte von zweifelhaftem Wert.«

»Berufsrisiko«, erwiderte Rask und stand vollkommen still. Seine rechte Hand, unsichtbar, trommelte mit drei Fingern gegen seinen Oberschenkel. Der Rhythmus sollte ihn beruhigen; er tat es nicht.

Vexas Lieutenants lösten sich und bezogen zu beiden Seiten Stellung, was eine lehrbuchmäßige Zangenformation sein musste. Sie ignorierte sie. »Ich sehe, du hast seit dem letzten Mal deine Security aufgerüstet«, sagte sie mit einem Nicken zu Mercy.

Mercy reagierte, indem sie die Zähne fletschte und die Granate wirbeln ließ. »Deine Gefahreneinschätzung ist schmeichelhaft«, intonierte sie mit monotoner Stimme. »Aber wenn du irgendwas versuchst, dekoriere ich den Laderaum mit deiner Lunge neu.«

Der größere Lieutenant grinste, aber Vexa wandte den Blick nicht von Rask ab.

»Warum dann das Treffen?«, fragte sie. »Warum nicht einfach abhauen, wie du es immer tust?«

Er zuckte mit den Schultern. »Ich habe eine Abneigung gegen Energieverschwendung entwickelt. Außerdem dachte ich, dir würde das Spektakel gefallen.«

Sie erlaubte sich ein dünnes Lächeln, dann lief sie in einem langsamen, elliptischen Bogen um die Kiste und hielt gerade lange genug inne, um Lyra zu mustern, die die Geste nicht erwiderte.

»Deine Technikerin sieht angespannt aus«, bemerkte Vexa.

»Sie hasst es, unterbrochen zu werden«, antwortete Rask.

Lyra sagte nichts. Der Ausdruck auf ihrem Gesicht legte nahe, dass sie mindestens drei Mordmethoden ausheckte, bei denen sie nur die Verschlüsse der Kiste und ihre eigenen Kniescheiben benutzte.

Vexa beendete ihren Rundgang und kam direkt vor der

Kiste zum Stehen. Sie legte beide Hände flach auf den Deckel. »Das ist es also, worum der ganze Wirbel gemacht wird.«

Doc räusperte sich, sanft und müde. »Nicht anfassen. Sie ist ...« Er suchte nach einem Wort, fand keines und begnügte sich mit: »... temperamentvoll.«

Vexa sah Doc an, als bemerke sie einen Fleck auf ihrer Manschette. »Ich weiß, was da drin ist. Mehr oder weniger.«

Mercy, hinter ihr, begann ein leises, stetiges Singsang: »Bedrohung, Bedrohung, Bedrohung, Bedrohung ...« Es begann als Flüstern, aber mit jeder Wiederholung wurde es lauter, als würde sie sich auf Gewalt einstimmen.

Vexa ignorierte sie.

»Ich will die Kiste«, sagte sie, »und ich bin autorisiert, sie mit allen Mitteln an mich zu nehmen, die ich ... amüsant finde.«

»Dafür müsst ihr uns erst umbringen«, sagte Lyra, ihre Stimme so kalt wie der Frachtraum.

Vexa klopfte zweimal auf den Deckel, fast freundlich. »Das lässt sich arrangieren, aber ich würde es lieber vermeiden. Zu viel Sauerei.«

Kye löste sich von der Wand, die Hände immer noch in den Taschen, trat in den flachen Kreis aus blauem Licht. »Ihr habt es durchgerechnet. Wir auch. Die Pattsituation endet mit zwei toten Crews, die Kiste wahrscheinlich beschädigt, und niemand kassiert ab.« Ihre Augen glitten über Vexas Lieutenants, erfassten ihre Positionen und kehrten dann zu Vexa selbst zurück. »Es gibt einen besseren Deal.«

Vexa sah Kye an, dann Rask, dann wieder Kye. »Lass mich raten – den Erlös teilen und getrennte Wege gehen?«

Kye zuckte mit den Schultern. »Oder kreativ werden. Die Käufer, die ihr wollt, verfolgen das hier bereits. Das Kartell wird mehr zahlen, wenn sie euren Namen auf dem Fracht-brief sehen. Das Imperium will Abstreitbarkeit, was bedeutet, dass sie wollen, dass die Kiste verloren geht, nicht gefunden wird. Ihr könntet euch von der Gewinnspanne zur Ruhe setzen, wenn ihr vorsichtig seid.«

Vexa lachte nicht, aber ihre Augen verengten sich anerkennend. »Du bist schlau. Ich mag dich. Meistens muss ich das Hirn aus der Crew schälen und es den anderen zwangsfüttern.«

Kye lächelte, flach und reptilienartig. »Ich bin anpassungsfähig.«

Mercys Singsang hatte eine beiläufige Lautstärke erreicht. »Bedrohung. Bedrohung. Bedrohung. Bedrohung.« Der größere Lieutenant riskierte einen Blick über seine Schulter und bereute es sofort.

Rask entspannte demonstrativ seine Schultern. »Du kannst die Kiste haben«, sagte er mit der Zuversicht eines Mannes, dessen gesamtes Blatt aus einer Bildkarte und einer Handvoll Schuldscheinen bestand. »Aber nur, wenn du uns gehen lässt. Keine Tricks, keine Verfolger.«

Vexas Hand zeichnete einen trägen Kreis auf der Oberfläche der Kiste. »Wie kann ich dir vertrauen?«

»Kannst du nicht«, sagte Rask. »Aber wir wissen beide, wie das läuft. Gegenseitiger Nutzen und all das.«

Vexa überlegte. »Was hält mich davon ab, dich einfach jetzt zu erschießen?«

Er begegnete ihrem Blick. »Dasselbe wie immer. Eine Kosten-Nutzen-Analyse. Wenn du uns tötest, musst du die Kiste allein tragen. Und mit dem, was da drin ist ...« Er nickte zu dem Behälter, »... ist das ein großes Risiko für einen kleinen Ertrag.«

Sie antwortete nicht sofort. Stattdessen wandte sie sich an Lyra. »Was meinst du, Technikerin? Werde ich hier übers Ohr gehauen?«

Lyras Antwort war ein minimalistisches Meisterwerk. »Nein.«

Vexa dachte darüber nach und blickte dann zurück zu Rask. »Wenn ich ja sage, was ist dein nächster Zug?«

»Irgendwohin springen, wovon noch nie ein Mensch gehört hat«, sagte Rask. »Irrelevant werden.«

Für eine Sekunde sah es so aus, als würde Vexa das Angebot annehmen. Ihre Finger trommelten ein Muster auf die Kiste, rhythmisch versetzt. Das blaue Licht spiegelte sich in ihren Augen und färbte sie wie angeschlagene Früchte.

Hinter ihr eskalierte Mercys Singsang: »BEDROHUNG BEDROHUNG BEDROHUNG BEDROHUNG—«

Doc, der bis dahin eine Unperson geblieben war, griff in einen Wandschrank, zog eine Thermodecke heraus und legte sie mit einer so sanften Bewegung über die Kiste, dass es wie eine bewusste Beleidigung wirkte. Vexas Augen zuckten zu der Bewegung, aber sie ließ es geschehen.

»Gut«, sagte sie. »Hier ist mein Angebot: Ihr geht. Ich nehme die Kiste. Keine Verfolgung, keine Kommunikation, und wenn ich deine Crew jemals wieder sehe, schleuse ich dich auf der Stelle aus.«

Rask nickte. »Einverstanden.«

Sie lächelte. »Einfach so?«

Rask breitete die Hände aus. »Ich bin kein Monster, Vexa. Ich will nur überleben.«

»Sieh zu, dass du das tust«, erwiderte sie.

Die Vereinbarung, wenn man sie so nennen konnte, hing wie statische Ladung in der Luft. Vexa gab ihren Lieutenants ein Zeichen, und sie traten vor, jeder schulterte einen Rucksack mit dem Muskelgedächtnis von Soldaten, die darauf trainiert waren, zu erobern und zu halten.

Die Crew schaute zu, niemand atmete.

Mercy verstummte endlich.

Vexa wandte sich zum Gehen, hielt dann an der Rampe inne. Sie blickte über ihre Schulter, ein Flackern von etwas – vielleicht Enttäuschung, vielleicht Respekt – huschte über ihr Gesicht.

»Du hättest mehr Ärger machen können«, sagte sie.

Rask zuckte nur kaum merklich mit den Schultern. »Ich werde alt.«

Vexa lächelte. Diesmal war es echt.

Und dann war sie weg, ihre Lieutenants folgten ihr, die Kiste zwischen ihnen wie der Preis von Sargträgern.

Der Versorgungsstutzen schloss sich. Das Zischen des Abflugs war lauter als die Ankunft. Rask ließ sich gegen die nächste Wand sinken, seine Haut klamm vor Adrenalin.

Lyra sprach als Erste. »Sie kommt wieder.«

»Nicht so bald«, sagte Rask und betrauerte bereits die Kiste.

Kye überprüfte die Sensoren und beobachtete, wie der Lichtpunkt, der Vexas Schiff war, zurückwich. »Sie tarnt nicht mal die Flugbahn.«

Doc faltete die Thermodecke, seine Finger zitterten, und verstaute sie in einer Kiste. »Sie hat recht mit dem Ärger«, sagte er. »Wir hätten viel mehr machen können.«

Mercy grinste mit allen Zähnen. »Können wir immer noch versuchen.«

Rask schüttelte den Kopf, aber der Gedanke blieb hängen. »Vielleicht nächstes Mal.«

Sie standen schweigend da, die vier, jeder in seinen eigenen Kalkulationen verloren.

Draußen zogen die Sterne weiter, als wäre nichts geschehen.

Drinnen fuhr die Meridian auf Blau herunter.

Lyra hatte sich in der Technik eingeschlossen und reagierte nicht auf Klopfen, Funksprüche oder Mercys zunehmend kreative Drohungen. Doc saß in der Krankenstation, verarztete eine alte Wunde und ignorierte die neueren. Rask hielt sich auf der Brücke auf, leitete jedes System manuell um, während er immer wieder den Subtext von Vexas letzten Worten las.

Es war Kye, die die Stille brach. Sie schwebte in das Cockpit, die Hände leer, das Gesicht unleserlich, und beobachtete Rask eine Minute lang beim Steuern, bevor sie sprach.

»Sie ist nicht weg«, sagte Kye.

Rask blickte nicht von den Kontrollen auf. »Nein. Sie wartet.«

Kye nahm den anderen Sitz ein und lümmelte sich in einer Haltung hin, die zufällig aussah, aber jedes wichtige System in Reichweite brachte. »Sie hat einen Abgriff an der KI hinterlassen. Er ist inaktiv, aber wenn ich ihn anstupse, wird sie unseren Standort innerhalb von zwei Sprüngen kennen.«

»Stups ihn nicht an.«

»Würde mir nie einfallen«, sagte Kye und schaffte es irgendwie, das auch so zu meinen.

Eine lange Zeit beobachteten sie nur den Navigationsbildschirm, der eine einzige kalte Flugbahn zeigte, die sich vom letzten bewohnbaren System für Lichtjahre in jede Richtung wegkrümmte.

Auf der Krankenstation begann Glim – die Kiste, das Artefakt, das Unvernünftige – zu summen. Es begann an der Grenze der Wahrnehmung, eine subtile Vibration, die jedes Haar auf Docs Armen aufstehen ließ, und steigerte sich dann zu einem handfesten, taktilen Surren. Das zuvor ambiente blaue Leuchten begann in Drei-Sekunden-Intervallen zu blitzen.

Doc starrte es an, dann den Med-Scanner, der einen stetigen Anstieg der Energieabgabe und, weniger hilfreich, einen zunehmenden Trend in »verhaltensmäßiger Agitation« aufzeichnete. Er schaltete die Interkom an.

»Die Werte schnellen in die Höhe«, sagte er. »Wenn ihr vorhabt, das Ding über Bord zu werfen, ist jetzt die Stunde gekommen. Wenn sie nicht schon herausgefunden hatte, dass nichts in der Kiste war, wird sie es jetzt wissen.«

Lyras Stimme, wie immer ausdruckslos, kam durch den Lautsprecher. »Den Kanister abzuwerfen würde die Hälfte der Bucht dekomprimieren und jeden im Umkreis von vierzig Metern töten.«

Doc dachte darüber nach. »Ich sehe da keinen Nachteil.«

Mercy, die sich mit einem Sandwich und einer Plasmapistole vor der Krankenstation postiert hatte, rief: »Kann ich reinkommen, oder fliegt es gleich in die Luft?«

Doc entriegelte die Luke, und Mercy schlich kauend herein.

Sie betrachtete das Artefakt mit professioneller Neugier. »Was passiert, wenn du drauf schießt?«

Doc zuckte mit den Schultern. »Bestenfalls nichts. Schlimmstenfalls ein Eindämmungsbruch.«

Mercy lächelte. »Also, wahrscheinlich nicht drauf schießen.«

»Nicht heute«, sagte Doc.

Im selben Moment wechselte die Umgebungsbeleuchtung des Schiffes von Blau zu Knochenweiß und wieder zurück. Die Triebwerke stotterten. Jede Systemwarnung ertönte auf einmal.

Rask richtete sich im Pilotensitz auf. »Sie ist hier.«

Kye tippte auf die Kom, Stimme leise. »Eingehende Übertragung, lokal. Verschlüsselung ist altes Militär, aber das Paket ist mit ihrer Biometrik versehen.«

Rask schloss die Augen, dann öffnete er sie resigniert. »Schalt sie durch.«

Vexas Stimme, makellos und unaufgeregt, füllte die Brücke. »Dachte, ich biete dir eine letzte Chance, es dir anders zu überlegen.«

Rask widerstand dem Drang, etwas zu zerbrechen. »Wir überlegen es uns nicht anders.«

Ein trockenes Lachen. »Habe ich mir schon gedacht. Genieße deine nächsten fünf Minuten.«

Die Kom verstummte.

Rask sah Kye an. »Wie nah ist sie?«

»Dreißig Sekunden bis zum Abfangkurs, vorausgesetzt, sie tarnt sich nicht.«

Rask drückte die Notfall-Kom. »Alle in den Laderaum. Sofort.«

Mercy und Doc waren schon auf halbem Weg. Lyra trat aus der Technik, Schmiere über ihren Kiefer verteilt, einen Schraubenschlüssel in der Hand.

»Status?«, schnappte sie.

Rask rannte und kam gerade an, als die Luftschleuse der Seraphine anfing, sich mit dem Rumpf zu verbinden. »Sie wird an Bord kommen. Wie vorher.«

Lyra überprüfte Glims Status und warf dann einen Blick auf Mercy. »Plan?«

Mercy grinste. »Alle erschießen außer uns.«

»Passt mir«, murmelte Lyra.

Die innere Schleuse öffnete sich. Die Temperatur im Laderaum stürzte ab, sichtbarer Frost breitete sich über die Deckplatten aus. Glims Puls verdoppelte sich und wurde zu einem subsonischen Grollen, das allen durch Mark und Bein ging.

Doc schlang seine Arme um den Kanister, die Stimme heiser. »Es reagiert auf Stress. Wenn es bricht—«

»Lass es nicht brechen«, sagte Lyra.

Die Schleuse flog auf. Vexa trat hindurch, diesmal allein, mit weit ausgebreiteten Händen in einer Parodie der Kapitulation. Sie lächelte Rask an, dann Mercy und schließlich Kye, die eine höhere Position hinter einem Frachtnetz eingenommen hatte.

»Schön, alle zusammen zu sehen«, sagte Vexa. »Machen wir es einfach. Gebt mir, was ihr aus der Kiste entfernt habt. Jetzt.«

Rask stellte sich zwischen sie und Glim. »Du kriegst es nicht.«

Sie schnalzte tadelnd mit der Zunge und schüttelte den Kopf. »Du hattest schon immer einen Heldenkomplex.«

Mercys Plasmapistole summte, als sie sie auflud. »Bedrohung«, sagte sie, die Stimme wieder monoton. »Bedrohung. Bedrohung.«

Vexa ignorierte sie, die Augen auf Rask gerichtet. »Sei nicht dumm. Du weißt, wie das endet.«

Das tat er. Das war das Schlimmste daran.

Aus dem Korridor stolperte einer von Vexas Lieutenants herein, das Gesicht angestrengt verzerrt. Sein linker Arm hing nutzlos herab, das Myomergewebe unter der Haut zuckte in wütenden, unabhängigen Spasmen. Das Blau aus Glims Kiste blitzte pulsierend über sein Gesicht.

»Captain—«, versuchte er, brach aber zusammen, bevor er zu Ende sprechen konnte.

Vexa drehte sich um, die Lippen schmal zusammengepresst. »Steh auf.«

Er tat es nicht. Stattdessen begann er zu krampfen, Metall und Knochen schabten in einem langsamen, hässlichen Rhythmus über das Deck.

Kyes emotionslose Stimme drang von oben herab. »Es hackt ihn. Oder so was in der Art.«

Doc, der jetzt schwitzte, versuchte Glim von dem Tumult wegzudrehen. »Das hat es noch nie getan.«

Lyra fluchte und griff nach einem Feuerlöscher und richtete ihn auf den am Boden liegenden Lieutenant. »Wenn es eskaliert, friere ich ihn ein.«

Vexas Hände zuckten zu ihrer Seitenwaffe. »Das war deine Schuld, Rask.«

Rask schüttelte den Kopf. »Du hast ihn hergebracht.«

Glims blaue Strahlung erreichte ihren Höhepunkt und wechselte dann ins Ultraviolette. Die Temperatur fiel erneut, hart. Jeder atmete sichtbaren Nebel aus.

Der zweite Lieutenant, der an der Schwelle stand, krümmte sich und begann aus der Nase, dann aus den Augen zu bluten. Er sagte nichts, sondern fiel einfach in eine embryonale Haltung zusammen.

Mercy trat vor, die Pistole erhoben. »Wenn du es willst, musst du an uns vorbei.«

Vexa richtete ihre eigene Waffe auf Mercy, dann schoss sie – fast träge – Lyra den Feuerlöscher aus den Händen.

Für eine perfekte Sekunde standen alle in einem Tableau: Rask in Position, Mercy grinsend, Lyra wütend, Doc Glim abschirmend, Kye beobachtend, Vexa im Zentrum.

Kyes Stimme, klar und ruhig: »Du solltest rennen, Vexa.«

Vexas Augen zuckten nach oben. »Warum?«

Kye lächelte. »Weil wir sonst alle tot sind.«

Vexas Finger krümmte sich um den Abzug.

Rask hechtete nach dem manuellen Überbrückungsschalter, der unter der Navigationskonsole versteckt war. Er hatte ihn im Code des Schiffes gefunden, eine von dem Vorbesitzer der Meridian hinterlassene Notfallsicherung – ein letztes Mittel, um das Schiff von feindlichen Enterern zu befreien.

Er gab die Sequenz ein. Die Schiffssysteme schrien auf und fielen dann ins Schwarze. Das einzige verbleibende Licht war Glims blaue Korona, die jetzt so stark blitzte, dass sie Nachbilder hinterließ. Das Deck vibrierte, zitterte dann und riss sich mit einem Geräusch auf, als würde Gott eine Wette verlieren.

Der Laderaum füllte sich mit einem hohen, ansteigenden Ton – einer Harmonik, die die Ohren umging und den Schädel vibrieren ließ.

Vexa drehte sich um, um zu schießen, aber ihr Arm erstarrte mitten in der Bewegung. Mercy schrie und schoss weiter, obwohl jeder Bolzen von Vexa abwich und in die Luft zischte, als würde das Schiff selbst sich weigern, sie treffen zu lassen.

Der Lieutenant auf dem Boden krampfte, die Augen verdreht. Lyra versuchte, Doc von Glim wegzuziehen, aber seine Finger krallten sich fest und weigerten sich loszulassen.

Rask drückte den zweiten Auslöser. Der Notfallteleport – ein unsauberer, ungetesteter Hack der schiffseigenen KI – wurde aktiviert. Es gab ein Knallen, ein pneumatisches Zischen und dann eine Detonation aus blauem Feuer.

Vexa und ihre Crew verschwanden und hinterließen einen Geruch von Ozon und das schwächste Echo der Harmonik.

Stille fiel, hart und absolut.

Mercy sank zitternd auf die Knie.

Kye schwang sich vom Frachtnetz herunter und atmete schwer. »Hat es funktioniert?«

Rasks Hände zitterten an der Konsole. »Es hat funktioniert.«

Lyra kniete neben Doc, der jetzt atmete, aber kaum. »Wohin sind sie verschwunden?«

Kye scannte die internen Sensoren, dann die externen. »Nicht auf diesem Schiff. Vielleicht auf ihrem.«

Rask lehnte sich gegen die Trennwand, während das Adrenalin auf einmal aus seinem System stürzte. »Gott stehe ihr bei.«

»Gott stehe auch Kye bei«, sagte Lyra mit brüchiger Stimme.

Sie sahen alle auf die Stelle, an der Kye Momente zuvor gestanden hatte.

Die Kom ertönte.

Kye, immer noch lächelnd, tippte auf die Konsole. Ihr eigenes Gesicht erschien auf dem Bildschirm und sah etwas lebendiger aus, als es jedes Recht dazu hatte.

»Hallo, Freunde«, sagte Kye, ihre Stimme kam aus den Schiffslautsprechern. »Sieht so aus, als wäre ich auf der Seraphine.«

Im Hintergrund tobte Vexa, die offene Kiste pulsierte an ihrer Seite.

»Sie ist nicht glücklich«, sagte Kye. »Aber ich schätze, sie braucht mich als Druckmittel. Ich glaube nicht, dass sie mich so schnell erschießen wird.«

Doc grinste, seine Zähne waren vom Stress rosa. »Gut gemacht.«

Mercy stand auf, klopfte sich ab und sagte: »Ich will sie immer noch erschießen.«

Lyra lehnte sich erschöpft gegen die Wand. »Wirst du schon noch. Gib der Sache Zeit.«

Rask blickte auf den Bildschirm, auf Kyes Gesicht – lebendig, trotzig und zum ersten Mal wirklich zufrieden.

»Stirb nicht«, sagte er.

Kyes Lächeln wurde schärfer. »Im Traum würde mir das nicht einfallen.«

Draußen fuhr die Seraphine hoch, blau-weiß und wütend, und die Meridian richtete ihre Nase in die Dunkelheit.

Sie verließen das System mit maximalem Schub, ein Schiff jagte das andere, beide pulsierten in einem unwahrscheinlichen Blau.

Rask sackte in den Pilotensitz, spürte, wie sich Lyra und Mercy und Doc um ihn herum niederließen, und atmete aus.

Er beobachtete, wie sich die neue Flugbahn selbst einzeichnete – blind, dumm, hoffnungsvoll.

»Nächstes Mal«, sagte er, »nehmen wir keine Jobs mit Behältern an.«

Mercy grinste. »Nächstes Mal schießen wir zuerst.«

Lyra wischte sich eine Schmierspur von der Wange. »Nächstes Mal gewinnen wir.«

Das Schiff flog still, das Universum gleichgültig.

Aber sie bewegten sich immer noch, und vorerst war das genug.

ACHT

Die Meridian krängte, stöhnte und furzte sich mit einer bestenfalls hypothetischen Würde durch den Hyperraum. Die meisten internen Diagnoseanzeigen waren auf »Nicht reparierbar« oder gelegentlich »Ist schon in Ordnung, wahrscheinlich« umgesprungen, und die schwache rote Notbeleuchtung war zu einer Art schiffsweitem Lebensstil geworden. Das vordere Sichtfenster, das von der jüngsten Begegnung mit der Seraphine spinnennetzartig durchzogen war, bot einen getrübten Blick auf die Leere.

Lyra musterte die Brücke mit dem Gesichtsausdruck einer Person, die das nicht nur hatte kommen sehen, sondern sich persönlich beleidigt fühlte, dass niemand sonst es bemerkt hatte. Sie stand mit verschränkten Armen da, die Ärmel ihres Hemdes waren dauerhaft von Maschinenöl dunkel gefärbt. Das rechte Knie ihrer Hose hatte von den heutigen Versuchen, den Hyperantrieb zu bändigen, ein wenig geblutet, doch sie hatte die Blutung mit Isolierband und Wut gestillt.

Rask saß auf dem Stuhl des Captains mit der Haltung von jemandem, dem wiederholt gesagt worden war, den roten Knopf nicht zu berühren, und der daraufhin mehrere Finger verloren hatte. Er starrte mit zusammengebissenen Kiefern geradeaus und krallte sich mit knöchelweißem Griff entschlossen in die Armlehnen des Sitzes. Das Einzige an ihm, das nicht »rücksichtsloser Anführer auf ganzer Linie gescheitert« schrie, war seine Weigerung zu blinzeln.

Mercy hatte die gesamte Steuerbordwand für sich beansprucht und lief wie eine Hyäne im Käfig auf und ab, wobei ihre Stiefel an genau der Stelle quietschten, die alle am meisten nervte. Sie drehte eine Schottniete zwischen den Fingern und schnippte sie gelegentlich gegen die Kommunikationsanzeige, auf eine Weise, die nahelegte, dass dieses Spiel Regeln hatte, die nur sie verstand.

Doc lauerte im Schott, über einen Sanitätskasten gebeugt, als enthielte er weniger Medizin als vielmehr Hoffnung. Er strich mit dem Daumen über das Kunstleder einer Schiene, während sein Blick zwischen Lyra und Rask und dann zum Sichtfenster hin und her wanderte, als wollte er sich vergewissern, dass, ja, der Weltraum immer noch da war und, nein, er noch keinen persönlichen Fluchtweg für ihn hervorgebracht hatte.

Die Brücke roch nach Schweiß, billigem Antiseptikum und den halbgeschmolzenen Schaltkreisen, die jede Fuge säumten.

Lyra brach das Schweigen, ihre Stimme so scharf und brüchig wie ein gerissenes Kabel. »Erinner mich noch mal daran, welcher Teil des Plans vorsah, unser einziges Druckmittel und ein Crewmitglied einem Faschisten mit Groll auszuhändigen?«

Mercy blieb mitten im Schritt stehen und zeigte mit einem lässigen Finger auf Rask. »Sein Teil.«

Rask atmete schwer aus. »Willst du das jetzt wirklich durchziehen?«

Doc hob eine Hand, als ob er darauf wartete, aufgerufen zu werden. »Wenn ich darf, die Blutung in den Mannschaftsquartieren hat noch nicht ganz aufgehört, und Mercys Therapiewelpe wird unruhig. Vielleicht könnten wir ... deeskalieren?«

Lyra ignorierte ihn und bohrte ihre Augen in Rask. »Sie hat Kye mitgenommen. Du hast sie einfach gelassen.«

»Sie hätte Glim oder das Schiff oder beides genommen. Kye hat uns Zeit verschafft.«

»Oh, brillant«, sagte Lyra. »Wir schicken ihnen eine nette Karte aus der Zukunft, vorausgesetzt, ihr Kopf ist dann noch dran.«

Mercy klatschte, langsam und sarkastisch. »Können wir zu dem Teil zurückkehren, wo wir jemanden erschießen? Ich stimme dafür, dass wir mit dem Boss anfangen.«

»Setz dich, Mercy«, sagte Rask, ohne Schärfe in der Stimme.

Mercy tat es nicht, aber sie hörte auf, auf und ab zu gehen. Sie lehnte sich mit einem hochgestellten Stiefel und verschränkten Armen gegen die Kommunikationskonsole. »Ich setze mich, wenn du mal was sagst, das nicht komplett idiotisch ist.«

Rask sah Lyra an. »Wir nehmen die Verfolgung auf.«

Die Stille, die darauf folgte, war beinahe süß, auf die Art süß, wie es ist, wenn man zusieht, wie sein Peiniger von einem Bus überfahren wird.

Lyras Arme blieben verschränkt, aber ihre Schultern entspannten sich um einen halben Grad. »Du hast einen Plan?«

Doc schnaubte. »Oh, na super.«

Rask ignorierte ihn. »Vexas Schiff läuft heiß, aber es ist alt. Ich kann uns in Enterreichweite bringen, vorausgesetzt, der Antrieb fällt nicht ab, bevor wir dort ankommen.«

Mercy hellte sich auf. »Also schießen wir doch auf sie.«

»Wir schießen vorerst auf niemanden«, sagte Rask. »Zuerst reparieren wir den Antrieb. Dann überlegen wir uns, wie wir Kye von der Seraphine holen, ohne atomisiert zu werden.«

Mercy sackte zurück, aber ihr Lächeln verschwand nicht. »Zwei von drei ist nicht schlecht.«

Lyras Gesichtsausdruck wandelte sich geringfügig von »unmittelbar bevorstehende Gewalt« zu »mögliche konstruktive Handlung«. Sie warf Doc einen Blick zu. »Hast du genug Stimulanzien, um mich einen Tag lang wach zu halten?«

Doc, sichtlich erleichtert, ein klares Problem zu haben, wühlte in seinem Kasten und holte ein Pflaster hervor. »Willst du schnell oder langsam?«

»Gib mir beides.«

Er zog die Schutzfolie ab und drückte es auf Lyras Handgelenk. »In zehn Minuten wirst du die Zeit schmecken können.«

Mercy pfiff. »Wird nie alt.«

Lyra beugte und streckte ihre Hand und machte sich daran, das zusätzliche Navigationssystem neu zu kalibrieren, das bis zu diesem Moment eine kryptische Subroutine ausgeführt hatte, die abwechselnd Strom zur Espressomaschine umleitete und alle drei Stunden die Lebenserhaltung spülte.

Die KI des Schiffes, die die letzten Zyklen in einem offensichtlichen Schmollzustand verbracht hatte, beschloss in diesem Moment, ihr Schweigen zu brechen. »Die Antriebsleistung liegt zwei Standardabweichungen unter dem empfohlenen Schwellenwert. Möchten Sie eine kontrollierte Zündung planen, oder soll ich improvisieren?«

»Improvisier, und dein Logikbaum wird gestutzt«, murmelte Lyra.

Mercy tätschelte die Konsole. »Hör nicht auf sie. Du machst das prima.«

Die Stimme der KI nahm einen leicht gekränkten Ton an. »Verstanden.«

Doc schob sich weiter auf die Brücke, setzte sich auf die Armlehne des am wenigsten zerstörten Stuhls und öffnete seinen Feldscanner. Er zielte unnötigerweise auf Rask. »Der Blutdruck ist erhöht. Du solltest dich hinlegen.«

»Später«, sagte Rask. »Wenn du sonst nichts zu tun hast, geh und sieh im Laderaum nach. Schau, ob Glim ... immer noch eingedämmt ist.«

Doc blinzelte, überrascht, dass ihm eine Aufgabe anvertraut wurde, sammelte dann seine Tasche ein und schwebte hinaus, wobei er etwas über »emotionale Ablenkung als Führungsstil« murmelte.

Die Tür glitt zu, und Mercy ließ sofort die Niete, mit der sie gespielt hatte, hinter Rasks Sitz fallen. Er funkelte sie an, aber sie grinste ungerührt. »Was ist der wirkliche Plan?«

Rask ließ sich mit der Antwort Zeit. »Es gibt einen Relais-Außenposten in der Perseus-Rinne. Ein alter Freund leitet das Dock. Sein Name ist Marnix. Er schuldet mir drei Gefallen und ein Paar Hände. Wenn wir es dorthin schaffen, kriegen wir den Antrieb geflickt und vielleicht einen Code, um Vexas Sicherheitsnetz zu täuschen.«

Lyra runzelte die Stirn. »Marnix ist ein Krimineller.«

»Er ist ein Mechaniker mit einer flexiblen Einstellung.«

Sie beugte sich vor, ihre Stimme wurde leise. »Er ist ein Dieb.«

Rask zuckte mit den Schultern. »Sind wir das nicht alle?«

Mercy sah entzückt aus. »Ich sage, wir machen es. Im schlimmsten Fall bekommen wir eine neue Crew aus der Sache.«

Lyra funkelte sie an, dann Rask. »Schön. Aber wenn du uns umbringst, werde ich das Jenseits damit verbringen, deine Hauskatze heimzusuchen.«

»Ich habe keine Katze.«

»Wirst du haben«, sagte Lyra. »Und sie wird dich hassen.«

Mercy begann wieder auf und ab zu gehen, nur dass sie jetzt leise vor sich hin sagte: »Retten, Vernichten, Tee. Retten, Vernichten, Tee.«

Rask setzte einen neuen Kurs, seine Augen überflogen die Konsole nach dem idealen Punkt zwischen »effizient« und »unauffindbar«. Das Schiff reagierte, nicht mit Freude, sondern mit einer Art resigniertem Stöhnen, das »verstanden« oder »leck mich« bedeuten konnte. Es war ihm egal, was von beidem.

Im Frachtraum pulsierte die Eindämmungseinheit, und weiches, blaues Licht sickerte durch die Lüftungsschlitze. Das Summen war gleichmäßig, rhythmisch, fast sanft. Doc kniete daneben, den Scanner geöffnet, und zeichnete jede Schwankung und winzige Temperaturänderung auf. Er murmelte: »Du bist zu leise. Das ist beunruhigend.«

Der Behälter pulsierte erneut, und für einen kurzen Moment verdichtete sich das Licht im Inneren zu einer Form – abgerundet, ohne Merkmale, aber unbestreitbar organisch. Doc drückte sich näher, fast mit der Nase am Metall, und flüsterte: »Hörst du zu?«

Ein zweites, etwas höheres Summen antwortete ihm. Doc spürte, wie sich die Haare an seinen Armen aufstellten. Er überprüfte den Scanner: nichts außer demselben sich wiederholenden Muster.

Er lächelte, wider Willen. »Du bist klüger als der ganze Rest zusammen, nicht wahr?«

Der Behälter antwortete mit einem einzigen, langen Leuchten und wurde dann dunkler.

Doc lehnte sich auf die Fersen zurück, überlegte, ob dies der Beginn eines medizinischen Problems oder die Lösung all ihrer Probleme war, und beschloss, niemandem etwas zu sagen, bis sich die Fakten in einer weniger unheilvollen Reihenfolge präsentierten.

Er klopfte auf den Deckel, stand auf und ging zurück zur Brücke.

Als er ging, summte die Eindämmungseinheit, langsam und geduldig. Wartend.

Threshold Station sah aus wie das Innere eines ausrangierten Druckers, falls dieser Drucker jahrhundertelang mit einer Diät aus Batteriesäure, Unterfinanzierung und unsäglicher Hygiene betrieben worden war. Die Andockklammern bissen mit einem zähneklappernden Krachen zu und sackten dann prompt ab, als wären sie von der Anstrengung erschöpft. Die Luftschleuse der Meridian richtete sich auf ein Schott aus, das mit drei Lagen Warnklebeband und einem handgeschriebenen »NICHT LECKEN«-Schild verziert war, dessen Farbe längst von etwas Organischem und Bösartigem aufgelöst worden war.

Lyra war die Erste, die die Schleuse aktivierte und mit einem taktischen Schulterrollen auf die Station trat, das gleichzeitig als Warnung an jede Lebensform in Reichweite diente. Die Hauptpassage der Station lag im Halbdunkel, und das wenige Licht, das es gab, flackerte im unregelmäßigen Puls eines sterbenden Insekts. Die Luft war feucht und hatte einen Hauch von recyceltem Abwasser, aber Lyra hatte schon Schlimmeres erlebt, und ihre Nase war zu kaputt, um sich mit Beschwerden aufzuhalten.

Rask folgte, dicht dahinter Mercy, und Doc mit vorsichtigen drei Schritten Abstand, als ob die Station nach ihm schnappen könnte, wenn er zu selbstsicher wirkte. Der Boden des Korridors war klebrig und an manchen Stellen mit Schaumbeton und Platten aus wiederverwerteter Rumpfpanzerung geflickt. Oben hing eine willkürliche Decke aus Kabelbündeln und Flüssigkeitsleitungen wie die Eingeweide eines riesigen Tieres herab.

Marnix wartete in Bucht Drei, flankiert von zwei Lastenhebern und den Trümmern eines Flugdecks, das seit vor Lyras Geburt keinen echten Flug mehr gesehen hatte. Der Mann selbst war so subtil wie eh und je: knapp zwei Meter groß, mit einem Brustkorb, der häufiger wiederaufgebaut worden war als das Stromnetz der Station, und zwei Augen, die sich mit unterschiedlicher Geschwindigkeit in ihren Höhlen drehten.

Er grinste, breitete die Arme aus und schloss Rask in eine Bärenumarmung, die entweder tiefe Zuneigung oder den Plan, ihm die Wirbelsäule zu brechen, andeutete.

»Helvan!«, dröhnte Marnix, seine Stimme hallte von den Schotten mit der Wucht einer einschlagenden Granate wider. »Hätte nicht gedacht, dass du den Mut hast, nach dem letzten Mal hierher zurückzukommen.«

Rask wand sich frei und hielt seine Hände sichtbar. »Du hast gesagt, du schuldest mir einen Gefallen.«

Marnix wischte sich die Handflächen an seinem Overall ab – schwarz, aber nicht mehr als solcher erkennbar – und deutete mit einer ausladenden Geste auf die Meridian. »Eine Art Upgrade für dich. Ich nehme an, du hast sie fair und ehrlich gewonnen?«

»Sie hat Probleme«, sagte Rask.

Marnix lachte schallend. »Wer hat die nicht?«

Mercy schlich um einen Haufen verbrauchter Kühlmittelpatronen herum und neigte den Kopf zum nächsten Lader. »Schickes Gerät. Gepanzert oder nur hässlich?«

Marnix wackelte mit den Augenbrauen – eine künstlich, die andere tätowiert – und zwinkerte ihr zu. »Warum nicht beides? Du musst die Muskeln sein.«

»Hauptsächlich Gewalt gegen Lebensformen«, stimmte Mercy zu. »Und ein bisschen Sachbeschädigung.«

Lyra unterdrückte ein Seufzen und warf Doc einen Blick zu, der bereits verstohlene Blicke auf die an der Wand montierten Erste-Hilfe-Kästen warf und sichtlich deren Inhalt auf Triage-Potenzial bewertete.

Marnix führte sie in ein Nebenbüro, das aus drei geschweißten Bänken, einer umgedrehten Kiste als Tisch und einer permanent auf den Wetterkanal für den Nordpol des Titan eingestellten Kommunikationskonsole bestand. Er ließ sich mit gespreizten Beinen auf die Kiste fallen und bedeutete den anderen, sich zu setzen.

»Verschwenden wir keine Zeit, Helvan«, sagte er. »Du

musst den Antrieb flicken lassen, du willst die Navigation freigeschaltet haben, und du bist verzweifelt genug, um zu mir um Hilfe zu kommen. Liege ich richtig?«

»Volltreffer«, sagte Rask und setzte sich ihm gegenüber.

Mercy nahm auf einer Bank Platz, Doc schwebte in der Nähe der Tür, und Lyra blieb mit verschränkten Armen stehen. Marnix' linkes Auge fixierte Rask; das rechte drehte sich müßig, verfolgte Mercy, dann Lyra und wieder zurück.

Er legte die Fingerspitzen aneinander. »Ich kann das machen. Aber es ist eine Eil-Aktion, und du bist knapp bei Kasse. Also machen wir das auf die alte Tour: Gefallen gegen Gefallen.«

Lyras Lippen zuckten. »Wir schmuggeln deine Drogen nicht.«

Marnix schnaubte. »Langweilig. Das ist was für Kinder und Buchhalter. Was ich brauche, ist die Lieferung einer Sendung: eine Kiste, versiegelt, keine Scans, keine Fragen. Bring sie zwei Sektoren weiter, übergib sie, nimm die Zahlung entgegen, und ich repariere dein Schiff. Nichts Gefährliches, nichts Illegales. Auf dem Papier.«

Mercy beugte sich mit gespielter Unschuld vor. »Es sind Waffen, nicht wahr?«

Marnix' Grinsen wurde breiter. »Es sind imperiale Rationen.«

Rask sah Lyra an. »Du reparierst das Schiff, wir liefern die Kiste?«

Marnix hob beide Hände. »Ihr seid in einem Tag rein und wieder raus. Ich traue niemand anderem damit. In letzter Zeit sind zu viele Augen auf den Routen.«

Doc meldete sich endlich zu Wort, seine Stimme leise und trocken. »Und wenn es jemand scannt?«

»Dann haut ihr ab«, sagte Marnix, als wäre es das Offensichtlichste auf der Welt.

Die Crew tauschte Blicke aus, eine ganze Konversation an Berechnungen, komprimiert in drei Sekunden Stille.

Lyra brach sie mit flacher Stimme. »Wir sind keine Schmuggler.«

»Wir sind, was auch immer uns in der Luft hält«, sagte Rask.

Doc schaute zu Boden, dann wieder zu Rask. »So landen Leute in Leichensäcken.«

Mercy schlug mit einem Stiefel auf die Bank. »Na und? Der letzte Job hat uns auf jedes Kopfgeld-Board im Sektor gebracht. Können wir die Vorteile auch genießen.«

Rask wandte sich wieder an Marnix. »Was machen wir mit der Bezahlung?«

»Behaltet sie, es ist nur ein Höflichkeitsaustausch. Mein Käufer hat bereits voll bezahlt.«

»Schön. Wir machen's.«

Marnix' Augen funkelten – beide, zur Abwechslung. »Guter Junge.« Er griff unter den Schreibtisch und zog einen versiegelten Koffer hervor, der mit so vielen gefälschten Etiketten versehen war, dass er praktisch seine eigene Schuld gestand. »Warum entspannt ihr euch nicht in der Bar, Jungs und Mädels. Euer Schiff ist in zwei Stunden fertig.«

»In Ordnung«, sagte Lyra. »Ich könnte einen Drink vertragen.«

Marnix klatschte in die Hände und stieß ein Lachen aus. »Das ist die richtige Einstellung.« Er beugte sich vor, seine Stimme sank um einen halben Ton. »Schaut nicht hinein. Denkt nicht darüber nach. Das ist für alle einfacher.«

Mercy streckte die Hand aus, ergriff den Koffer am Griff und hob ihn mit einem Grunzen hoch. »Leicht für eine Bombe.«

Marnix zwinkerte, was technisch beeindruckend war, da sein rechtes Augenlid ein Chromflicken war. »Viel Glück, Crew.«

Der Rückweg zur Meridian nach der Bar war kurz und still, nur unterbrochen von dem leisen Sirren der internen Versiegelung des Koffers, die alle zwölf Sekunden einen Zyklus durchlief. Mercy trug ihn wie eine heilige Opfergabe. Lyra ging voran, ihre Körpersprache strahlte »nicht nähern« in alle Richtungen aus.

Wie versprochen hatte Marnix eine Crew aufgetrieben, um den Hyperantrieb zu reparieren. Die Meridian hatte immer noch eine Liste von Fehlern, die so lang war wie Rasks Arm, aber zumindest konnten sie springen, ohne eine fünfzigprozentige Chance auf einen katastrophalen Tod einzugehen.

An Bord verriegelte Lyra das Schott und führte eine vollständige Diagnose des Koffers durch. »Keine radioaktiven Spitzen«, sagte sie. »Nicht mal Sprengstoff. Könnte Essen sein.«

Doc schnaubte. »Oder ein Toxin, das man essen kann.«

Mercy zuckte mit den Schultern und verstaute die Kiste unter der Bank in der Messe. »Wenn es gefährlich ist, finden wir es vor allen anderen heraus.«

Die KI des Schiffes meldete sich, süß und hinterhältig: »Lieferung wurde vorregistriert. Optimaler Sprungvektor berechnet. Möchten Sie abfliegen, oder soll ich einen lokalen Skandal improvisieren?«

Lyra antwortete: »Setz den Kurs, aber halte dich bedeckt.«

»Bestätigt«, sagte die KI mit einem Unterton, der Schadenfreude hätte sein können.

Rask nahm im Pilotensitz Platz, seine Augen waren hohl vor Erschöpfung, aber seine Stimme hielt. »Alles klar?«

Lyra überprüfte ihre Anzeigen. »So bereit, wie wir nur sein können.«

Mercy grinste. »Was kommt als Nächstes, Cap'n?«

»Jetzt«, sagte Rask, »führen wir die Lieferung durch. Dann retten wir Kye.«

Docs Gesicht war unleserlich, aber seine Hände zitterten

ein wenig, als er sich anschnallte. »Wenn die Lieferung sauber ist, überleben wir vielleicht die Woche.«

Lyra murmelte: »Wenn nicht, gehen wir wenigstens mit Stil unter.«

Mercy lachte schallend. »Ich bringe das Feuerwerk mit.«

Die Meridian dockte ab, ihre Antriebe heulten protestierend, aber sie erwischten den Fluchtfaden wie ein Fisch an einer Leine. Als sie das Gravitationsfeld von Threshold verließen, unterbrach die KI erneut.

»Näherungsalarm. Nicht autorisiertes Schiff tritt ins System ein. Registrierung: Seraphine. Geschätzte Ankunft in zweiundfünfzig Minuten.«

Einen Moment lang sprach niemand. Dann sagte Rask: »Na, Scheiße.«

Lyras Hände umklammerten die Steuerung fester. »Sie sind zu früh.«

Doc tastete mit weißen Knöcheln nach seinem Sanitätskasten. »Wir können den Sprung noch schaffen.«

Mercy überprüfte die Pistole in ihrem Stiefel, ihr Gesicht lebendig bei der Aussicht auf Gewalt. »Oder wir können sie uns jagen lassen. Machen wir ein Spiel daraus.«

Rask atmete aus, biss die Zähne zusammen und schob den Schubregler nach vorn.

»Das Spiel beginnt«, sagte er.

Die Meridian ruckte, stöhnte und verschwand im Schwarz, Threshold und all seine Fäulnis hinter sich lassend. Zum ersten Mal seit Stunden fand die Crew einen Rhythmus – chaotisch, angespannt, aber ihrer.

Im Laderaum pulsierte Glim sanft und schlug den Takt zu einem Lied, dessen Worte noch niemand kannte.

NEUN

Die Meridian vibrierte auf einer Frequenz, die Rask Helvan mittlerweile mit Stress, Bosheit oder beidem verband. In der Messe ging die Schiffsbesatzung ihrer zweitliebsten Freizeitbeschäftigung nach: Eskalation per Ausschuss.

Rask lehnte mit verschränkten Armen im Schott und musterte die Crew wie eine Jury. »Wir gehen rein, wir machen die Übergabe, wir holen Kye zurück.« Er ließ die Worte hängen, schwer wie das Vakuum.

Doc kauerte über einem Datapad und massierte mit der linken Hand geistesabwesend eine Verspannung in seinem Kiefer. Eigentlich sollte er die Koordinaten für die Übergabe überwachen, doch sein Blick wanderte immer wieder zum Tisch, wo Glims Bio-Kanister nun offen stand. Der Behälter pulsierte in einem langsamen, bedächtigen Rhythmus. In regelmäßigen Abständen erzitterte er, als würde etwas im Inneren gegen die Wand drücken.

Mercy lümmelte im nächstbesten Stuhl, die Beine hochgelegt, und putzte ihre Pistole mit der Inbrunst eines Priesters, der eine Opferklinge ölt. »Warum abhauen?«, sagte sie. »Waffenfähige Diplomatie. Wir tauchen mit dem Kanister und den

Knarren auf und schauen dann, wer zuerst mit der Wimper zuckt.«

Rask seufzte nicht, doch sein nächster Atemzug war ein Messer in den Rippen. »Du bist ja ein einziges Herz, Mercy.«

Mercy grinste unbeeindruckt. »Und ich dachte, du hättest mich wegen meines Verhandlungsgeschicks angeheuert.«

Das Pulsieren von Glims Behälter verstärkte sich. Docs Stirn legte sich in Falten. Er streckte die Hand aus und stieß mit der zögerlichen Neugier von jemandem, der einmal von einer Medidrohne gebissen worden war, gegen das Gehäuse. Das blaue Licht flackerte als Antwort, dann dimmte es auf eine mürrische Normalität herunter.

Lyra wandte sich mit in die Hüften gestemmten Händen an Rask. »Du willst Kye zurückholen. Das ist persönlich. Aber wir schulden ihnen nicht mehr, als wir uns selbst schulden.«

Rask starrte mit zusammengebissenen Zähnen durch sie hindurch. »Das steht nicht zur Debatte. Wir machen die Übergabe. Wir holen Kye.«

Lyra warf Doc einen Blick zu, in der Hoffnung auf Unterstützung. Doc tat so, als konzentriere er sich auf die Navigationskoordinaten, aber seine Augen waren nicht annähernd auf den Bildschirm gerichtet.

Mercys Füße schlugen auf dem Boden auf. »Na schön. Aber wenn mich jemand nur schief anguckt, leere ich das Magazin.«

»Zur Kenntnis genommen«, sagte Rask. Er richtete sich auf, sein Kiefer so fest angespannt, dass er hätte verwachsen können. »Wir gehen rein und wir hauen wieder ab. Das ist ein Klacks von einem Auftrag.«

»Bei Routinejobs stirbt immer jemand«, murmelte Doc.

Mercy grinste mit entblößten Zähnen. »Solange es nicht ich bin.«

Die Relaisstation war weniger eine Orbitalstation als vielmehr ein Grabstein für tote Infrastruktur. Sie umkreiste einen braunen Zwerg, dessen letzte Ruhmestat darin bestanden hatte, sein eigenes Planetensystem zu verschlingen. Die Relaisstation selbst war ein Tumor aus alten Satelliten, verloren gegangenen Wartungsdrohnen und der gelegentlichen, noch blinkenden Notfunkbake. Einst hatte sie Daten für den gesamten Sektor weitergeleitet; jetzt leitete sie hauptsächlich Enttäuschung weiter.

Die Andockanweisungen kamen in einem Datenstoß: Backbordseite, Dock sechs, keine Verzögerungen, kein Zoll. Rask steuerte die Meridian manuell, spürte bei jeder Kurskorrektur den Widerstand des Schiffes, als hätte es prinzipiell etwas gegen das Konzept des Andockens.

Im vorderen Abteil zog Mercy den Reißverschluss ihrer Weste zu und führte einen letzten Systemcheck an ihrer Handfeuerwaffe durch. Lyra band ihr Haar mit militärischer Präzision zurück und verstaute dann die Fracht in einer Seesacktasche. Sie blickte zu Doc, der sich mit der zerstreuten Miene eines Mannes, der sich sicher war, rennen zu müssen, die Stiefel schnürte.

»Kommst du mit?«, fragte Lyra, ihre Stimme so kalt wie die Luft, die durch den Einlass zirkulierte.

Doc schüttelte den Kopf, sein Gesicht war eine Nuance blasser als vorschriftsmäßig. »Ich bleibe bei Glim. Sie ist ...« Er blickte auf den Kanister, der nun im Einklang mit dem versagenden Herzschlag der Station vibrierte, »... besser in Gesellschaft.«

Mercy klopfte ihm auf die Schulter. »Wenn es schlüpft, töte es, bevor es sich vermehrt.«

Doc versuchte zu lachen, aber sein Mund zuckte nur. »Das wäre ... suboptimal.«

Sie durchliefen den Zyklus der Luftschleuse und gingen durch die kurze Nabelschnur zum Knotenpunkt der Relaisstation. Das Innere war schlimmer als das Äußere: lauter freiliegende Kabel, schimmlige Verkleidungen und ein Ozongeruch, der stark genug war, um die Nasenlöcher zu peelen. Die Korridorbeleuchtung hatte zwei Einstellungen: Migräne und Totalausfall.

Am Ende des Tunnels warteten zwei Gestalten – beide schwer bewaffnet, beide strahlten die Haltung von Leuten aus, die nicht vorhatten, Worte zu benutzen. Der Größere trug eine zerschlissene Aufruhrrüstung, von der die imperialen Abzeichen abgeschmort waren; der Kleinere, Stämmigere hielt ein Pulsgewehr und machte sich nicht die Mühe, seine Abzugsdisziplin zu verbergen. Beide beäugten die Seesacktasche mit einem Hunger, der fast religiös war.

Mercy erfasste die Situation mit einem Blick und lächelte dann. »Ich nehme den auf der linken Seite.«

»Wir erschießen niemanden«, sagte Rask und trat mit offenen Händen vor, die universelle Geste für ›Ich bin unbewaffnet und habe definitiv nicht vor, Sie niederzustechen.‹

Der Kurier – vermutlich derjenige, der das Sagen hatte – sprach zuerst. »Ist es das?«

Rask nickte. »Wie gewünscht. Niemand sonst weiß davon.«

Der Partner des Kuriers grunzte, seine Augen verließen Mercy nie.

Lyra stellte die Tasche auf das Deck. »Wenn Sie es scannen, gehört es Ihnen«, sagte sie, und die Worte kamen heraus wie Patronenhülsen.

Der Kurier ging in die Hocke, öffnete den Reißverschluss der Tasche und zog einen Scanner hervor. Er fuhr damit über die Kiste, dann über die Umgebungsluft. Der Scanner piepte einmal und blinkte dann grün.

»Bezahlung«, sagte der Kurier und deutete auf eine zerschlissene Kiste, auf der er gestanden hatte.

Rask kniete nieder, öffnete die Riegel und blickte hinein.

Er schnaubte.

Mercy spähte unbeeindruckt über seine Schulter. »Das ist alles?«

Die Kiste enthielt drei Kartons von dem, was das Manifest als »medizinische Hilfsgüter, nahrhaft« beschrieben hatte. In Wirklichkeit waren es Med-Patches von Militärqualität, die Art, die man benutzte, um eine Blasterwunde lange genug zu stabilisieren, um es in ein besseres Krankenhaus als dieses zu schaffen.

Lyras Gesicht wurde hart, dann leer. Sie sah den Kurier an. »Das ist alles?«

Er zuckte mit den Schultern. »Sprechen Sie mit Ihrem Vermittler.«

Mercy hielt ein Pflaster hoch und schnippte es dann zurück in die Kiste. »Geizige Schweinehunde.«

Rask schloss die Kiste, stand auf und staubte sich die Hände ab. »Piraten, erinnerst du dich?«, sagte er und warf Lyra einen Blick zu, der besagte, *mach keine Szene.*

Sie verließen die Relaisstation schweigend, wobei Mercy die Kiste mit einem Griff trug, der vermuten ließ, dass sie den Henkel aus Bosheit abreißen könnte.

Zurück an Bord der Meridian kippte Rask die Bezahlung auf den Messetisch. Lyra starrte darauf, als könnte es explodieren. »Er hat uns über den Tisch gezogen«, sagte sie.

Rask zuckte mit lebloser Stimme mit den Schultern. »Das ist es, was Piraten tun.«

Mercy klebte ein Med-Patch auf die Tischoberfläche und drückte darauf, bis der Klebstoff einen Abdruck hinterließ. »Willst du zurückgehen und sie erschießen?«

»Nein«, sagte Rask, der bereits auf dem Weg zur Brücke war. »Wir haben einen funktionierenden Hyperantrieb. Das wird reichen.«

Lyra sah zu Doc, der jetzt direkt vor Glims Behälter saß und mit den Augen auf das langsame, unheilvolle Pulsieren des blauen Lichts fixiert war.

»Hat es irgendetwas getan?«, fragte sie.

Doc schüttelte den Kopf, schien sich aber nicht sicher zu sein. »Ich glaube, es wartet.«

Mercy grinste mit allen Zähnen. »Warten wir das nicht alle?«

Das Schiff erzitterte, als Rask die neuen Sprungkoordinaten eingab. Die tote Relaisstation verschwand hinter ihnen, ein Fleck, der von der endlosen Dunkelheit verschluckt wurde. Im Inneren der Meridian versammelte sich die Crew im Cockpit, ihre Gesichter vom kalten Licht der Navigationsanzeige beleuchtet.

Mercy ließ die Schultern kreisen, bereit für den nächsten Kampf. Lyra verbiss sich und wartete darauf, dass der Verrat kam, aus welcher Richtung auch immer. Doc behielt Glim im Auge, die Finger zu einem Dach geformt, während sein Verstand alle Möglichkeiten durchging, wie dies noch schiefgehen konnte.

Rask starrte auf die Frontansicht, sah zu, wie das Nichts vorbeizog.

»Nächster Halt«, sagte er mit leiser Stimme, »wir holen Kye.«

Er bat nicht um eine Abstimmung. Die Meridian würde tun, was sie immer tat: überleben.

Im Laderaum pulsierte Glims Behälter, hielt inne und pulsierte dann erneut.

Niemand in der Crew bemerkte die Veränderung, noch nicht.

Aber das Schiff tat es.

Und es lernte.

Sie versammelten sich im Cockpit, angetrieben von Trägheit oder dem Bedürfnis nach Zeugen. Die Deckenbeleuchtung war gedimmt – halb aus Sparsamkeit, halb aus Gründen der Privatsphäre – und das einzige andere Licht kam von Glims Kanister, der nun in einer provisorischen Halterung neben der Navigatorenkonsole installiert war.

Doc Vellenix baute seine Überwachungsausrüstung mit der ganzen Zeremonie eines Mannes auf, der versuchte, ein Publikum von Geistern zu beeindrucken. Das Datapad, das notdürftig an einen Satz geplünderter biometrischer Streifen angeschlossen war, zeigte eine fortlaufende Aufzeichnung der Pulse des Kanisters. Die Zahlen bedeuteten niemandem außer Doc etwas, aber die sichtbaren Spitzen und Kurven sahen einem EKG ähnlich genug, um gleichzeitig beruhigend und beunruhigend zu sein.

Rask beugte sich über die Rückenlehne von Docs Stuhl. »Du hast gesagt, es wird schlimmer.«

»Nicht schlimmer«, korrigierte Doc. »Nur komplizierter.« Er deutete auf das Display. »Zuerst war es ein Standardintervall von drei Sekunden – ein gelangweilter Herzschlag. Jetzt durchläuft es Zyklen von Clustern. Hier, sieh mal.«

Er zeigte auf den Bildschirm, wo die blau-weißen Blitze in engen Dreiergruppen aufleuchteten, dann pausierten und sich in einem anderen Muster wiederholten.

Lyra kniff die Augen zusammen und sah auf das Display, während sie auf der Innenseite ihrer Wange kaute. »Sieht aus wie ein Code.«

Doc nickte. »Genau. Und jedes Mal, wenn ich versuche, eine Analyse durchzuführen, ändert es die Sequenz.«

Mercy, die sich mit den Stiefeln auf dem Armaturenbrett

seitlich in den Kommunikationssessel gezwängt hatte, gähnte. »Vielleicht hat es Hunger. Hast du mal daran gedacht?«

Doc ignorierte sie und sprach in die Luft, als erwarte er, dass das Schiff selbst antworten würde. »Es beschleunigt sich. In der letzten Stunde hat sich die Musterlänge verdoppelt. Wenn das nur Rauschen ist, ist es das intelligenteste Rauschen, das ich je gesehen habe.«

Mercy verdrehte die Augen. »Vielleicht versucht es zu kommunizieren.«

Lyra fixierte sie mit einem Blick. »Das ist genau das, was er gerade gesagt hat.«

»Vielleicht sagt es, dass es raus will«, sagte Mercy und zupfte an der abgenutzten Naht ihres Handschuhs.

Das Hauptterminal des Cockpits leuchtete auf und führte eine neue Diagnose durch. Rask runzelte die Stirn und schaltete den Kanal um. »Brücke, Status?«

Die Stimme der KI war fade wie Schmelzkäse. »Pulsanomalie in nicht-kritischer Fracht festgestellt. Keine Eindämmungsverletzung.«

Rask stieß mit dem Finger auf den nächstgelegenen Lautsprecher. »Du kannst das lesen?«

»Bestätigt. Anomalie entspricht keiner bekannten Systemsignatur.«

»Was ist es dann?«

Eine Pause, gerade lang genug, um absichtlich zu wirken. »Kann Anweisung nicht ausführen. Daten entsprechen nicht dem operativen Mandat. Nicht autorisierte Technologie.«

Lyra schnaubte, aber es lag kein Humor darin. »Sogar das Schiff will das nicht anrühren.«

Doc beugte sich näher an den Kanister und beobachtete das Flackern. »Wenn es spricht, wüsste ich gerne, wer zuhören soll.«

Rask starrte auf den Kanister. »Gibt es eine Möglichkeit, dass es ein Signal senden kann?«

Lyra schüttelte den Kopf. »Nichts, was durch eine Hülle

dringen kann. Vielleicht, wenn man das Gehäuse aufbricht, aber das würde ich nicht empfehlen.«

Mercy wurde hellhörig. »Ich schon.«

Niemand würdigte das einer Antwort.

Rask schritt die Länge des Cockpits ab, fuhr mit der Zunge an der Innenseite seiner Zähne entlang, eine Angewohnheit, die einen aufkommenden Sturm signalisierte. Er fuhr zu Doc herum. »Halte es unter Verschluss. Wenn es eskaliert, lass es aus der Bucht ab.«

Doc hob die Augenbrauen. »Das ist deine Lösung für alles.«

Rask lächelte beinahe. »Deshalb lebe ich noch.«

Er stapfte zurück zum Pilotensitz, tippte auf das Navigationspanel und überprüfte den nächsten Sprung. Es war sinnlos – die Route war festgelegt, und jede Abweichung würde nur Treibstoff und Zeit verbrennen – aber es gab ihm etwas, womit er seine Hände beschäftigen konnte.

Die Kommunikationskonsole zwitscherte, leise und nicht im Rhythmus von Glims Puls. Mercy setzte sich aufrechter hin. »Jemand pingt uns an.«

Lyra glitt in den Kommunikationssitz, ihre Augen verengten sich. Sie ließ die eingehenden Daten durch eine Reihe von Filtern laufen, ihre Finger flogen über die Tasten. »Es ist keine Sprache«, sagte sie. »Nur eine Datei. Audio.«

Mercy grinste. »Vielleicht ist es ein Lied.«

Lyra ignorierte sie und spielte die Datei ab. Das Cockpit füllte sich mit einem Rauschen, dann mit einem langsamen, atonalen Jaulen, kaum über der Hörschwelle. Nach ein paar Sekunden wiederholte sich das Jaulen, aber mit einer neuen Schicht darunter – einem digitalen Raspeln, fast wie Worte unter einer Glasscheibe.

Doc sagte: »Ist das eine Chiffre?«

Lyra führte eine Diagnose durch. »Es ist kein Standard. Warte – da ist ein Header. Er ist in der Wellenform versteckt, wie eine alte Sendung.« Sie lehnte sich zurück, als die

Erkenntnis dämmerte. »Verdammt. Das ist ein Zahlensender.«

Rask hob die Augenbrauen. »Benutzen sie die immer noch?«

Lyra zuckte mit den Schultern. »Wenn du ein Signal verstecken willst, benutzt du das, wonach niemand sonst sucht.« Sie leitete den Output durch die Entschlüsselungssoftware des Schiffes.

Als sie die Datei das nächste Mal abspielte, löste sich das Rauschen in eine Stimme auf, brüchig und verzerrt, aber unverkennbar.

Es war Kye.

»Glückwunsch, dass du nicht gestorben bist«, sagte die Stimme, jedes Wort von Rauschen und Sarkasmus durchzogen. »Komm nicht, um mich zu holen. Aber wenn du es doch tust, bring was zu knabbern mit. Und Waffen.« Es gab eine Pause, dann ein längeres, leiseres Flüstern: »Koordinaten angehängt. Du hast ein Zeitfenster, vielleicht zwei Stunden, bevor sie mich wieder verlegen. Außerdem hat Seraphine einen defekten Backbordstabilisator. Nutze das.«

Die Nachricht wiederholte sich und verstummte dann.

Doc sah Rask an. »Das ist definitiv Kye.«

Mercy stieß einen leisen Pfiff aus. »Sie klingen furchtbar.«

Lyras Finger schwebten über der Navigationskonsole und planten bereits den neuen Kurs. »Die Koordinaten sind gültig. Sie sind im System, aber nur für kurze Zeit.«

Rask nahm den Pilotensitz ein und starrte auf die Koordinaten, bis sich die Zahlen in seine Augen brannten. »Und wenn es eine Falle ist?«

Mercy grinste. »Dann fühlen wir uns wie zu Hause.«

Doc packte seine Ausrüstung zusammen und dachte sich bereits ein neues Patchkabel aus. »Ich werde Glim weiter überwachen. Vielleicht kann ich etwas bauen, um seine Pulse zu übersetzen.«

Lyra legte den Kurs fest. »Es gibt nur einen Sprung, der

uns rechtzeitig in Reichweite bringt. Es ist knapp. Wenn wir es vermasseln, treiben wir tagelang.«

Mercy tippte mit ihren Stiefeln auf das Armaturenbrett. »Kein Druck, Boss.«

Rask sagte nichts. Er starrte nur auf das leere Display, den Kiefer verriegelt, die Hände fest am Steuerhorn.

Lyra beobachtete ihn einen Moment länger und leitete dann den Sprung ein. Die Triebwerke flammten auf, das ganze Schiff grollte vor Erwartung oder Furcht.

»Kurs setzen«, sagte Rask mit leiser Stimme.

Die Meridian sprang, die Hülle schrie im Protest.

Hinter ihnen veränderte sich Glims Puls.

Er lief in einer neuen Sequenz ab – eins, dann zwei, dann drei.

Im Cockpit sprach niemand. Sie sahen nur zu, wie sich die Sterne verdrehten, und hofften, dass das nächste Ziel mehr Antworten als Fragen bereithalten würde.

Im Laderaum malte das blaue Licht von Glims Behälter seltsame Schatten an die Wände. Das Muster veränderte sich erneut, jetzt eindringlicher, als hätte es die Sterne gesehen und wollte mehr.

ZEHN

Die Annäherung der Meridian an den Skarn-Gürtel war weniger eine Frage der Kurskorrektur als vielmehr ein Akt bewusster Selbstverletzung. Auf dem vorderen Bildschirm betrachtet, entfaltete sich der Gürtel wie eine Geschichte schlechter Entscheidungen – kilometerlange, trudelnde Felsbrocken, Geisterschiffe, die zwischen Granitplatten verkeilt waren, und Fragmente zertrümmerter Rümpfe, die in einem Zeitlupenballett kreiselten. Kein vernünftiger Navigator würde ihn mit hoher Geschwindigkeit durchqueren, und genau deshalb nutzte ihn jeder Schmuggler, Hehler und Flüchtige im Sektor als sein ganz persönliches Versteck.

Lyra beobachtete das Trümmerfeld mit einer raubtierhaften Ruhe. Sie hatte das Steuer an sich gerissen und überredete das ramponierte Navigationssystem zu einer Reihe von Berechnungen, die einem Ausbilder der Imperialen Akademie ein Aneurysma beschert hätten. Ihre Hände bewegten sich mit der Präzision einer Chirurgin, während sie Variablen aus dem taktilen Gedächtnis eingab und sie mit einem zerfledderten Notizbuch abglich, das sie mit Panzertape an die Konsole geklebt hatte. Die meisten Einträge waren in einem

Code verfasst, den nur sie verstand – halb Basis-8, halb purer Trotz.

Rask stand hinter ihrer Schulter, tat so, als würde er Ratschläge geben, sorgte aber hauptsächlich dafür, dass sie nicht die letzten Sicherheitsprotokolle des Schiffes außer Kraft setzte. Er blinzelte auf den Pfad, den Lyra gezeichnet hatte: eine sich windende, rekursive Schleife durch den Gürtel, die dreimal zu sich selbst zurückführte und an einem Punkt den äußeren Ring eines Planetoiden streifte, der allein in diesem Jahrzehnt drei Vermessungsschiffe verschlungen hatte.

»Ehrgeizig«, sagte er und versuchte, lässig zu klingen.

Lyra machte sich nicht die Mühe, aufzusehen. »Entweder das, oder sie treiben uns am Relais in die Enge. Das oder Mercy verschmilzt uns versehentlich mit einer Bergbaudrohne.«

Die KI des Schiffes, die seit dem letzten Sprung schmollte, ließ ein sauberes Trio roter Warnmeldungen über die Navigationskonsole flackern – drei scharfe Impulse, jeder von einem passiv-aggressiven Klicken begleitet. Lyra betrachtete sie mit der kalten Zuneigung von jemandem, der mehrere Hämmer besaß und noch keinem Problem begegnet war, das er nicht hätte plattmachen können.

Rask warf einen Blick auf die Warnungen, dann auf Lyra. »Der Computer legt ein Veto gegen deinen Plan ein.«

»Er ist ein Feigling«, sagte Lyra. »Und ein mathematischer Analphabet.«

Rask wollte widersprechen, aber die Art, wie sie es sagte – unbewegt, endgültig –, ließ keinen Raum für Widerworte. Stattdessen lehnte er sich zurück und tat so, als würde er die Astronavigationskarte studieren, während Lyra eine weitere Sekunde von ihrer geschätzten Transitzeit abfeilte.

Hinter ihnen hatte Mercy auf dem Kommunikationsdeck einen vorderen Beobachtungsposten eingerichtet, was bedeutete, dass sie es sich auf einer Kiste bequem gemacht hatte, die

Stiefel gegen das Schott gestemmt, und ihren Vorrat an Schwarzmarkt-Stimulanzien in einem Tempo durchging, das der Eröffnungsnacht eines angesagten Nachtclubs alle Ehre gemacht hätte. Sie trug Kopfhörer, schien sie aber an nichts angeschlossen zu haben. Alle paar Minuten zupfte sie am Kabel, grinste über das Rauschen und rief eine neue Datei aus der schiffseigenen Enzyklopädie verbotener historischer Inhalte auf.

Rask blickte über seine Schulter. »Du sollst eigentlich einen Bedrohungsscan durchführen.«

Mercys Antwort war eine lange, opernhafte Note, die wahrscheinlich aus einer jahrhundertealten italienischen Todesarie stammte, gefolgt von einem Gähnen. »Wenn sie hinter uns her sind, pingen sie den Rumpf an, bevor sie die Kommunikation anpingen.« Sie streckte sich, wobei ihre Wirbel knackten. »Außerdem bereite ich mich auf die Afterparty vor.«

Lyras Lippen zuckten, aber sie ließ die Augen auf den Kontrollen. »Sieh nur zu, dass du wach bist, wenn sie anfängt.«

Mercy salutierte zum Schein, drückte dann ihre Kopfhörer fest an und begann, ein unsichtbares Orchester zu dirigieren. Rask zählte vier Minuten, bevor sie versuchte, die vorderen Sensoren kurzzuschließen, um eine Lichtshow in der Hauptkabine zu projizieren. Er beschloss, dass er damit leben konnte.

Unter Deck war die Stimmung weniger festlich. Doc Vellenix hatte sich im Frachtraum verbarrikadiert, wo er Glims Behälter mit dem Eifer eines Mannes überwachte, der genau wusste, wie viele Katastrophen schon auf der Ladefläche eines fahrenden Vehikels ihren Anfang genommen hatten.

Der Puls im Inneren des Behälters hatte sich weiterentwickelt. Es war kein stetiger, gedankenloser Rhythmus mehr, sondern reagierte nun auf Reize – eine Stimme, ein Schritt, sogar die Vibration einer Luke –, indem er zitterte oder sein

Tempo änderte. Zuerst hatte Doc dies seinem eigenen, schleichenden Wahnsinn zugeschrieben oder der Tatsache, dass er seit dem Medizinstudium in keiner Nacht mehr als drei Stunden geschlafen hatte. Jetzt vermutete er, es sei die Version eines Persönlichkeitstests des Behälters.

Er befestigte einen weiteren Sensorstreifen an der Keramikhülle und sprach Glim dann in dem sanften, hoffnungslosen Ton an, der für Bombenentschärfungen und Säuglinge reserviert war. »Wenn du zuhörst, blinzel zweimal für Ja, einmal für Nein.«

Der Behälter pulsierte einmal, dann zweimal, dann dreimal in schneller Folge. Der dritte Puls ließ die Decksplatten erzittern, oder so kam es Doc zumindest vor.

Er überprüfte seine Messwerte, sah nichts als dieselbe unergründliche Grafik und machte sich eine Notiz auf seinem Block. »Patient bleibt nonverbal«, schrieb er, »aber emotional ausdrucksstark. Mögliche Empathiereaktion auf Interaktion mit dem Subjekt. Empfehle weitere Daten.«

Mercys stark gefilterte Stimme dröhnte durch die Bordsprechanlage: »Doc! Kannst du Glim dazu bringen, ein Duett zu singen?«

Doc ignorierte sie, aber der Behälter tat es nicht. Er summte leise, im Einklang mit Mercys ferner Arie – dann passte er die Tonhöhe an, dann die Lautstärke, dann die Kadenz, bis der Laderaum in einer choralen Vibration widerhallte, die Docs Zähne erzittern ließ.

Er starrte den Behälter an, dann die Decke. »Hör auf damit«, sagte er. »Das ist nicht gesund.«

Der Behälter tat es, aber die Stille war schlimmer.

Doc überprüfte den Sensor ein letztes Mal. Er machte sich auf den Weg zum Oberdeck und kam gerade an, als die vorderen Bildschirme begannen, sich mit dem rohen, kinetischen Lärm des Gürtels zu füllen.

Lyras Kurs hielt stand. Die Meridian zitterte, protestierte, aber zerbrach nicht. Trümmer schrammten an den

Schilden entlang, dann am Rumpf. Eissplitter und uralte Motorteile schlugen gegen die Seiten. Hin und wieder blitzte das Schimmern eines anderen Schiffes über ihr Sichtfeld – einige tot, einige treibend, einige nicht so tot, wie sie sein sollten.

Rask überprüfte den Navigationsbildschirm, der ihren Weg als dünne blaue Linie darstellte, die eine Wolke des Todes durchtrennte. Er atmete aus. »Wir sind vorerst auf Kurs.«

Lyra, das Haar schweißnass an die Stirn geklebt, blinzelte nicht. »Das Schlimmste ist der nächste Quadrant. Wenn die Piraten ein Netz aufgespannt haben, müssen wir uns von Hand durchfädeln.«

Mercy wurde hellhörig. »Erwarten wir Gesellschaft?«

Lyra nickte knapp und kaum merklich.

»Gut«, sagte Mercy und verschwand in Richtung der Waffenstation, während sie eine Melodie summte, die nun unangenehm nahe an Glims letztem Puls war.

Doc ließ sich in den Kommunikationssessel fallen. »Sollte ich mir Sorgen machen?«, fragte er.

Lyra schüttelte den Kopf. »Nicht, wenn du kein Adrenalin-Hasser bist.«

»Ich bin Arzt«, sagte er. »Ich bin immun dagegen.«

Rask warf ihm einen Blick zu. »Ich vermute, keiner von uns ist gegen Mercys spezielle Art von Katastrophe immun.«

Wie gerufen, heulte der Annäherungsalarm des Schiffes auf. Jede Konsole leuchtete rot. Die Stimme der KI, deren Persönlichkeit sich nicht verbessert hatte, verkündete: »Eingehende Kontakte, drei. Zwei bemannt, eine Drohne. Alle mit Enterharpunen ausgestattet. Empfehle Ausweichmanöver.«

Lyras Finger verschwammen über der Konsole. »Wir müssen die Signatur verschleiern.«

Doc sagte: »Ich dachte, der Antrieb würde blockieren.«

»Wird er auch«, sagte Lyra. »Aber nicht, bevor wir das Feld geräumt haben.«

Mercys Stimme hallte über die Bordsprechanlage: »Erlaubnis, das Feuer zu erwidern?«

Rask sah sich den ankommenden Vektor an und nickte dann. »Warte, bis sie in Reichweite sind. Wir wollen, dass sie sich festlegen.«

»Verstanden«, sagte Mercy, und die Verbindung wurde unterbrochen.

Lyra drosselte die Triebwerke und versetzte die Meridian in ein kontrolliertes Trudeln. Der Rumpf stöhnte, die Schilde flackerten, aber das Schiff hielt zusammen. Der führende Jäger, ein schnittiger schwarzer Pfeil mit vier stummeligen Waffengondeln, passte seinen Kurs an.

»Schön«, sagte Rask und beobachtete, wie sich die Triangulation verengte. »Du köderst sie.«

Lyra antwortete nicht. Sie drückte einen Schalter, und eine Reihe von thermischen Täuschkörpern schoss aus dem Heck der Meridian. Die Drohnen ignorierten sie, aber das führende bemannte Schiff zögerte, gerade lange genug, um seine Position zu verlieren.

Rask übernahm die manuelle Steuerung. »Dreh uns bei.«

Lyra gehorchte, und das Schiff drehte sich um seine Achse, warf Trümmer ab, während es auf den schwächsten Punkt in der Formation der Jäger zuhielt.

Das feindliche Schiff feuerte eine Salve ab, die zu tief zielte. Die Geschosse schlugen durch den Außenrumpf, verfehlten aber alles Lebenswichtige. Mercy, stets eine Opportunistin, erwiderte das Feuer mit einer Salve Mikrominen, die sich wie Kletten am Schild des Feindes festsetzten.

»Hab dich, du wunderschöner Mistkerl«, gurrte Mercy.

Doc umklammerte den Sitz und beobachtete die Außenkameras. »Sollen wir uns auf eine Enterung vorbereiten?«

Lyra schüttelte den Kopf. »So nah kommen die nicht. Rask, kappe den Steuerbordschub auf mein Zeichen.«

»Bereit.«

Sie zählte herunter: »Drei. Zwei. Jetzt.«

Rask schlug auf die Steuerung. Die Meridian machte einen Satz zur Seite, die plötzlichen G-Kräfte reichten aus, um jedem, der sich nicht aktiv abstützte, den Atem zu rauben. Das feindliche Schiff überkorrigierte, geriet auf einem Sprühnebel seiner eigenen auslaufenden Kühlflüssigkeit ins Schleudern und stürzte direkt in die Bahn eines rotierenden Asteroiden. Der Aufprall war nicht filmreif – keine Explosion, nur ein befriedigendes Knautschen, als sich das Schiff um den Felsen faltete und dunkel wurde.

Die Drohne und das zweite bemannte Schiff lösten ihre Formation auf. Die Drohne scherte aus, vielleicht unter KI-Kontrolle; das andere Schiff schwankte, humpelte dann davon und berechnete vermutlich seine eigenen Überlebenschancen.

Mercys Stimme schallte durchs Schiff: »Haben wir gerade gewonnen?«

Rask atmete aus. »Wir haben überlebt. Das reicht.«

Lyra brachte die Meridian wieder auf Kurs. Sie sah auf die Navigationsanzeige, dann zu Rask und erlaubte sich ein einziges, kleines Lächeln.

»Du hast an meiner Rechnung gezweifelt«, sagte sie.

Er lächelte fast zurück. »Ich werde nie wieder daran zweifeln.«

Docs Stimme kam über die Sprechanlage. »Ich würde jetzt gerne aus diesem Fahrgeschäft aussteigen.«

Mercy sang von der Waffenstation aus eine einzige, perfekte Note. Der Behälter unter Deck antwortete mit einem Summen, und dieses Mal fand Doc es fast beruhigend.

Der Gürtel zog sich zurück. Das Feld öffnete sich, und die Meridian, ramponiert, aber intakt, humpelte der nächsten Krise entgegen.

In der Stille überprüfte Lyra die Messwerte und schaltete dann die vorderen Sensoren ab. Sie sah Rask an, ihre Stimme weicher als zuvor.

»Du bist kein schlechter Captain, weißt du«, sagte sie.

Rask blinzelte überrascht. »Danke?«

Sie zuckte mit den Schultern. »Liegst nur oft falsch.«

Er lachte, und das Geräusch prallte vom ramponierten Metall ab und legte sich irgendwo in den unteren Decks zur Ruhe.

Die KI des Schiffes spürte die Stimmung und ließ die Lichter zweimal flackern.

»Crew-Zusammenhalt: nicht eindeutig«, sagte sie.

Lyra ignorierte sie und plante bereits den nächsten unmöglichen Kurs.

Im Frachtraum war der Puls des Behälters zu seinem ursprünglichen, stetigen Rhythmus zurückgekehrt.

Doc tätschelte ihn sanft, als würde er ein Kind in den Schlaf wiegen.

»Ruh dich aus, solange du kannst«, sagte er zu dem blau erleuchteten Herzen des Schiffes.

Er hätte schwören können, dass es ihm zugezwinkert hatte.

ELF

Das Rendezvous der Meridian mit dem Außenposten Orpheon begann nicht so sehr, als dass es sich vielmehr einschlich – ein schrittweises Ansteigen der Anspannung des Schiffes, das blaue Leuchten von Glims Eindämmungsbox, das zu einem mürrischen Pulsieren geworden war, und ein Vektor auf dem Navigationsbildschirm, der mit der Geschwindigkeit des Bedauerns auf die zerfallende Umlaufbahn des Relais zukroch. Das Relais selbst war ein Torus, der um ein Neutronenfragment geschlungen war, komplett aus mattschwarzen Verbundwerkstoffen und redundanten Rumpfrippen, entworfen, um sowohl im elektromagnetischen Spektrum als auch in gehobener Gesellschaft zu verschwinden.

Rask flog den Anflug so langsam an, wie er es wagte, bediente die manuellen Schubdüsen und beobachtete jede Schwankung auf den Thermoscans. Er traute dem IFF-Handshake der Station nicht, der ständig durch einen Katalog fiktiver Rufzeichen rotierte und an einem Punkt versuchte, sie als »Sanitäts-Hilfslastkahn Prinz Harry« zu begrüßen. Er brach den Handshake ab und ging auf Schleichfahrt, wobei er die Meridian mit der Anmut eines verkaterten Aals in einen Parkorbit gleiten ließ.

Lyra beobachtete den Außenposten durch das vordere Sichtfenster, ihre Haltung auf »analysieren und vernichten« fixiert. Sie hatte immer noch Schmiere im Gesicht von der letzten Antriebsjustierung, und die Knöchel ihrer rechten Hand waren aufgeplatzt, seit sie eine Karbonfaserplatte mit einem gezielten Schlag zurück in Position geprügelt hatte. Eine Minute lang sagte sie nichts und ließ die Spannung sich aufbauen.

Mercy war bereits in der Luftschleuse, eine Hand auf der Kiste mit den Sprengladungen zum Entern, die andere ließ eine ramponierte Klinge kreisen, als würde sie für einen Job in einem Messerzirkus vorsprechen. Das einzige Zeichen von Nervosität war das leise, unwillkürliche Klopfen ihres Stiefels auf dem Deck.

Doc hielt sich in der Krankenstation auf, oder besser gesagt, an Glims Halterung, die nun an der Grenze des Hörbaren vibrierte – ein subtiles, harmonisches Summen, das ihn wünschen ließ, er würde noch trinken. Er drückte auf die Sensoranzeige, sah zu, wie die Messwerte eine zittrige Parabel beschrieben, dann drückte er erneut. Er schaltete sich auf die Brücke durch, seine Stimme durch die keuchende Bordsprechanlage gefiltert.

»Bist du sicher, dass du andocken willst?«, sagte er, was nie ganz eine Frage war.

Rask drückte aufs Mikrofon. »Nicht besonders.«

»Die Stromversorgung auf dem Relais ist unregelmäßig. Könnte ein Spannungsabfall sein, könnte Sabotage sein, könnte beides sein. Glim ist davon auch nicht begeistert.«

Lyra verdrehte die Augen. »Nichts macht Glim glücklich, außer vielleicht eine nette Detonation.«

Doc antwortete nicht, aber das Rauschen deutete auf Zustimmung hin.

Rask betätigte die Steuerung. »Mercy, auf dein Zeichen.«

Mercys Antwort war ein einzelner, musikalischer Ton – vielleicht nachgeahmter Vogelgesang, aber von der Sorte, die es nur auf Planeten mit räuberischem Vogelvieh gab. Sie leitete die Luftschleusensequenz ein, und die Luke zischte auf. Der Andocktunnel der Station fuhr mit einem Geräusch aus, das darauf hindeutete, dass er in letzter Zeit nicht benutzt oder nur als Mordwaffe verwendet worden war.

Das Trio bewegte sich durch die Luke. Rask an der Spitze, Lyra deckte ihm den Rücken, Mercy bildete die Nachhut und scannte jeden Schatten, als erwarte sie, ihr eigenes Spiegelbild zu finden, bewaffnet und feindselig.

Das Innere des Außenpostens war pure Dunkelheit. Keine einladenden Lichter, kein Ping von Umweltstabilisatoren, nur das matte Nachbild der eigenen Positionslichter der Meridian und das langsame Auftauchen von Details, als sich Rasks Netzhautimplantate akklimatisierten. Die Schwerkraft lag bei 0,3 G, genug, um jeden Schritt ein wenig zu federnd und jede Gewichtsverlagerung leicht unvorhersehbar zu machen.

Lyra schaltete ihre Anzuglampe ein und ließ sie über das Andock-Foyer streifen. Der Boden war mit Mikrosplittern aus Verbundwerkstoff übersät, aber ansonsten sauber – eine absichtliche, sterile Art von Sauberkeit, so wie ein Krankenhausflur direkt nach einem Unfall aussieht, bevor die Angehörigen benachrichtigt werden. Die einzige Bewegung war eine Kabelschleife, die in der schwachen Schwerkraft trieb und deren Ende immer noch in Intervallen Funken sprühte.

Mercy überblickte die Szene und runzelte die Stirn. »Keine Leichen. Kein Blut. Nicht mal eine halb aufgegessene Leiche.« Sie klang aufrichtig enttäuscht.

Rask warf ihr einen Blick zu. »Schraub deine Erwartungen runter.«

Mercy grinste. »Mach ich immer.«

Sie gingen durch die erste Luke, die eine volle Sekunde Widerstand leistete, bevor sie sich mit einem verlegenen pneumatischen Seufzer entriegelte. Der Korridor dahinter war noch kälter. Die Notbeleuchtung wurde durch Bewegung ausgelöst, aber zwei Drittel der Leisten waren ausgefallen, was tiefe Schattenflecken und nur gelegentliche blau-weiße Licht-inseln hinterließ. Die Wände des Korridors hatten das matte Finish eines ehemaligen Luxusschiffs, das ausgeschlachtet worden war; jede Platte, die man abhebeln oder einschmelzen konnte, war entfernt worden.

»Warum ist dieser Ort überhaupt hier?«, fragte Lyra, während sie vorwärts schwebten.

Rask antwortete: »Es ist das letzte Schwarzmarkt-Relais vor der Void Expanse. Jeder, der aus dem Kern flieht, macht hier Halt. Wenn du verschwinden willst, fängst du hier an.«

»Wer betreibt es?«, fragte Mercy, während sie eine Klinge in ihrer linken Hand wirbeln ließ und eine Sprengladung in ihrer rechten umfasste.

Rask zuckte mit den Schultern. »Früher war es eine Kartellfamilie. Dann hat das Imperium eine Säuberungsaktion durchgeführt, die oberste Führungsebene ausgeschaltet und den Rest sich selbst überlassen. Jetzt sind es hauptsächlich KI und wer auch immer das Vakuum überlebt.«

Lyra grunzte unverbindlich.

Der zentrale Knotenpunkt, als sie ihn erreichten, war ein Chaos aus zurückgelassener Fracht, Sicherheitskisten und provisorisch verlegten Stromleitungen. Mehrere Datentermi-nals leuchteten im Standby-Modus, ihre Bildschirme mitten im Download eingefroren. Eine Ecke des Knotenpunkts hatte eine Küchennische mit einem Topf voll von etwas Grauem und Klumpigem, das auf halbem Weg zum Kochen gefroren war. Drei leere Stühle umstanden einen Tisch, aber der Staub auf den Sitzen deutete darauf hin, dass dort seit Monaten niemand mehr gesessen hatte.

»Geisterstadt«, sagte Lyra.

Mercy ging zum nächsten Frachtstapel und fuhr mit einer behandschuhten Hand über die Etiketten. »Eine Menge Zeug wurde nie inventarisiert. Sie sind in Eile aufgebrochen.«

Rask schlenderte zu einem Terminal und versuchte, sich einzuloggen. Der Bildschirm flackerte, dann fragte er nach einem Passwort in einer Schriftart, die zuletzt während der Kriege vor der Einigung in Mode gewesen war. Er schnaubte und öffnete eine Seitenabdeckung, die die manuelle Überbrückung und die Art von Verkabelung enthüllte, die Lyra einen Herzanfall beschert hätte. Sie trat vor und übernahm, ihre Finger bewegten sich mit der rücksichtslosen Effizienz von jemandem, der das Navigationssystem eines Schiffes in Schwerelosigkeit und unter Beschuss neu verkabelt hatte.

»Gib mir eine Minute«, sagte sie.

Rask ließ sie machen und scannte die Umgebung. Jedes Geräusch im Relais war seltsam: Das Surren der Lebenserhaltung war zu langsam, das Klicken der Lüftung zu regelmäßig, und das hohle Echo ihrer Schritte hallte zu lange nach, als ob die Station darauf wartete, dass sie gingen.

Mercy hatte bereits das Interesse am Warten auf ein Ereignis verloren und durchstreifte nun die Korridore, wobei sie ihren Kopf durch jede offene Luke steckte. Die vierte Tür, die sie versuchte, klemmte, also trat sie sie einfach auf und verschwand hinein.

Lyra murmelte: »Hab's«, und das Terminal flackerte zum Leben. Das Kommunikationsprotokoll scrollte über den Bildschirm – Tausende von Zeilen verschlüsselten Datenverkehrs, die jüngsten mit einem roten Dreieck markiert. Sie überflog es schnell, dann erstarrte sie.

Rask sah, wie sich ihr Kiefer anspannte. »Was ist los?«

Lyra blickte nicht vom Bildschirm weg. »Seraphine. Vor zwei Tagen protokolliert. Fünfundvierzig Minuten angedockt, dann auf neuer Flugbahn abgeflogen. Keine Fracht gelistet. Kein Manifest.«

Mercys Stimme ertönte über den Anzug-Kommunikator. »Habe etwas gefunden. Es ist im Dunkeln. Atmet nicht.«

Rask runzelte die Stirn. »Wie viele?«

Mercys Antwort war ein übertriebener Seufzer. »Nur eine, Boss. Aber sie ist frisch.«

Rask warf Lyra einen Blick zu. »Bleib hier und zieh weiter Protokolle. Ich sehe nach Mercy.«

Lyra nickte, bereits im Strom der Terminaldaten verloren.

Rask fand Mercy zwei Korridore weiter, einen Meter über dem Boden schwebend und in eine Seitennische spähend. Die Leiche, die sie gefunden hatte, war eine Frau, Ende mittleren Alters, in einem Stations-Overall mit einem Namensschild, auf dem »Leitende Ingenieurin« stand. Sie schwebte, die Arme vor sich gekrümmt wie eine Schläferin im freien Fall, aber das Gesicht war in einer Grimasse der Überraschung erstarrt. Kein sichtbares Trauma, aber ihre Lippen und Augenlider waren leicht bläulich.

Mercy stieß die Leiche mit einer Zehenspitze an, und sie drehte sich sanft, das Haar fächerte sich in der kühlen Luft aus.

»Sie ist seit ein paar Tagen tot«, sagte Mercy. »Keine Kunst zu erraten, wer sie getötet hat.«

Rask untersuchte die Leiche, dann den Raum. Nichts Ungewöhnliches – kein Zeichen von Gewalt, kein Zeichen eines Kampfes.

Mercy wirbelte ihre Klinge. »Vielleicht spukt es auf der Station.«

Rask ignorierte sie und öffnete die Anzugtasche der Frau. Darin befanden sich ein Datenstick und ein Papierschnipsel – echtes Papier, was entweder eine Marotte oder ein Zeichen terminaler Paranoia war. Er nahm beides, ließ die Leiche treiben und bedeutete Mercy, ihm zu folgen.

Zurück im Knotenpunkt hatte Lyra den Kommunikations-verkehr des letzten Monats heruntergeladen und eine Brute-Force-Entschlüsselung der jüngsten Pings gestartet. Sie sah auf, als Rask eintrat, die Augen hell vor Adrenalin.

»Irgendetwas stimmt nicht«, sagte sie. »Jede Nachricht in den letzten achtundvierzig Stunden ist markiert. Das System hat die Standard-Admins durchrotiert, als ob es ständig vergisst, wer das Sagen haben soll.«

Rask reichte ihr den Datenstick. »Die tote Ingenieurin hatte den. Vielleicht ein Backup-Schlüssel.«

Lyra steckte ihn in das Terminal. Der Stick enthielt eine einzige Datei: eine Liste ankommender Schiffe, abgehender Schiffe und eine handgeschriebene Notiz am Ende:

TRAUE DER KI NICHT.

Darunter, in kleinerer Schrift:

Wenn Seraphine zurückkehrt, die Kiste nicht öffnen.

Mercy gluckste. »Ich mag ihren Stil.«

Lyra las es zweimal, dann traf ihr Blick den von Rask. »Sie meinen Glim, nicht wahr?«

Rask nickte. »Sieht so aus.«

Der Rückweg zum Dock war ereignislos, abgesehen von den Schatten, die mit jedem Schritt zu wachsen schienen, und dem leisen, eindringlichen Summen aus dem Behälter. Als sie die Luftschleuse erreichten, hielt Mercy inne und blickte über ihre Schulter.

»Kommt es dir kälter vor?«, fragte sie.

Lyra schüttelte den Kopf. »Das ist nur das versagende Relais.«

Mercy sah nicht überzeugt aus.

Die Stille hielt an, bis sie es nicht mehr tat.

Mercy, Lyra und Rask waren nur noch eine Handbreit vom Andockring entfernt, als die Hauptstromversorgung der Station mit der Subtilität eines Gefängnisaufstands ansprang. Lichter fluteten den Korridor, in allen Schattierungen von Weiß und Blau, und für einen Moment bewegte sich niemand.

Dann, ohne Vorwarnung, schlugen die Türen an beiden Enden zu, ein rollendes, pneumatisches Zischen, das eine Vibration durch Lyras Stiefel schickte.

Mercy pfiff. »Die verstehen was von Dramatik, was?«

Lyra ignorierte sie, drängte sich an Rask vorbei und hämmerte auf die Türsteuerung. »Tot«, berichtete sie, hebelte dann die Wartungsklappe ab und begann, sie mit zwei verbogenen Fingergelenken und einem Kabel-Zahnstocher kurzzuschließen. »Gib mir eine Minute.«

Rask beobachtete das andere Ende des Korridors, das sich schnell mit einem unangenehm riechenden Nebel aus den Wandlüftungen füllte. Er hatte die Farbe der Enttäuschung und einen metallischen Geschmack, der im Rachen brannte.

»Die Luft ist kontaminiert«, sagte er mit flacher Stimme. »Nicht tödlich, aber nicht gut für die Lungen.«

Mercy grinste unbeeindruckt. »Gut für meinen Teint.«

Die KI, von der Meridian über Lyras Anzug zugeschaltet, wählte diesen Moment, um zu kommentieren: »Sicherheitsprotokoll der Station wurde aktiviert. Alles nicht-essenzielle Personal wird gemäß dem Imperialen Gefahrencode eliminiert.«

Rask verdrehte die Augen. »Definiere nicht-essenziell.«

»Jeder, der sich nicht in einem Kommandomodul befindet oder nicht die KI der Station ist«, antwortete die KI, ausdruckslos und selbstgefällig.

Lyra arbeitete an der Schalttafel, ihre Finger flogen. »Wir müssen das Schloss kurzschließen. Es ist dreifach redundant. Wer auch immer das gebaut hat, kannte sich mit Paranoia aus.«

Mercy zog zwei Klingen, eine in jeder Hand, und wirbelte sie in entgegengesetzte Richtungen. »Endlich etwas zum Abstechen.«

Sie blickte Rask an. »Willst du wetten, was hinter der nächsten Tür ist?«

»Nein«, sagte Rask und spannte sich an, als die Lichter wieder flackerten und die Temperatur um weitere zehn Grad fiel.

Der Nebel verdichtete sich und reduzierte die Sicht auf Armeslänge. Durch ihn hindurch blinkten die Notfallleuchten ein langsames Muster: drei, Pause, drei, Pause. Rask runzelte die Stirn bei dem Muster. »Es kopiert Glim.«

Lyra sah nicht auf. »Die Station wurde kompromittiert. Ich schätze, Seraphine hat im Mainframe ein Geschenk hinterlassen.«

Mercy testete die Tür, indem sie eine Klinge darauf warf; sie blieb auf halbem Weg stecken und zitterte mit jedem Pulsieren des Nebels. Sie zog sie heraus und lächelte. »Definitiv nicht Standardausrüstung.«

Rask hustete und sah Lyra an. »Irgendwelche Fortschritte?«

»Fast geschafft«, sagte sie, stieß dann ein Kabel in das Schloss und drehte es. Es gab einen scharfen Knall, eine Wolke Ozon, und die Tür glitt einen Spalt breit auf. Mercy klemmte ihren Stiefel in die Lücke und hebelte sie weiter auf, dann trat sie hindurch.

Der zentrale Knotenpunkt sah überhaupt nicht mehr so aus, wie sie ihn verlassen hatten. Die Lichter waren auf volles Tageslicht eingestellt, jede Oberfläche klinisch sauber poliert, und alle Stühle waren in einer ordentlichen Reihe an die Wand geräumt worden. Die Luft war hier noch kälter, und das Summen des Stationskerns war hörbar – ein tiefes, unterschwelliges Pochen, das Lyras Ohren knacken ließ.

Auf dem Tisch in der Mitte des Raumes lag die tote Ingenieurin, nun mit gekreuzten Armen aufgebahrt und einem Datenpad auf der Brust. Jemand oder etwas hatte sie wie ein Museumsstück arrangiert.

Mercy schlich sich an die Leiche und beäugte das Datenpad. »Ich wette zehn, es ist ein Jump-Scare.«

Rask ignorierte sie und nahm das Pad, um den Inhalt zu scannen. Die oberste Zeile war eine Warnung:

WENN DU DAS LIEST, IST ES BEREITS ZU SPÄT.

Darunter eine Nachricht:

Eindämmung durchbrochen. Seraphine angedockt,

Subjekt transferiert, ohne Abmeldung abgeflogen. Crew innerhalb von Stunden tot. Kiste nicht öffnen.

Lyra las ihm über die Schulter und wandte sich dann der Hauptkonsole der Station zu. Sie schloss ihr tragbares Gerät an, verband es mit der Meridian und begann, Protokolle zu ziehen.

Mercy beäugte die Wände, die zu schwitzen begonnen hatten – dünne Rinnsale aus Kondenswasser liefen die Verbundplatten hinunter und froren fest.

Rask legte das Pad ab, wischte sich die Hände an seiner Jacke ab und sagte: »Wir müssen hier raus. Sofort.«

Lyra sah nicht auf. »Habe fast die Protokolle. Wenn wir die verlieren, verlieren wir Kye.«

Mercy hob die Hand der toten Frau und winkte damit Rask zu. »Sie sagt, wir sollen uns beeilen.«

Die KI, nun noch amüsierter, meldete sich über Lyras Kommunikator. »Empfehlung: Lauf.«

Rask starrte zur Decke. »Du bist keine Hilfe.«

Der Nebel verdichtete sich. Aus dem Korridor kam ein Geräusch: erst ein leises Schaben, dann lauter. Es war das Geräusch von etwas, das geschleift wurde, oder von Dutzenden kleiner Dinge, die sich im Einklang bewegten.

Mercy wirbelte ihre Klingen und sah Rask an. »Wetten?«

»Halt die Klappe und sichere die Tür«, sagte Rask.

Lyra beendete den Transfer, zog ihr tragbares Gerät ab und stopfte es in ihre Jacke. »Bereit.«

Sie bewegten sich zum Ausgang, aber der Korridor dahinter war nun voller Gestalten – dunkel, undeutlich, aber definitiv in Bewegung. Mercy grinste, trat vor und begann, sich einen Weg hindurchzuschneiden, die Klingen blitzten im Stroboskoplicht der Warnleuchten.

Rask und Lyra folgten ihr, drückten sich an die Wand und vermieden, wo immer es ging, Kontakt. Die Gestalten bluteten nicht, leisteten nicht einmal Widerstand – sie fielen einfach weg und lösten sich im Nebel auf.

Es dauerte nur noch ein paar Schritte, bis sie den Andockring erreichten, aber bis dahin kämpfte die Station aktiv gegen ihren Abgang. Die Lichter pulsierten so stark, dass die Welt zu flimmern schien. Die Schwerkraft schwankte zwischen Bruchteilen und voller Stärke, was Rask und Lyra bei jedem Schritt ins Stolpern brachte.

Mercy blieb natürlich aufrecht.

Sie erreichten die Andockröhre. Lyra versiegelte die Luftschleuse hinter ihnen und leitete die Abtrennungssequenz ein. Sie gingen zurück zur Meridian, Lyra trug den Behälter, Rask sicherte nach hinten, und Mercy folgte mit dem Brecheisen in der einen und einer Klinge in der anderen Hand.

Als die Luke hinter ihnen zuzischte, erloschen die Lichter der Station vollständig.

Rask stand im dämmrigen Leuchten des Meridian-Eingangs und sagte: »Na, das war ja heiter.«

Die KI schnurrte: »Willkommen zurück. Die Luft auf der Meridian ist immer noch für den menschlichen Gebrauch geeignet.«

Mercy erstickte ein Lachen, während sie ihre Klingen verstaute. »Du verwöhnst uns ja.«

Doc traf sie im Korridor, sein Gesicht blass.

»Was ist passiert?«, fragte er.

Rask sagte nur: »Bring uns hier raus. Sofort.«

Lyra leitete den Start ein, und die Meridian schoss von Orpheon weg, die Station ihren eigenen rekursiven Albträumen überlassend.

Im Laderaum beäugte Doc die Anzeige, die jeden Versuch einer Kalibrierung aufgegeben hatte und nun zufällige Zeichenketten durchlaufen ließ. Er riskierte eine behandschuhte Handfläche auf Glims Behälter und spürte, wie sich der Puls beschleunigte und in einer Frequenz vibrierte, die seine Fingerspitzen schmerzen ließ.

Er zog die Hand zurück und sprach den Behälter an. »Wenn du vorhast zu schlüpfen, warte bitte, bis ich zu Mittag gegessen habe«, sagte er und warf dann einen Blick auf die Vitalwerte. »Oder zumindest, bis ich den Rest der Crew sediert habe.«

Mercy, die sich in der Messe mit einem Proteinriegel räkelte, grinste Lyra an. »Also, das hat Spaß gemacht.«

Lyra funkelte sie wütend an, dann lächelte sie trotzig. »Nächstes Mal machen wir es auf deine Art.«

Rask schlenderte kopfschüttelnd vorbei. »Ihr seid alle verrückt.«

Mercy fuchtelte mit einer Klinge in seine Richtung. »Du liebst es.«

Die Schiffs-KI, immer begierig auf das letzte Wort, mischte sich ein: »Crew-Zusammenhalt: immer noch nicht eindeutig.«

In der darauf folgenden Stille synchronisierte sich der Behälter im Laderaum zu einem einzigen, einheitlichen Puls.

Und irgendwo, jenseits der Reichweite von Sensoren oder Vernunft, erwachte eine andere Station, hungrig nach Gesellschaft.

Doc verbrachte die nächste Stunde im Frachtraum, auf Augenhöhe mit dem Behälter kniend, als ob eine unausgesprochene Etikette Höflichkeit vor dem Ende der Welt erforderte. Er hatte Patienten mit weniger Drama sterben sehen, aber keiner war jemals singend untergegangen.

Das Blau war nun tiefer geworden, jenseits des Sichtbaren, sodass es nicht mit Licht, sondern mit einem atmosphärischen Druck pulsierte, der Docs Kiefer schmerzen und das

Innere seines Schädels pochen ließ. Irgendwann hatte Glims Behälter aufgehört zu vibrieren und begonnen ... zuzuhören. Wenn er ihm zuflüsterte, verschob sich die Tonhöhe; wenn er mit den Fingern schnippte oder sich auch nur räusperte, kehrte der Puls als perfektes Echo zurück, gerade so weit verzögert, dass es sich anfühlte, als spräche man mit einem Kind, das eine Sprache durch Wiederholung lernt.

Er kratzte sich an den Bartstoppeln und brachte einen weiteren Satz Elektroden an, diesmal nicht zur Messung der Energie, sondern der Frequenz – erst Audio, dann Subschall und schließlich bis in einen Bereich, der die Relais aller anderen Systeme im Abteil auslöste. Der Effekt war augenblicklich: Die Klimaanlage des Schiffes begann protestierend zu zischen, die Kabinenlichter flackerten stakkatoartig, und die Stimme der KI ertönte über den Kommunikator, ausdruckslos, aber nicht ganz überzeugend:

»Unidentifiziertes Signal entdeckt. Empfehle sofortige Deaktivierung fremder Hardware.«

Doc ignorierte es. »Sie versucht nur zu reden«, sagte er. »Lass sie.«

Im Nebenabteil spulte Rask das Backup-Navigationsprotokoll ab und suchte nach Beweisen dafür, dass die Selbstzerstörung des Relais ihnen nicht gefolgt war. Mercy lümmelte auf einer Kiste, pulte getrocknetes Blut von ihrer Nagelhaut und summte im Einklang mit dem Behälter, entweder aus Versehen oder aus einer seltsamen Sympathie heraus. Lyra, wie immer, managte alles von der Brücke aus, aber sie hatte damit begonnen, jedes mit Mikrofon ausgestattete Gerät abzuhören, als ob der Akt des Belauschens eine Antwort herbeizwingen könnte.

Der Behälter machte dann ein Geräusch – anfangs leise, aber ansteigend, wie der langsamste Wählton der Welt.

Doc beugte sich vor. »Mach das noch mal.«

Der Ton wiederholte sich, zwei schnelle Pulse, dann drei,

dann wieder zwei. Er notierte es, dann ließ er es eine Minute lang laufen.

Auf dem Display bildeten sich Cluster. Nicht zufällig, nicht einmal annähernd. Er erkannte die Form vor der Bedeutung. Es war Morsecode oder etwas, das ihm so ähnlich war, dass sein Gehirn, verdrahtet für Trauma-Triage und altmodische Kommunikation, es entschlüsseln konnte.

Er schaltete das Mikrofon zur Brücke durch. »Sie schickt uns eine Nachricht.«

Lyra antwortete knapp. »Definiere ›sie‹.«

»Glim«, sagte Doc, ohne nachzudenken. »Sie ist allein. Sie hat Angst. Sie will Hilfe.«

Eine Pause. Dann Rasks Stimme, sanfter als erwartet: »Bist du sicher?«

Doc versuchte, nicht stolz zu klingen. »Sie hat das Wort ›Hilfe‹ fünfmal benutzt. Und dann ... meinen Namen. Oder was im Pulscode als Name durchgeht.«

Mercy grinste von ihrem Platz aus. »Sie mag dich.«

Doc nickte. »Diese Wirkung haben wir auf Traumatisierte.«

Die Schiffs-KI mischte sich ein. »Fremder Code im Zentralarchiv entdeckt. Empfehle Quarantäne aller physischen Proben und sofortigen Systemneustart.«

Lyra sagte unbeeindruckt: »Überschreiben und die Anfrage protokollieren.« An Doc gewandt fügte sie hinzu: »Was ist das Risiko?«

»Dasselbe wie bei jedem potenziell feindseligen Patienten. Entweder du behandelst sie wie eine Person, oder sie versucht, dich zu töten.«

Rask kam von der Brücke herunter und sah ausnahmsweise eher müde als wütend aus. »Wir sind kein Krankenhaus, Doc.«

Doc deutete auf den Behälter. »Wir sind auch keine Hinrichtungskammer.«

Mercy warf ein: »Wir sind ein schwimmendes Grab, das sind wir. Können nicht mal einen Goldfisch am Leben erhalten und nehmen jetzt einen psychischen Notrufsender auf.«

Rask schnaubte. »Du bist keine Hilfe.«

Mercy lächelte, völlig reuelos. »Habe nie behauptet, dass ich es wäre.«

Lyra kam die Zugangsleiter herunter. Sie betrachtete den Behälter mit der Miene von jemandem, der Schlimmeres erwartet hatte und nun fast enttäuscht war.

»Also, was machen wir?«, sagte sie.

Doc zuckte mit den Schultern. »Dasselbe, was du bei jedem Kriegsgefangenen tun würdest. Die Wunden reinigen, sie am Reden halten, herausfinden, ob sie das Risiko wert ist.«

Lyra beäugte ihn, dann die beiden Behälter, dann den tragbaren Scanner, den Doc provisorisch an eine Blutdruckmanschette und eine Drahtsonde angeschlossen hatte. »Können wir sie bewegen?«

»Sicher?« Doc überlegte. »Noch nicht. Aber sie wird hier drin sterben, wenn wir es nicht tun.«

Mercy rollte von ihrer Kiste und schlenderte herüber. »Können wir ihr das Fluchen beibringen? Denn das ist mindestens die halbe Miete bei einer Crew.«

Doc lächelte ein wenig düster. »Gib ihr Zeit.«

Rask atmete aus, die Hände in die Hüften gestemmt. »Wir halten sie unter Verschluss. Keine Außenkommunikation, kein Körperkontakt ohne Anwesenheit von Doc. Wenn sie nur ein kaputtes Ding ist, setzen wir sie an der ersten sicheren Station aus. Wenn sie eine Person ist, behandeln wir sie auch so.« Er sah Doc an, dann Lyra, dann die Kiste. »Wir sind Piraten, keine Monster.«

Der blaue Puls verlangsamte sich. Die Vibration der Kiste wurde weicher, dann verstummte sie, und Doc spürte, wie sich etwas im Raum entspannte – ein Spannungsfaden riss, aber nicht aus Wut. Der Behälter lauschte wieder.

Doc kniete nieder, legte seine Hand auf die Keramik und sagte: »Du bist jetzt in Sicherheit.«

Der Puls wiederholte sich leise und sanft, dreimal.

Rask grunzte. »Wenn das Imperium anklopft, verkaufen wir die Koordinaten und hauen ab.«

Mercy zuckte mit den Schultern. »Wenn sie nützlich ist, kann sie vielleicht das nächste Mal für uns reden.«

Die Kiste leuchtete, schwach, aber beständig, und das Schiff glitt in die Stille, ausnahmsweise nicht aus Bedrohung, sondern aus einem Gefühl neuer Verantwortung.

Eine Weile bewegte sich niemand, und die Meridian trieb dahin, Besatzung und Passagier beide so ungewiss wie die Dunkelheit, in der sie trieben.

Und im Laderaum wurde Glims Summen unverkennbar zu einem Lied.

ZWÖLF

Die Meridian flog im Tarnmodus dahin und verlor an Geschwindigkeit mit der sturen Weigerung eines verwundeten Tieres, zu sterben. Die Temperatur der Hülle entsprach der Luft im Inneren – kälter als die Schulden eines Spielers und genauso darauf aus, einem unter die Haut zu kriechen. Die Schiffssysteme liefen auf Sparflamme, so leise, dass nicht einmal die alte, unzuverlässige Heizeinheit ihr übliches Wimmern zustande brachte. Die meisten würden es friedlich nennen. Lyra nannte es ein schlechtes Omen.

Sie bediente die Navigation, ihre Hände noch immer von dem letzten Mal verfärbt, als sie eine unter Spannung stehende Konsole hatte öffnen müssen. Ihre Fingerknöchel traten weiß hervor, als sie das Steuerhorn umklammerte, nicht aus Nervosität, sondern aus reiner Willenskraft. Die einzige Beleuchtung der Konsole war ein schwaches, intermittierendes Pulsieren: diagnostisch, nicht dekorativ. Ihr Atem bildete Dampfwölkchen, langsam und kontrolliert, während sie die Anzeige nach jedem Anzeichen von Ärger absuchte.

Der Ärger kam zwei Minuten zu früh.

Ein leises Ping – absichtlich, aber kränklich – kroch kaum

wahrnehmbar die Sensor-Phalanx hinauf. Lyra blinzelte, wiederholte den Suchlauf und sah zu, wie der Punkt verschwand, wieder auftauchte und dann in drei kleinere Echos zerfiel, bevor er verblasste. Sie dachte über das Muster nach, führte eine schnelle, schmutzige Spektralanalyse durch und fletschte die Zähne.

»Kontakt«, sagte sie. »Getarnt. Aber verdammt schlecht darin.«

Rask erschien hinter ihr, lautlos wie Frost. Er trug dieselbe Jacke, die er an zwölf Stellen mit Klebenetz geflickt hatte, und hatte den gleichen Tausend-Meilen-Blick, der vermuten ließ, dass er die gesamte Crew bereits abgeschrieben hatte und nur noch darauf wartete, dass sich die Beweise dafür zeigten.

Er sah auf die Navigation, dann zu Lyra. »Wie weit?«

Sie zuckte mit den Schultern. »Fünfzig-, vielleicht sechzig-tausend Klicks. Keine Antriebssignatur, nur dieser Geist auf dem Relais.«

Er beugte sich vor, atmete aus, und zum ersten Mal wurde Lyra bewusst, dass die Luft kalt genug war, um seinen Atem in Dampf zu verwandeln. »Ist es die Seraphine?«

Sie nickte und tippte auf die Wiederholung. »Sieh dir den Abfall der Trägerwelle an. Vexas Schiff. Sie hat die Tarnung geflickt, aber die Antriebe bluten immer noch. Man kann sehen, wie das Signal alle dreißig Sekunden aussetzt.«

Rask ließ ein Lächeln – klein, fies, aber echt – in seinen Augen aufblitzen. »Sie ist angeschlagen.«

»Oder sie spielt nur mit dir«, sagte Lyra. Sie griff zur Seitenkonsole, regelte die Energiezufuhr mit der gleichen Zärtlichkeit, die die meisten Menschen einem Liebhaber vorbehalten, und verengte das Erfassungsfenster. Der Punkt wurde heller und verblasste dann zu einem ehrlicheren Signal. »Sie wartet. Vielleicht auf uns, vielleicht auf etwas Schlimmeres.«

Rask richtete sich auf, sah auf die Uhr und schaltete dann

den Crew-Kanal ein. »Alle Mann. Situation Gelb. Lyra hat die Seraphine geortet, sie treibt im System. Alle anderen: Augen auf, Antriebe kalt, bereitet euch auf eine erzwungene Extraktion vor.«

Eine Pause, dann das trockene Knistern von Docs Stimme: »Wir sind bereits auf Gelb?«

Rask: »Sie ist nah. Näher, als gesund ist.«

Mercys Stimme, immer der Zucker in der Wunde, meldete sich weiter unten aus dem Korridor: »Darf ich sie dieses Mal erschießen oder gibt es wieder Umarmungen und Vergebung?«

Rask ignorierte sie, schaltete die Kommunikation ab und sah Lyra an. »Gedanken?«

Sie zuckte mit den Schultern. »Ich sage, wir warten. Minimale Emissionen. Halten wir sie nervös.«

Er stimmte zu. »Wir beschatten sie im Tarnmodus und sehen, ob sie mit der Wimper zuckt.«

Die Meridian trieb dahin, jedes Knarren der Hülle eine langsame, schmerzhafte Erinnerung daran, wie ungeschützt sie waren. Rask überließ Lyra ihren Scans, da er wusste, dass sie ihn warnen würde, wenn im System auch nur geniest wurde.

Drei Minuten später erschien Mercy auf der Brücke, ließ eine Klinge zwischen ihren Fingerknöcheln rotieren, ihr Gesicht war von der Kälte oder der Vorfreude gerötet – schwer zu sagen. Sie hatte eine Art an sich, die die Luft um sie herum weniger wie eine Atmosphäre und mehr wie eine Herausforderung für denjenigen wirken ließ, der sie als Nächstes atmete.

Sie ließ sich in den Kommunikationssessel gleiten, die Füße hochgelegt, das Messer tanzte immer noch. »Also, Käpt'n«, sagte sie und zielte mit der Spitze auf Rasks Kopf, »was ist der Plan? Schleichen wir uns an, warten wir ab, oder tun wir so, als wären wir Weltraumschrott und hoffen, dass sie die Sorte ist, die Streuner aufgabelt?«

»Wir beobachten«, erwiderte Rask. »Wenn Vexa angeschlagen ist, ist sie verzweifelt. Und Verzweiflung ist unberechenbar.«

Mercy grinste, strahlend und wild. »Das ist meine Lieblings-Sorte.«

Lyra ignorierte den Wortwechsel, mit der Navigation beschäftigt, aber ihre Ohren verfolgten jedes Wort.

Unten in der Krankenstation kauerte Doc über dem Kanister, der Glim enthielt, und starrte auf das blaue Pulsieren im Inneren, als wäre es ein Rätsel, das er lösen könnte, wenn er nur genug Sarkasmus anwenden würde. Die Halterung, in der Glim lag, war nun an drei Stellen am Deck verschraubt, und die zusätzliche Anordnung selbstgebauter Sensoren war das einzige Zugeständnis an das wachsende Gefühl, dass etwas in der Kiste eines Tages versuchen könnte, sie zu verlassen.

Er führte eine weitere Überprüfung durch. Die Resonanz der Eindämmungseinheit hatte sich in weniger als einer Woche von einer »kleinen Unannehmlichkeit« zu einer »drohenden Katastrophe« entwickelt. Das blaue Pulsieren im Inneren schien sich seiner bewusst zu sein: Es verlangsamte sich, wenn er sich näherte, beschleunigte sich, wenn er wegsah, und pulsierte ein Haar heller, wann immer er eine Notiz in seinem Logbuch machte. Er hatte damit gesprochen – zuerst aus Langeweile, dann aus einem tiefen, unerforschten Bedürfnis heraus, gehört zu werden.

Heute antwortete es.

Er war gerade dabei, die Selbstzerstörung des Relais mit der ganzen klinischen Distanz eines gelangweilten Pathologen zu beschreiben, als das Pulsieren flackerte, aufhörte und mit einem neuen Rhythmus wieder einsetzte: zwei, dann eins, dann drei. Er runzelte die Stirn, hob einen Finger und sagte: »Mach das noch mal.«

Der Kanister gehorchte.

Er blickte auf die Übersetzungssoftware, die er aus dem Lernmodul des Schiffes zusammengebastelt hatte. Sie wandelte die Impulse in Zahlen um, die er dann mit seiner eigenen Tabelle von Phrasen abglich. Es war grob, aber die Botschaft war unmissverständlich.

»Wohin gehen?«, fragte es.

Doc blinzelte und flüsterte dann: »Wir verstecken uns.«

Der Kanister antwortete: »Verstecken. Warum.«

Doc zögerte und spürte eine Kälte, die nichts mit dem Energiesparmodus des Schiffes zu tun hatte. »Böse Leute wollen uns. Wollen dich.«

Das Pulsieren verlangsamte sich, dann schoss es heller als zuvor in die Höhe.

»Was ich«, fragte es.

Doc war gerade im Begriff zu antworten, als der Funk der Krankenstation zischte und die KI des Schiffes mit einer zu hohen, zu angespannten Stimme sprach. »Priorität: Feldresonanz-Anomalie. Quelle: Fracht. Empfehle sofortige Diagnose.«

Er stieß auf den Kommunikationsknopf. »Was ist denn jetzt schon wieder?«

Die KI antwortete: »Die Eindämmungseinheit gibt ein niederfrequentes Feld ab. Es stört die Hüllensensoren.«

Doc überprüfte seine Konsole. Die Biosensoren der Hülle zeigten nun eine leichte, aber wachsende Verzerrung an, als ob das Schiff selbst Fieber hätte.

Er funkte die Brücke an. »Aufgepasst. Glim hat wieder Puls. Könnte von außen sichtbar sein.«

Rask antwortete: »Verstanden.«

Lyra fügte hinzu: »Halt es ruhig. Wir haben größere Geister.«

Mercy, die die Anspannung spürte, verdrehte die Augen und sagte: »Sag der Kiste, sie soll eine neue Frequenz ausprobieren. Diese hier wird langsam alt.«

Doc schloss den Kanal, beugte sich über den Kanister und sagte: »Leise, bitte.«

Das Pulsieren verblasste, hörte aber nicht auf.

Er lehnte sich zurück, rollte mit dem Nacken und wog die Chancen ab. Sie wurden nicht besser.

Auf der Brücke überprüfte Lyra jeden passiven Sensor, den sie rechtfertigen konnte. Die Signatur der Seraphine war konstant, aber schwach, wie ein sterbendes Tier, das einen Husten vortäuscht, um Aasfresser anzulocken. Sie trug ihre Position im Verhältnis zu den Trümmern des Systems ein und zählte die Anzahl der Orte, an denen Vexa sich verstecken könnte, wobei sie diejenigen außer Acht ließ, zu denen sie sich selbst niemals herablassen würde.

Sie hätte es beinahe übersehen: eine schwache rote Wellenbewegung am äußersten Rand des Scans, weit außerhalb der Anfluglinie. Sie zoomte heran, wiederholte den Suchlauf und runzelte die Stirn.

»Käpt'n. Dritte Partei, andere Seite. Kein Signal, aber die Masse liest sich imperial.«

Rask sah hin. »Größe?«

»Groß. Vielleicht ein Kanonenboot. Vielleicht ein für den Krieg beladener Transporter.«

Mercy pfiff. »Der Spaß nimmt kein Ende.«

Lyra beobachtete den neuen Kontakt, dessen Hitzesignatur anstieg, als er für den Anflug hochfuhr. »Sie verstecken sich nicht. Könnten auf Vexa aus sein.«

Mercy grinste. »Oder auf uns.«

Rask ließ seine Hände knacken, die Gelenke knackten in der Kälte. »Wenn es das Imperium ist, werden sie den Kanister wollen.«

»Oder das Kopfgeld auf uns«, sagte Lyra ausdruckslos.

Mercy drehte die Klinge erneut, diesmal mit mehr

Entschlossenheit. »Wenn es Jäger sind, locken wir sie zur Seraphine, lassen sie sich gegenseitig zerfleischen und hauen ab, während sie abgelenkt sind.«

Lyra überlegte und nickte dann. »Das könnte funktionieren.«

Rask zögerte, dann sagte er: »Bereite es vor.«

Sie sahen zu, wie das dritte Schiff die Lücke schloss, seine thermische Signatur brannte nun weiß. Die KI meldete sich, ihr Tonfall konnte die Panik kaum verbergen. »Annäherungsalarm. Ankommendes Schiff auf Kollisionskurs. Waffen scharf.«

Lyra entsicherte den Hauptantrieb, ihr Daumen ruhte direkt über der Zündung.

Rask beugte sich dicht zu ihr, seine Stimme war leise. »Wenn sie zuerst auf uns zielen, hauen wir ab. Wenn sie die Seraphine nehmen, warten wir auf die Trümmer und durchsuchen sie nach Kye.«

Lyras Augen verengten sich, aber sie widersprach nicht.

Mercy legte den Kopf schief. »Du meinst, Vexa hat Kye noch am Leben?«

Rask zuckte mit den Schultern. »Sie ist nicht sentimental. Aber sie ist gründlich.«

Lyra zog eine Seitenanzeige hoch und zeigte die letzte Übertragung der Seraphine. Sie war verschlüsselt, aber die Kadenz und Länge stimmten mit einem voreingestellten imperialen Code überein.

»Sie redet immer noch mit jemandem«, sagte Lyra. »Vielleicht nicht mit dem neuen Schiff, aber mit jemand anderem.«

Rasks Kiefer spannte sich an. »Sie arbeiten zusammen?«

»Zweifle ich dran«, erwiderte Lyra. »Jäger teilen nicht.«

Doc schaltete sich ein, er klang außer Atem. »Das Feld des Kanisters ist gerade sprunghaft angestiegen. Wenn ihr irgendwelche wilden Manöver plant, warnt mich vorher – ich will Glim nicht vom Deck kratzen.«

Mercy sagte erfreut: »Keine Sorge, Doc. Wir machen nur

etwas Wildes und Dummes, wenn wir keine anderen Optionen haben.«

Lyra grinste, der Ausdruck war kurz, aber echt. »Also: Standardvorgehen.«

Das neue Schiff, nun näher, entpuppte sich als ein Kopfgeldjägerschiff der Predator-Klasse, die Hülle strotzte vor der Art von Technologie, die gewöhnliche Piraten dazu brachte, sich in die Hose zu machen. Die Registrierung, als Lyra endlich eine Antwort bekam, lautete »Palamedes« – alte Schule, kein Schnickschnack, nur tödlich.

Sie leitete das Bild auf den Hauptbildschirm, und Rask starrte es einen langen Moment lang an. »Das ist kein Einheimischer. Sie haben uns aufgespürt.«

Die Palamedes beschleunigte und baute ihre Geschwindigkeit ab, als wollte sie unbedingt jedes Hindernis im System durchbrechen. Die Geistersignatur der Seraphine wurde plötzlich heller, dann erlosch sie. Lyra fing die Daten ab, führte eine Spektralanalyse durch und grinste.

»Sie hat gerade einen Köder ausgeworfen«, sagte sie. »Sie haut zur anderen Seite ab.«

Rask beobachtete die Palamedes. »Sie fallen nicht darauf rein.«

Mercy, die begonnen hatte, ein Stück Sprengschnur durch ihren Gürtel zu flechten, sagte: »Willst du wetten?«

Sie sahen alle zu, wie das Kopfgeldjägerschiff den Köder ignorierte und dem letzten realen Kurs der Seraphine folgte.

Rask nickte, halb zu sich selbst gewandt. »Wir folgen langsam. Warten, bis sie sich verheddern.«

Lyra drosselte die Triebwerke auf die niedrigstmögliche Leistung und brachte das Schiff auf einen parallelen Kurs, knapp außerhalb der Sichtlinie beider Schiffe.

Zwanzig Minuten lang änderte sich nichts. Dann eröffnete die Palamedes ohne Vorwarnung das Feuer.

Der Himmel füllte sich mit zornigem Blau, der Art von Strahl, dem Tarnung oder Subtilität egal waren. Die Seraphine kassierte den Treffer, die Schilde flackerten auf, und antwortete mit einer Streuung von Gegenmaßnahmen. Lyra sah zu, wie die Zahlen stiegen, dann fielen, dann wieder stiegen, während die Seraphine versuchte, den größeren, fieseren Jäger auszumanövrieren.

Mercy sagte: »Die Kacke ist gleich am Dampfen.«

Die Seraphine, unter schwerem Beschuss, vollführte eine wilde Inversion und tauchte hinter einem kleinen, pockennarbigen Mond unter. Aber es war nicht genug. Die Palamedes folgte und feuerte zwei Torpedos ab.

Rask sah zu, wie beide ihr Ziel trafen. Er umklammerte den Stuhl so fest, dass der Stoff riss. »Bring uns besser hier weg«, sagte er.

Lyra feuerte den Antrieb an, und die Meridian schoss mit einem Heulen nach vorn, das jede Metallniete in der Schiffshülle zum Vibrieren brachte. Der Hitzeschild hielt, aber nur knapp. Sie schossen an der Palamedes vorbei, nah genug, um die Reihen von Railguns zu sehen, die sie verfolgten, und nutzten dann das Gravitationsfeld des Mondes für ein Schleudermanöver.

Auf der anderen Seite taumelte die Seraphine und verlor Atmosphäre. Lyra sah den Schaden – Brandspuren entlang der Hülle, eine zerfetzte Linie, wo einst das Hecktriebwerk gewesen war. Aber der Hauptschaden war die Brücke, oder das Fehlen derselben.

»Könnte Kye das überlebt haben?«, fragte Lyra und versuchte, ihre Stimme ruhig zu halten.

»Jetzt ist unsere Chance, das herauszufinden.«

Die Palamedes flog schnell und rücksichtslos, ihr Antriebsstrahl schnitt eine tiefe Wunde in das blasse Dunkel des Systems. Rask beobachtete, wie sie sich auf die letzte bekannte Position der Seraphine stürzte, die Finger auf die Steuerung gespreizt, als könnte er das feindliche Schiff allein durch Druck wegwünschen. Es war eine alte Taktik – hart vorstoßen, die Beute in einen Fehler treiben –, aber die Palamedes bluffte nicht, und jeder an Bord der Meridian wusste das.

»Alle Mann«, schnappte Rask, seine Stimme abgehackt und laut genug, um den aufkommenden Alarm des Schiffes zu übertönen. »Gefechtsstationen. Lyra, bereite den Tarnmodus auf mein Zeichen vor. Doc, sichere den Kanister und dich selbst. Das wird hässlich.«

Lyra war bereits losgerannt, ihre Stiefel schlugen auf das Deck, jeder Schritt ein neuer Streit mit der ramponierten Trägheit des Schiffes. Sie erreichte die Zugangsleiter zum Maschinenraum, rutschte hinunter und landete auf den Fußballen. Die Luft hier unten war metallisch, heiß von der Verheißung einer Katastrophe. Sie zog die Handschuhe von ihren Händen – keine Zeit für Sicherheit – und begann, die Hauptleitungen aufzureißen.

Über ihr begann die KI des Schiffes, Warnungen herunterzuzählen wie eine besorgte Mutter. »Hüllenbelastung bei 60 %. Innentemperatur steigt. Unbefugtes Personal im Maschinenraum.«

Lyra ignorierte es, zog einen Schraubenschlüssel aus ihrem Gürtel und schloss zwei Leitungen kurz, mit der geübten, rücksichtslosen Zuversicht einer Frau, die einmal ein Torpedorohr nur mit einer Packung Zigaretten und einer toten Ratte repariert hatte.

»Tarnmodus vorbereitet«, rief sie über den Funk. »Bereit auf dein Kommando.«

Die Hauptlichter der Meridian flackerten, dann erloschen sie. Nur das stille, blaue Glimmen der Status-LEDs erhellte die Welt.

Auf der Brücke richtete Rask ihren Anflug aus. »Wir lassen uns in die Gaswolke fallen. Alle Emissionen abschalten, im Dunkeln fliegen. Wenn die Palamedes uns will, müssen sie reinkommen und uns finden.«

Mercy stemmte sich gegen eine Schottwand, die Trägheit riss sie fast vom Boden, als das Schiff bockte. »Verstecken oder kämpfen?«

Rask beäugte die Anzeige. »Beides.«

Mercy fletschte die Zähne. »Das ist meine Lieblings-Art von Dummheit.«

In der Krankenstation zurrte Doc jeden losen Gegenstand fest und überprüfte dann noch einmal die Halterung des Kanisters. Glims Puls war unregelmäßig, eine wilde Schwingung, die die ganze Bank zum Vibrieren brachte. Er zog den Gurt fester und tätschelte die Oberseite des Kanisters in der Hoffnung, dass er sich beruhigen oder zumindest nicht schlimmer werden würde.

»Explodier nicht«, sagte er. »Oder tu es, aber entschärfe dich vorher ein bisschen.«

Das Schiff traf mit einem Geräusch wie Donner, gefangen in einer Blechdose, auf die obere Atmosphäre des Gasmondes. Lyra klemmte einen stromführenden Draht zwischen ihre Zähne, spuckte einen Fluch aus und zwang den Hauptschalter zu. Der Schlag betäubte beinahe ihren Arm, aber sie hielt den Kontakt aufrecht, bis die Anzeige grün wurde.

Oben kreischte die KI: »Vorsicht: Dieses Verfahren verstößt gegen siebzehn Sicherheitsprotokolle und führt zum Erlöschen aller Garantien.«

Mercy, die nun relativ zum Rest des Schiffes auf dem Kopf stand, schnaubte. »Noch ein Wort, und ich ziehe dir eigenhändig den Stecker.«

Die KI antwortete mit einem traurigen »Verstanden« und verstummte.

Die Hülle stöhnte, dann schrie sie, als der Druckunterschied gegen die alternden Schweißnähte und Schrauben kämpfte. Jede Flicke, die Lyra gemacht hatte, seit sie sich Rask angeschlossen hatte, hielt, aber nur knapp. Die thermische

Balance des Schiffes spielte verrückt. Frost bildete sich an der Innenseite des Steuerbord-Sichtfensters und verschwand dann, als die Temperatur umschlug.

Doc, der die g-Kräfte wie ein Gewicht auf seiner Lunge spürte, stützte seinen Kopf zwischen die Knie und würgte sauber in einen Kotzbeutel. Glims Puls stieg im Einklang an, vibrierte sein Rückgrat hinauf und bis in den hinteren Teil seiner Augäpfel.

Die Welt wurde dunkel.

Die Meridian hing in der Atmosphäre des Mondes, eingehüllt in einen Kupfernebel, der so dicht war, dass nicht einmal der lokale Stern sie finden konnte. Alle Systeme außer der Lebenserhaltung waren tot. Die einzige Bewegung war das schwache Pulsieren der Notbeleuchtung und der hallende, arrhythmische Herzschlag des Kanisters im Laderaum.

Rask lehnte sich zurück, lockerte seine Hände und ließ den Schweiß auf seiner Stirn gefrieren. »Status«, flüsterte er, an niemanden Bestimmten gerichtet.

Lyras Stimme, heiser und voller Störgeräusche, kam von unten. »Wir sind tot. Oder so nah dran, wie dieses Schiff kommt. Ich kann alles in drei Sekunden neu starten.«

Mercy hing an einer Deckenstrebe, die Augen geschlossen. »Haben sie es geschluckt?«

Rask wartete und beobachtete die passiven Sensoren. Kein Zeichen von der Palamedes, nichts von der Seraphine.

Er drückte den Kommunikationsknopf. »Lyra, schalte den Navigations-Feed ab. Mal sehen, ob sie versuchen, uns auszuräuchern.«

»Wird gemacht«, antwortete sie, und das Navigationsgitter des Schiffes flackerte, dann wurde es schwarz.

Sechs Minuten lang trieb die Meridian blind. Jede Sekunde dehnte sich dünn wie alter Draht, jeder Herzschlag ein wenig lauter als der letzte. Die Kupferwolken wälzten sich über die Hülle und hinterließen auf den Sichtfenstern Streifen in metallischem Rot.

Rask zählte an seinen Fingern herunter. In Minute sieben erschien die Palamedes wieder – ein thermischer Anstieg, weißglühend, der durch die oberen Bänder des Gasmondes schlug.

Lyras Konsole leuchtete mit dem Eindringen auf. »Er führt einen Breitband-Scan durch. Nicht subtil.«

Mercy grinste, ihre Augen halb geschlossen vor Vorfreude. »Können wir ihn anstupsen?«

Rask schüttelte den Kopf. »Wir lassen ihn Treibstoff verbrennen. Je länger wir im Dunkeln bleiben, desto weniger kann er riskieren. Jäger werden für die Leiche bezahlt, nicht für die Trümmer.«

Lyra beobachtete die Anzeigen. »Er kommt näher. Zweihundert Klicks und näher.«

Doc, in der Krankenstation, spürte den Druckabfall, als das Schiff tiefer tauchte. Er schloss die Augen und versuchte, die Vibrationen des Kanisters auszublenden. Es funktionierte nicht.

Ein neues Geräusch – leise, hoch, fast musikalisch – erfüllte die Krankenstation. Er öffnete die Augen und sah, dass der Kanister seine Farbe geändert hatte, Blau lief im Kern in Violett über.

Er überprüfte die Sensoren. Der Kanister sendete – er überprüfte es erneut – ein Signal. Kein Radio, keine Mikrowelle. Etwas Langsameres. Etwas fast Lebendiges.

Doc griff nach dem Funk, hielt aber inne. Er erinnerte sich an Lyras Warnung vor überflüssigem Lärm. Stattdessen rollte er ein Stück Draht ab, klemmte es an den Ausgang des Kanisters und führte das andere Ende durch eine Patch-Verbindung seines Laptops.

Das Display des Laptops erstrahlte in einem neuen Muster. Es sah, mangels eines besseren Wortes, wie Sprache aus.

Doc blinzelte, dann begann er zu tippen.

DREIZEHN

Auf der Brücke erfassten die Hüllenkameras die Palamedes. Das Jägerschiff war größer als die Meridian, doppelt so schnittig und mit Waffen bestückt, bei denen es Rask in der Haut juckte.

Lyra übertrug das Bild auf die Hauptanzeige. »Sie ist in Torpedoreichweite.«

Rask zuckte nicht mit der Wimper. »Halten.«

Die Palamedes feuerte einen Probeschuss ab – ein kinetisches Geschoss, nicht dazu gedacht zu töten, sondern ein Ziel aufzuscheuchen. Das Projektil schlug ein Loch in die Wolkendecke einige hundert Meter über ihnen und verfehlte die Meridian um eine so geringe Spanne, dass die KI, wäre sie online gewesen, aufgeschrien hätte.

Lyra hielt den Unterbrecher umklammert, ihr Daumen wurde auf dem Schalter weiß. »Bereit?«

Rask: »Noch nicht.«

Doc, in der Krankenstation, hob den Kanister an und starrte auf den Puls, der jetzt in schnellen Stößen aufblitzte. Er drückte die Überbrückungstaste an seinem Patch-In.

Der Laptop spielte einen Ton ab.

Es war eine Stimme oder so was Ähnliches. Sie sprach,

wiederholte sich, änderte dann die Tonhöhe und sprach erneut.

Doc übersetzte, halb zu sich selbst. »Sie reden miteinander. Der Kanister und der Jäger.«

Er schluckte, dann aktivierte er den Kommunikator. »Brücke. Glim versucht, mit der Palamedes zu reden.«

Lyras Stimme: »Wie?«

»Sprache«, sagte Doc. »Nenn es Code, nenn es Gesang, ist mir egal. Aber sie hören zu.«

Rask ließ schnell eine Simulation durchlaufen. »Wenn die Palamedes Kontakt herstellt, was passiert dann?«

Doc: »Im besten Fall lässt sie uns in Ruhe. Im schlimmsten Fall nimmt sie Glim ins Visier und hört nicht auf, bis sie sie hat.«

Mercy ließ ihre Knöchel knacken. »Also nichts Neues.«

Lyra beobachtete, wie die Palamedes näher kam und dann ohne Vorwarnung ihre Triebwerke abschaltete. Das Jägerschiff hing im Gas und passte sich perfekt ihrer Drift an.

Rask überprüfte die Sensordaten. »Sie wissen, dass wir hier sind. Sie warten.«

Mercy flüsterte: »Worauf?«

Lyra antwortete. »Auf eine Nachricht.«

Docs Stimme, dringend: »Lasst es mich versuchen.«

Er leitete das Signal des Kanisters auf die Kommunikationsanlage und löste einen kurzen, kodierten Impuls aus. Die Lautsprecher auf der Brücke füllten sich mit einem Geräusch, das eine Mischung aus dem Hochfahren eines Computers und einem nach Luft schnappenden Chor war.

Zehn Sekunden lang geschah nichts. Dann, aus der Dunkelheit, eine Antwort – tiefer, langsamer und von einer Schwere erfüllt, die die Schiffshülle erbeben ließ.

Lyra überprüfte die Navigation. Die Palamedes hatte sich bewegt, nur um Haaresbreite, und war jetzt direkt auf die Krankenstation ausgerichtet.

»Doc«, sagte Rask, »was auch immer du tust, tu es schneller.«

Docs Hände flogen über die Tasten. »Ich glaube, das ist ein Handshake-Protokoll. Glim sagt ihnen, dass wir keine Bedrohung sind.«

Lyra sagte skeptisch: »Ich glaube nicht, dass sie das kümmert.«

Doc schickte einen weiteren Impuls. Dieser war länger und komplexer. Glim reagierte darauf, indem es sich beruhigte, sein Licht wurde stetiger, sein Puls beinahe sanft.

Die Palamedes zog sich nach einer langen Minute zurück.

Lyra starrte auf die Anzeige. »Sie hauen ab.«

Mercy stieß triumphierend die Faust in die Luft. »Haben wir gewonnen?«

Rask schüttelte den Kopf. »Wir überleben. Vorerst.«

Er sah zu, wie das Jägerschiff in den Wolken verschwand, dann wandte er sich an Lyra. »Jetzt holen wir Kye.«

Sie grinste, wischte sich den Schweiß aus dem Gesicht und startete die Hauptenergieversorgung des Schiffes neu. Die Lichter flackerten und kehrten dann zurück. Die Welt stand wieder richtig herum.

Rask aktivierte den Antrieb und setzte einen Kurs auf die letzte bekannte Position der Seraphine. »Mercy, bereit?«

Mercy überprüfte ihre Klingen, dann das Sprengpaket auf ihrem Rücken. »Immer bereit.«

Doc, der jetzt im Korridor stand, schloss sich dem Team an.

Lyra fuhr die Triebwerke hoch. Die Meridian erzitterte und schoss dann durch den Dunst, jede Oberfläche leuchtete im Nachglühen des Beinahe-Todes.

Als sie sich der Seraphine näherten, schaltete sich die KI des Schiffes wieder ein. Ihre Stimme war gedämpft, fast ein Flüstern. »Eingehende Übertragung. Verschlüsselt. Quelle: Seraphine.«

Lyra leitete sie zur Hauptkonsole weiter. Die Nachricht war verstümmelt, aber die Signatur war unverkennbar: Kye.

Rask las die Zeile, zweimal, dann dreimal.

Sie lautete: »Nicht viel Zeit. Kommt schnell. Wenn ich weg bin, brennt alles nieder.«

Mercy grinste. »Wir machen eine Party draus.«

Lyra brachte das Schiff in Andockreichweite und sah dann Rask an.

Er nickte. »Viel Glück.«

Die Luftschleuse durchlief ihren Zyklus, die Hülle bebte, als Mercy die Sprengladung scharf machte.

»Zeit, ein paar neue Freunde zu finden«, grinste Mercy und verschwand die Leiter hinab, bereit loszuschlagen. Rask und Doc folgten dicht hinter ihr.

Die Luftschleuse spuckte sie in einen so engen Korridor, dass Rask Helvan und Mercy Jones im Gänsemarsch vorrücken mussten, wie Trauernde in einer Schlange bei der Beerdigung von Lebenden. Das Innere der Seraphine war eine Kathedrale der schlechten Instandhaltung und des noch schlechteren Geschmacks – Schotten, die von alten Entermanövern versengt waren, Wartungsklappen, die halb offen standen, als hätte das Schiff die letzte Woche versucht, sich von innen aufzufressen. Jeder Schritt löste ein neues Echo aus, verstärkt durch den sterbenden Rhythmus der Notbeleuchtung, die in unvorhersehbaren Abständen flackerte und den Korridor wie die Kulisse eines billigen Horrorfilms ausleuchtete.

Rask ging voran, die Seitenwaffe erhoben und die Augen voller angespannter Entschlossenheit. Hinter ihm glitt Mercy mehr, als sie ging, zwei Messer gezogen. Ihre Stiefel machten kein Geräusch, aber das Rauschen ihres Atems war ein stetiger Countdown zur nächsten Fehlentscheidung.

Die Luft des Schiffes war dick von geschmolzener Isolierung und etwas Saurem, wie ein Bottich Energydrinks, der zum Verderben zurückgelassen worden war. Die einzige Bewegung kam von den unregelmäßigen Lichtbögen der Lampen und dem langsamen Tropfen von Kühlmittel aus einem geplatzten Rohr. Ab und zu blitzte die Deckenbeleuchtung auf volle Stärke und enthüllte die Nachwirkungen dessen, was eindeutig eine überstürzte, nicht genehmigte Evakuierung gewesen war: Esstische mit zurückgelassenen Rationsriegeln, die noch dampften, eine Jacke, die über eine Stuhllehne drapiert war, eine Spur öliger Fußabdrücke, die an der ersten Kreuzung verschwand.

Rask hielt ein gleichmäßiges Tempo. Mercy folgte ihm, die Augen überall, als erwarte sie einen Hinterhalt aus den Wänden heraus.

Drei Decks weiter oben schaltete sich Lyras Stimme ein, blechern über ihre Anzugkommunikatoren. »Die Hauptsysteme der Seraphine sind lokal abgeriegelt. Ich halte sie in einer Warteschleife, aber wenn die Palamedes einen Sensor auf euch richtet, ist es aus und vorbei.«

Rask zischte zurück: »Status?«

»Sie durchsuchen immer noch den Sektor nach uns. Ihr habt vielleicht acht Minuten, bevor der Scan zurückgesetzt wird. Danach atmet ihr ihre Abgase ein.«

Mercy überprüfte ihren Chronometer und grinste dann. »Jede Menge Zeit.«

Sie bogen um eine Ecke, und der Korridor wurde abrupt breiter. An der nächsten Kreuzung hielt Mercy inne. »Halt.«

Sie kniete sich hin und fuhr mit einem Finger durch den Staub am Boden. Dort, mit krakeliger, ungeduldiger Handschrift gezeichnet, war eine Zeile Graffiti:

WENN GEFUNDEN, SNACKS SCHICKEN

Sie zeigte darauf. »Das ist Kye.«

Rask erlaubte sich ein Zucken der Belustigung. »Wenn sie eines sind, dann konsequent.«

Sie machten weiter und folgten der Spur zunehmend wahnsinnigerer Kritzeleien – HILFE. DIESE LUFT IST ZUM KOTZEN. BRINGT TOAST. – bis sie eine Luke erreichten, die mit einer frischen Kerbe in der Legierung markiert war, einem groben Pfeil, der anscheinend mit einer Gabel geritzt worden war.

Mercy stemmte ihre Schulter gegen die Luke, aber Rask hielt sie mit einem Handzeichen auf. Er presste sein Ohr an die Platte, lauschte und nickte dann. »Jemand drin. Ein Herzschlag. Schwach.«

Mercy zeigte einen Daumen nach oben und drehte den Griff ihres Messers um. »Bereit.«

Rask betätigte die manuelle Überbrückung. Die Luke leistete Widerstand, flog dann auf, knallte gegen die Wand und prallte zurück. Die Kabine darin war eine Mikrozelle, leer bis auf eine Koje und den Haufen Mensch, der darauf lag.

Kye – die Haare bis auf die Kopfhaut geschoren, das Gesicht mit einer Konstellation von blauen Flecken verziert – blickte auf und grinste durch aufgesprungene Lippen.

»Hat ja lange genug gedauert«, krächzte Kye. »Habt ihr Chips mitgebracht?«

Mercy brach in Gelächter aus, ließ ihr Messer fallen und warf sich auf die Koje, wobei sie Kye beinahe herunterstieß. »Hab dich vermisst, du Spinner.«

Kye zuckte zusammen, lächelte aber weiter. »Hast du die gute Marke mitgebracht?«

Rask trat ein, suchte den Raum nach Sprengfallen oder Zeugen ab, fand aber nichts von beidem. »Unsere Zeit läuft ab«, sagte er, seine Stimme rein geschäftlich. »Kannst du laufen?«

Kye zuckte mit den Schultern und stand dann auf. »Kann auch rennen, wenn du mir Guacamole versprichst.«

Mercy legte Kyes Arm über ihre Schulter und stabilisierte das Humpeln. »Lass uns von diesem Drecksloch verschwinden.«

Lyras Stimme unterbrach sie wieder. »Palamedes ist gerade von den Sensoren verschwunden. Sie sind auf dem Weg zu uns, schnell.«

»Zeit?«, fragte Rask.

»Fünf Minuten, vielleicht weniger.«

Rask schob Mercy und Kye in den Korridor, folgte ihnen und legte den Weg zurück in einer Geschwindigkeit, die an Panik grenzte.

Während sie gingen, murmelte Kye: »Weißt du, ich hatte einen Plan.«

Mercy grinste. »Beinhaltet er Sprengstoff?«

»Ein bisschen«, sagte Kye. »Aber hauptsächlich beinhaltete er, nicht von den Idioten gerettet zu werden, die mich hier reingebracht haben.«

Mercys Lachen war ein Pistolenschuss. »Und doch sind wir hier.«

Sie schafften es zur Serviceleiter, kletterten drei Decks hoch und sprinteten durch die letzte Biegung zur Andockluke. Rask betätigte die Luftschleuse. Nichts geschah.

Er versuchte es erneut. Die Konsole blinkte rot: LOKALE ÜBERBRÜCKUNG.

»Lyra«, schnappte er.

Ihre Antwort kam mit dem Geräusch hektischen Tippens. »Vexas Crew hat eine sekundäre Sperre eingebaut. Ich kann es vielleicht mit Brute Force versuchen, aber ihr müsst die manuelle Steuerung von innen umleiten.«

Mercy schob Kye gegen die Konsole. »Du hast die Frau gehört.«

Kye blinzelte, dann wurde ihr Grinsen breiter. »Das ist das Einfachste, worum du mich heute gebeten hast.«

Kye ließ die Platte mit zwei Fingern aufspringen, zog ein Bündel Drähte heraus und verdrehte sie in einer Abfolge, bei der Rask beim Zusehen schwindelig wurde. Die Luke durchlief ihren Zyklus, zischte und öffnete sich einen Spalt breit.

Sie stolperten hindurch, versiegelten sie und schwebten dann schwer atmend in der engen Luftschleuse.

»Trautes Heim, Glück allein«, sagte Mercy.

Kye lehnte sich mit geschlossenen Augen an die Wand. »Wenn jemals jemand fragt, sagt ihm, ich war würdevoll.«

Rask aktivierte den Kommunikator. »Lyra, wir sind raus. Starte den Sprung, sobald wir an Bord sind.«

Auf der Brücke wärmte Lyra den Antrieb vor.

Als das Rettungsteam wieder an Bord kam, blickte Lyra von ihrer Konsole auf und sah Kye, blutig, aber grinsend, zwischen Mercy und Rask eingeklemmt.

Sie zog eine Augenbraue hoch. »Du siehst aus wie der Tod.«

Kye strahlte. »Der Tod wird überbewertet. Hast du was zu essen?«

Lyra lächelte beinahe. »Mal sehen.«

Mercy führte Kye den Korridor entlang und erzählte bereits, wie sie die Messer nach ihren Ex-Freunden benannt hatte. Rask sah ihnen nach, schüttelte den Kopf und sagte: »Alles wieder beim Alten also.«

Lyra leitete den Sprung ein und murmelte: »Wenn man das so nennen will.«

Draußen schoss die Palamedes heran, die Waffen online.

Drinnen machte sich die Besatzung für den Sprung bereit. Doc zurrte die Eindämmungseinheit fest, Kye lachte über Mercys neuesten Witz, Rask nahm auf dem Pilotensitz Platz und Lyra ging die Zahlen durch, ihre Augen leuchteten.

Die Meridian sprang, die Welt fiel weg, und für einen Moment gab es nichts als das scharfe, gemeinsame Einatmen.

Dann, wie immer, füllte das Universum die Stille mit neuem Ärger.

VIERZEHN

Die Meridian humpelte durch die interstellare Leere wie ein Veteran, der aus der Kneipe nach Hause kroch, wobei jede dritte Warnleuchte auf der Konsole durch das universelle Symbol für »Game Over« ersetzt war. Das letzte Manöver des Schiffs hatte eine Spur aus versengten Ionen, kleineren elektrischen Bränden und einer treibenden Krankenstation hinterlassen, die nun nach Antiseptikum und dem gescheiterten Versuch von jemandem mit eingelegten Zwiebeln stank.

Kye lag rücklings auf der Operationsbank, das linke Auge zugeschwollen, das rechte flackerte zwischen augmentierter und normaler Sicht hin und her. Doc Vellenix, in der einen Hand ein Laser-Nahtgerät und in der anderen etwas, das verdächtig wie eine Büroklammer aussah, näherte sich mit der präzisen Bösartigkeit eines verkaterten Chirurgen.

»Halt still«, sagte Doc, obwohl die einzigen Muskeln, die Kye zu kontrollieren schien, jene waren, die für bissige Bemerkungen benötigt wurden.

Kye fletschte die Zähne zu einem Lächeln, das sowohl Dankbarkeit als auch einen völligen Mangel an Selbsterhaltungstrieb andeutete. »Du hast eine Stelle übersehen.

Entweder das, oder du formst mir gerade eine zweite Augenbraue.«

Doc grunzte, drückte das Nahtgerät auf die Wunde und sah zu, wie sich die Haut versiegelte, blass gegen die blaurote Schwellung darunter. »Ich würde ja sagen, das hinterlässt eine Narbe, aber ich bezweifle, dass es jemandem auffallen wird. Du hast ein Gesicht wie ein zusammengefallenes Soufflé.«

»Ein großes Lob von dem Mann, der sich die Haare mit einem Lötkolben schneidet.«

Doc ignorierte sie, schnippte das Blut von der Spitze des Nahtgeräts und musterte die Anzeige von Kyes Vitalwerten. Der Monitor machte ein Geräusch, das verdächtig nach einem verächtlichen Pupsen klang, zeigte für eine halbe Sekunde eine Nulllinie an und startete dann mit grüner Anzeige neu.

Auf der anderen Seite der Krankenstation saß Mercy rittlings auf einer umgekippten Lagerkiste und ölte ein Kampfmesser mit einem Lappen, der einmal ein T-Shirt gewesen war. Sie blickte auf, betrachtete die Szene und sagte: »Wenn ihr mit dem Flirten fertig seid, der Captain will uns in der Messe sehen.«

»Wunderbar«, sagte Kye und versuchte, sich aufzusetzen. Beim zweiten Anlauf schaffte es Kye. »Wisst ihr, dass mir noch niemand eine Tasse Kaffee angeboten hat?«

Mercy grinste, nur Zähne und keine Fröhlichkeit. »So ein Glück wirst du wohl kaum haben.«

Lyra wartete bereits in der Messe, über die Diagnosekonsole gebeugt, mit einer Tasse Tee, von der sie hoffte, dass sie noch lauwarm sein würde, wenn sie endlich dazu kam, sie zu trinken. Ihre Uniform war geflickt, ihre Hände von der letzten Überholung des Antriebs noch immer schmutzig, und ihr Blick hatte die scharfe, trockene Intensität von jemandem, der sich noch nie in seinem Leben gelangweilt hatte und das auch so beibehalten wollte.

Sie blickte nicht auf, als die anderen eintraten. »Wisst ihr, dass es ein Kühlmittelleck auf dem Vordeck gibt?«, sagte sie.

»Wenn es noch schlimmer wird, haben wir eine buchstäbliche Eisbahn im Zugangskorridor.«

Doc zuckte mit den Schultern. »Wenigstens halten sich die Leichen.«

Kye blickte auf eine leere Kaffeetasse, dann zu Lyra. »Würde es dich umbringen, zuerst eine Simulation für die Reparatur laufen zu lassen?«

Lyras Lippen zuckten. »Ich improvisiere gern. Das verleiht den Triebwerken Persönlichkeit.«

Mercy glitt auf die Bank, stemmte die Füße auf den Tisch und warf Kye einen Rationsriegel zu, den Kye fing, ohne hinzusehen.

»Iss«, sagte Mercy. »Du bist weniger nervig, wenn du den Mund voll hast.«

Kye biss hinein, kaute und tat demonstrativ so, als würde er den Geschmack von gepresstem Karton und etwas, das vielleicht einmal eine Banane gewesen war, genießen.

Doc schenkte sich eine Tasse von der dunklen Flüssigkeit ein, die auf der Meridian als Kaffee durchging, und setzte sich. »Wo ist Rask?«

Lyra deutete mit dem Kinn zum Cockpit, wo man den Schatten des Captains über die Hauptkonsole gebeugt sehen konnte, wie er auf die Sensordaten starrte, als erwarte er, dass sie gleich Drohungen in Großbuchstaben buchstabieren würden.

»Helvan ist mies drauf«, sagte Lyra. »Irgendwas von wegen, die Palamedes pingt unsere Position immer noch jede halbe Stunde an. Man sollte meinen, ein Schiff mit so vielen Kanonen müsste nicht so anhänglich sein.«

Mercy ließ ihr Messer zwischen den Fingern kreisen. »Liegt nie an den Kanonen, immer an den Piloten. Kompensation, weißt du.«

Kye schluckte den letzten Bissen des Rationsriegels und schnippte die Verpackung in den Recyclingschacht. »Will mir mal jemand den Teil erklären, in dem wir noch nicht tot sind?«

Mercys Grinsen wurde schärfer. »Noch nicht. Gib der Sache einen Tag.«

Lyra gab eine Sequenz in die Diagnosekonsole ein und wandte sich dann Kye zu. »Wir sind vorerst aus dem Schneider. Die Palamedes hat uns im Trümmerfeld verloren und die Seraphine ist keine Bedrohung mehr. Wir sind etwa ein halbes System entfernt und humpeln zum nächsten Sprungtor. Du solltest dich ausruhen, solange du kannst.«

Doc fügte hinzu: »Du hast einen ordentlichen Schlag auf den Kopf bekommen. Ich würde den Sarkasmus unter einem kritischen Wert halten, zumindest bis die Schwellung zurückgeht.«

Kye witterte eine Gelegenheit zu provozieren und sagte: »War das eine medizinische Anordnung oder nur Wunschdenken?«

Doc verdrehte die Augen und stieß Kye mit einem Finger gegen die Kopfseite. »Du hast Mikrofrakturen im Jochbein. Wenn du nicht willst, dass dir beim Abendessen das Gesicht einbricht, wirst du dich schonen.«

Mercy sagte: »Nicht, dass es bei dem Grundzustand auffallen würde.«

Kye lehnte sich mit hinter dem Kopf verschränkten Händen zurück und musterte die anderen mit der Miene einer Katze, die sich überlegt, in welchem Fenster sie ein Nickerchen machen soll. »Ich weiß die Sorge zu schätzen. Aber mich interessiert mehr, wie wir den Kanister davon abhalten sollen, die Krankenstation zu schmelzen, wenn er seinen nächsten Wutanfall bekommt.«

Lyras Miene veränderte sich nicht, aber ihre Finger trommelten einen schnellen, komplexen Rhythmus auf die Tischplatte. »Glim ist jetzt still. Doc hat die Diagnostik laufen lassen, aber keiner der Messwerte ergibt einen Sinn. Sie ist entweder inaktiv, tot oder wartet auf die nächste Gelegenheit.«

»Wie eine Hausschlange«, sagte Mercy.

»Oder ein besonders mürrischer Teenager«, erwiderte Kye.

Mercy steckte das Messer weg und griff nach einem weiteren Rationsriegel. Sie riss die Verpackung mit den Zähnen auf und sprach mit vollem Mund. »Was ich wissen will«, sagte sie, »ist, wie du in der einen Minute noch direkt vor uns gestanden hast und in der nächsten auf der Seraphine warst. Haut das sonst niemanden um?«

Kye zuckte mit den Schultern und zuckte dann zusammen, als die Bewegung einen neuen Schmerzschub durch das Gesicht jagte. »Es war definitiv ein *Erlebnis*.«

Lyra legte den Kopf schief, ihre Augen verengten sich. »Irgendwas ... neu angeordnet?«

Kye grinste. »Nicht, dass ich es bemerkt hätte. Noch nicht. Schwer zu sagen nach den Prügeln, die ich danach eingesteckt habe.«

Mercy musterte ihn. »Du hattest schon immer einen Scheißgeschmack, was Gesellschaft angeht.«

Kye lachte, und das Geräusch hallte seltsam in der Messe wider. »Einverstanden.«

Lyra verschränkte die Arme. »Haben sie dich die ganze Zeit eingesperrt oder hast du Vexa gesehen?«

Kyes Lächeln verblasste ein wenig. »Ich habe sie nicht gesehen, aber ich habe sie gehört. Sie hatte die Orpheon-Protokolle.«

Mercy richtete sich auf. »Die Relay-Protokolle? Die vom Außenposten?«

Kye zögerte, dann zuckte er mit den Schultern. »Ich glaube schon. Jemand aus ihrer Crew hat das Backup gezogen, bevor das Relay zur Hölle gefahren ist. Sie hat es dem Höchstbietenden angeboten.«

Doc runzelte die Stirn. »Warum sollte jemand für diese

Protokolle bezahlen? Der Außenposten war ein Schwarzmarkt-Relay. Da gab es nichts außer schmutziger Wäsche und alten Pornos.«

Kyes Augen funkelten. »Es sei denn, jemand wollte jede Spur einer bestimmten Lieferung verwischen. Oder eines bestimmten Passagiers. Oder eines bestimmten Kanisters.«

Die Stille in der Messe vertiefte sich.

Mercy sagte: »Du willst damit sagen, das Kopfgeld auf uns gilt nicht nur uns. Es gilt Glim.«

Kye nickte. »Ja. Ich habe auf der Seraphine einen Blick auf die Messwerte erhascht. Das ist keine Standard-Biotech. Es ist ... roh. Instabil. Wie ein Prototyp.«

Bei diesem Wort zuckte Lyra zusammen. Docs Kiefermuskeln spannten sich an.

Mercy murmelte: »Verdammte Scheiße«, und riss einen weiteren Rationsriegel auf.

Rask, der bis dahin schweigend im Cockpit gesessen hatte, sprach, ohne sich umzudrehen. »Prototypen sind nie für die Ewigkeit gemacht«, sagte er. »Das macht sie so wertvoll.«

Kye warf Doc einen riskanten Blick zu. »Wie stabil ist es? Glim. Die Einheit.«

Doc zuckte mit den Schultern, aber seine Hand schwebte in der Nähe des Not-Aus-Schalters an der Wand. »Wenn es ein Prototyp ist, dann ist es der bösartigste, den ich je gesehen habe. Die Eindämmung hält vorerst, aber das Energieprofil ist jenseits aller Skalen. Die KI des Schiffes versucht ständig, sie in den Weltraum zu schleusen.«

Lyra sagte: »Man kann es ihr nicht verübeln.«

Mercy, nun bei ihrem dritten Rationsriegel, sagte: »Was ist also der Plan? Wir hauen weiter ab, bis uns das Geld ausgeht oder bis die Palamedes uns wiederfindet?«

Rask drehte sich endlich vom Cockpit um, seine Augen wie eine Winternacht. »Wir finden heraus, was sie wollen«, sagte er. »Und wir sorgen dafür, dass wir die Einzigen sind, die wissen, wie man es ihnen gibt.«

Kye grinste, Respekt in seinem geschundenen Gesicht. »Das ist ein Plan, den ich unterstützen kann.«

Mercys Miene deutete an, dass sie ihn mit einer geschliffenen Klinge unterstützen würde, aber sie sagte nicht nein.

Lyra trank ihren kalten Tee, stellte die Tasse ab und sagte: »Nächster Sprung in sechs Stunden. Wenn wir Glück haben, bekommen wir drei davon ohne eine Krise.«

Doc sagte: »Du hast nie Glück.«

»Stimmt«, erwiderte Lyra. »Aber manchmal hat der andere noch weniger Glück.«

Kye stand auf, schwankte nur leicht und salutierte mit zwei Fingern. »Erlaubnis, mich in die Koje zu hauen?«

»Blute nicht auf die Laken«, rief Doc ihm nach.

Kye schlenderte zu den Mannschaftskojen und summte etwas, das verdächtig nach einem Trauermarsch klang. An der Luke hielt er inne und blickte zurück.

Der Kanister war immer noch da, fest versiegelt und still.

Kye beobachtete ihn einen Moment lang und sagte dann: »Hey, Glim.«

Die Kiste antwortete nicht, aber das blaue Licht darin flackerte, nur einmal.

»Süße Träume«, sagte Kye.

Er verließ die Messe, und die Crew sah zu, wie die Luke zuschwang, alle vier mit unterschiedlichen, aber gleichermaßen katastrophalen Gedanken beschäftigt.

Fürs Erste machte sich niemand die Mühe, sie auszusprechen.

Der Frachtraum war kälter als der Rest des Schiffes und roch nach Metallermüdung und dem schwachen, anhaltenden Gestank von Glims letztem Anfall. Kondenswasser perlte auf den Rohren und rann in langsamen, ziellosen Mustern an den keramischen Seiten des Kanisters hinab. Jedes Mal, wenn das Eindämmungsfeld zyklisch lief, hallte ein leises Klack-Zischen vom Deck wider, ein ruhiger Herzschlag für das Ding im Inneren.

Kye hielt an der Schwelle inne und fuhr sich mit der Zunge über eine aufgesprungene Stelle an der Lippe. Er blickte zu Doc, der eine passable Imitation eines nervösen Bibliothekars abgab, komplett mit unruhig hin- und herwankenden Füßen und schützenden Blicken auf die Kiste.

»Bist du sicher, dass das eine gute Idee ist?«, sagte Doc, als ob die Frage eine Alternative hervorbringen könnte.

»Nein«, antwortete Kye und trat ein. Seine Stiefel quietschten einmal auf dem feuchten Deck.

Mercy lauerte im Korridor, die Arme verschränkt, einen Blaster über die eine Schulter geschlungen und eine Granate am Gürtel, rein zur Stimmung. Rask beobachtete von der Spitze der Leiter aus, sein Gesichtsausdruck eine perfekte Maske aus Befehl und Verleugnung. Lyra lauschte wahrscheinlich an jedem Mikrofon im Frachtraum, hatte aber den Anstand, nicht persönlich aufzutauchen.

Doc folgte ihm und trug einen Scanner, der auf Glims Resonanz eingestellt war. »Das Protokoll besagt, dass wir zehn Meter Abstand halten sollen. Ich sage nicht, dass du einen weiteren Ausbruch auslösen wirst, aber—«

»Zehn Meter sind Kommunikationsreichweite, nicht Empathiereichweite«, sagte Kye. »Wenn du willst, dass ich mit ihr rede, muss ich nahe ran.«

Doc zuckte mit den Schultern, stellte den Scanner auf eine Kiste und zog eine Handfeuerwaffe aus dem Medikit. Er entsicherte sie, sicherte sie wieder und entsicherte sie dann erneut. »Rask sagt, du gehst allein, aber wenn es zuckt, darf ich schießen.«

»In Ordnung«, sagte Kye, obwohl er bezweifelte, dass Doc das Richtige treffen würde, selbst wenn er es versuchte.

Der Kanister stand inmitten eines Nests aus Stromkabeln,

Halteschlaufen und einem Trio schwerer, gepolsterter Haltegurte. Blaues Licht, sanft und statisch, sickerte aus den Rändern des Schraubdeckels. Die einzige Anzeige war ein kleines, ramponiertes Terminal, das zwischen dem Systemstatus und einer laufenden Zählung von »Vorfällen seit dem letzten Reset« wechselte. Es stand derzeit auf zwei.

Kye kniete neben der Kiste nieder und spürte die Kälte durch beide Schichten seines Fluganzugs. Er legte eine Handfläche sanft auf die Keramik und wartete darauf, dass sich das Summen änderte. Einen langen Moment lang geschah nichts.

Er sprach leise, in den präzisen, abgehackten Silben, die er für zerbrechliche Dinge reservierte. »Hallo, Glim. Ich bin's, Kye. Erinnerst du dich an mich?«

Das Summen veränderte sich, nur um ein Haar. Das blaue Licht pulsierte.

Doc zuckte zusammen, sagte aber nichts.

Kye atmete aus. »Du bist in Sicherheit. Du bist auf der Meridian. Wir mussten fliehen. Es gab einen Kampf. Weißt du ... weißt du, was ich sage?«

Ein weiteres Pulsieren, jetzt schärfer. Kye spürte einen Druck im Ohr, dann im Kiefer, als ob die Luft zwischen ihm und der Kiste dicker geworden wäre.

Er versuchte es noch einmal. »Glim, ich weiß, dass du da drin bist. Kannst du mir ein Zeichen geben?«

Der Kanister vibrierte. Ein einziger, hoher Ton erklang und verklang wieder. Der Status des Terminals blinkte rot, dann grün, dann wieder rot.

Kye warf Doc einen riskanten Blick zu, der »Vorsichtig« mit den Lippen formte.

Kye leckte sich die Lippen. »Es tut mir leid, dass ich dich zurückgelassen habe. Es war nicht meine Idee. Ich wurde an Bord der Seraphine gebracht.«

Eine Pause. Dann flackerte das blaue Licht, heller als zuvor, und das Summen des Kanisters stieg um eine ganze Oktave an. Der Scanner an Docs Hüfte piepte eine Warnung.

Doc rückte näher, die Waffe nun gezogen und auf das Deck gerichtet, aber bereit.

Das Terminal des Kanisters wechselte schnell durch Diagnosesysteme und blieb dann bei einer einzigen Textzeile stehen. Sie scrollte langsam, drei Worte:

LÜGNER. LÜGNER. LÜGNER.

Kye zuckte zurück und riss die Hand von der Kiste, als wäre er verbrannt worden. Das blaue Leuchten loderte auf und erlosch, nur ein schwaches Nachbild hinterlassend.

Mercys Stimme, leise, aber erfreut, hallte den Korridor entlang. »Hat sie dich gerade einen Lügner genannt? Das ist brillant.«

Doc steckte die Waffe ins Halfter, seine Hände zitterten auf die Art, von der Kye wusste, dass er Panik mit Wissenschaft unterdrückte. »Das ist ... neu.«

Kye saß auf dem kalten Deck und atmete schwer. »Das hat sie noch nie gemacht. Nicht die Nachrichten. Nicht so.«

Doc sagte: »Ich glaube, sie ist wütend. Auf dich.«

Kye blinzelte und spürte, wie das Blut hinter seinen Augen pochte. »Wie ist das überhaupt möglich? Sie ist ein Protokoll, eine neuronale Karte, ein—«

»Mensch«, sagte Doc leise.

Kye wischte sich die Nase und fand einen dünnen Blutfaden auf seinem Handrücken. »Das ist nicht – das ist nicht möglich.«

Doc nickte auf den Kanister, der nun in einem langsamen, fast mürrischen Rhythmus pulsierte. »Willst du es noch einmal versuchen?«

Kye schüttelte den Kopf. »Gib ihr eine Minute. Sie – sie braucht Zeit.«

Der Frachtraum füllte sich mit Stille, nur unterbrochen vom Zyklus des Kompressors und Mercys Summen eines blutrünstigen Seemannsliedes aus der Luke.

Nach langer Zeit fragte Doc: »Willst du mir erzählen, was wirklich auf Orpheon passiert ist?«

Kye schüttelte erneut den Kopf, aber diesmal lag mehr Traurigkeit als Ablehnung darin. »Nichts, was du glauben würdest.«

Doc dachte darüber nach und nickte dann. »Das gilt heutzutage für die meisten Dinge.«

Bevor einer von beiden mehr sagen konnte, erklang von oben ein plötzlicher, dissonanter Ton, und Lyras Stimme dröhnte aus allen Lautsprechern: »Brücke an Frachtraum. Wir wurden gerade aus dem Tiefenraum angepingt. Tarnsignal. Träger unbekannt. Es hat Glims Frequenz benutzt.«

Doc wurde blass, dann wütend. »Jemand hat gerade Kontakt aufgenommen?«

Lyras Stimme kehrte zurück, abgehackt. »Eher wie ein Handshake. Sie wissen, dass wir hier sind.«

Kye starrte auf den Kanister, der nun in einem stetigen, wissenden Blau pulsierte.

Mercy schlenderte herein, den Blaster in den Armen, amüsiert und beeindruckt zugleich. »Also, was ist jetzt der Plan?«

Rasks Stimme, trocken wie immer, ertönte von oben: »Wir hauen ab, wie immer. Aber diesmal suchen wir uns das Schlachtfeld aus.«

Doc stand auf, hob den Scanner auf und beäugte den Kanister, als könnte er beißen.

Kye blieb auf dem Deck, den funkelnden Spalt des Deckels anstarrend.

Sie hat mich einen Lügner genannt, dachte er.

Sie hat nicht unrecht.

Draußen im Nichts, weit von der Meridian entfernt, lauschte ein anderes Schiff denselben Frequenzen. Die Nachricht war einfach, und sie war für sie bestimmt.

Wir sehen euch.

FÜNFZEHN

Der Alarm der Meridian war nicht darauf ausgelegt, Ruhe zu verbreiten. Es war das Heulen einer Todesfee, eine Mischung aus Kollisionswarnung und psychologischer Kriegsführung, die garantiert selbst das hartnäckigste Schlafdefizit auslöschte. Die Crew stolperte aus ihren jeweiligen Löchern, wobei sich ihre Gliedmaßen an den Schotten und ineinander verhedderten, während die Beleuchtung auf Rot umsprang und der interne Luftdruck um ein halbes Prozent anstieg.

Lyra stürmte rennend auf den Korridor, stieß Mercy mit der Effizienz einer Kneipenschlägerin mit dem Ellbogen zur Seite und erreichte das Sensorarray, bevor sich ihr statisch aufgeladenes Haar wieder gelegt hatte. Sie schlug mit dem Handballen auf die Notabschaltung, fuhr die alte Diagnose im abgesicherten Modus hoch und ließ ihre Hände über das Feld zitternder, flackernder Lichter tanzen. Das Display zeigte drei volle Sekunden lang Bildrauschen, dann spuckte es einen Vektor aus – präzise, scharf und direkt durch ihre aktuelle Tarnschicht im Schatten eines Kometenschweifs verlaufend.

»Das Signal ist nicht zufällig«, sagte Lyra, laut genug, dass die anderen, die sich hinter ihr drängten, es hören konnten. »Sie kennen Glims harmonische Frequenz.«

Mercys Antwort war ein Wort, für das man sie aus mehreren anständigen Kolonien verbannt hätte, dann: »Also eine Nachricht. Für uns oder für Glim?«

Doc hatte bereits die Abschirmung von Glims Kanister entfernt und stand darüber wie ein Bestatter, der eine Totenwache abhielt. Der blaue Puls im Inneren, der sich einst damit zufriedengegeben hatte, mit der Geduld eines Schweizer Uhrwerks Morsesignale zu senden, stotterte nun mit variabler Amplitude – scharf, unregelmäßig, der Rhythmus eines Herzens in den letzten Zügen eines Herzstillstands. Docs Finger schwebten über dem Ausgabedisplay, ohne es zu berühren, als könnte ein direkter Kontakt das Wenige zerschmettern, was an Normalität noch übrig war.

Er blickte auf und sprach in den Raum. »Was auch immer es in Kye gespürt hat, es hat eine defensive Reaktion ausgelöst. Es befindet sich in einer Art ... Abriegelung. Nicht sicher, nicht im Ruhezustand, aber nur ein Zucken davon entfernt, komplett thermisch durchzugehen.«

Mercy, die ihre Messer noch nicht weggelegt hatte, positionierte sich mit theatralischer Lässigkeit zwischen Kye und dem Kanister. Sie rollte mit dem Nacken, beäugte den Kanister, dann Kye, als würde sie abwägen, was die bessere Schlagzeile für die morgige Untersuchung abgeben würde.

Kye wiederum hatte sich an den Rand der Messe zurückgezogen. Die Arme verschränkt, die Augen zwei Eispunkte – einer organisch, der andere mit einem schwachen roten Diagnostikleuchten zuckend. »Ich habe nicht gelogen«, sagte Kye. »Falls das jemanden interessiert.«

Niemand antwortete. Die Stille bekam einen Druck, eine atmosphärische Spannung, die mehr physisch als emotional war.

Lyra tippte erneut auf das Holo und zoomte auf das eingehende Signal. »Es ist auf Glims Frequenz moduliert. Schmalband, mit einem Quantenresonanz-Fingerabdruck. Wer auch immer das sendet, es ist kein Pirat mit einem Scanner und einem Groll.«

Doc fügte hinzu: »Es ist eine Maschine. Oder etwas Ähnliches.«

Mercy fletschte die Zähne. »Das grenzt es auf das halbe System ein.«

Kye blickte zum Kanister, dann zurück zur Crew. »Wollt ihr, dass ich ihn öffne? Wieder mit ihr rede?«

Doc schüttelte langsam und bedächtig den Kopf. »Nicht, bevor ich herausgefunden habe, wie ich sie davon abhalten kann, auf ihrem Weg nach draußen die Hülle zu schmoren.«

Kyes Kiefer spannte sich an, ein kleiner Verrat der Nerven unter der Oberfläche. »Was dann?«

»Wir warten«, sagte Lyra, »und wir beantworten den Ping nicht. Wenn sie uns finden wollen, müssen sie es auf die altmodische Art tun.«

Mercy pflanzte sich mit verschränkten Armen auf und sagte: »Oder wir lassen Kye einen Versuch wagen und schauen, ob die Kiste explodiert. Es wird mal wieder Zeit für eine richtige Geschichte.«

»Nein«, sagte Lyra. »Diesmal improvisieren wir nicht.«

Mercy tat so, als würde sie ihre Klinge wegstecken, aber die Art, wie ihre Hand am Griff verweilte, deutete darauf hin, dass sie von dem Argument nicht überzeugt war.

Rask, der bis dahin der Geist im Raum gewesen war, materialisierte sich schließlich am anderen Ende der Messe. Er sah aus wie ein Mann, der die letzte Stunde darüber nachgedacht hatte, ob es sich lohnte, heute zu sterben, und sich gerade dagegen entschieden hatte. »Wir können nicht einfach warten«, sagte er. »Wenn sie bereits unsere Frequenz haben, verschwenden wir nur Zeit damit, so zu tun, als könnten wir uns verstecken.«

Lyra sagte: »Du willst den Ruf beantworten?«

Rask zuckte mit den Schultern. »Ich will wissen, was sie wollen. Und ob es um uns geht oder um Glim.«

Eine Pause, dann sagte Kye: »Es geht immer um Glim.«

Mercy grinste. »Das ist die richtige Einstellung.«

Lyra fuhr sich mit der Hand durchs Haar und verteilte einen Bogen statischer Funken, der im blauen und roten Licht der Messe glitzerte. Sie beäugte Kye, der ihren Blick erwiderte, ohne zu blinzeln.

»Komm mit«, sagte Lyra.

Kye zögerte, dann löste sie die verschränkten Arme. Mercy verlagerte ihr Gewicht, als wollte sie dazwischentreten, aber Lyras Blick duldete keinen Widerspruch.

Die beiden verließen die Messe und gingen den kurzen, ramponierten Korridor zum Wartungsschacht entlang. Lyra duckte sich unter dem niedrigen Träger hindurch, öffnete mit einem Code die Zugangsklappe und trat ein. Kye folgte, die Hände tief in den Taschen ihrer Jacke vergraben, die Miene unbewegt.

Der Wartungsgang war kaum breit genug für zwei. Lyra knipste eine Taschenlampe an, deren Strahl von vernarbten Rohren und Kabeln abprallte. Sie wartete, bis die Luke zugefahren war, dann drehte sie sich um, ihr Gesicht war ungewöhnlich ernst.

»Du hast das Signal erkannt«, sagte Lyra.

Es war keine Frage.

Kye starrte auf das Stück Wand direkt über Lyras Schulter. »Einmal. Auf der Station. Bevor alles den Bach runterging.«

»Warum hast du nichts gesagt?«

Kyes Auge schimmerte. »Weil ich, wenn ich mich irre, ein Sicherheitsrisiko bin. Und wenn ich recht habe ...«

Lyra wartete schweigend.

Kye wälzte die Worte im Mund herum, wählte die am wenigsten schrecklichen. »Wenn ich recht habe, ist es nicht nur das Imperium. Es sind die ursprünglichen Entwickler. Diejenigen, die Glim erschaffen haben. Sie kommen, um die Beweise zu vernichten.«

Lyra nahm das unbewegt zur Kenntnis und sagte dann: »Und du dachtest, du könntest das allein regeln.«

Kye lächelte, aber es war alles andere als glücklich. »Hat bei dir ja auch mal funktioniert.«

»Projizier deine Probleme nicht auf mich«, schnappte Lyra. »Hättest du es mir gesagt, hätten wir uns vorbereiten können. Rask hätte sich vorbereiten können. Jetzt fliegen wir im Blindflug.«

Kye lehnte sich zurück und ließ den Kopf gegen das kalte Leitungsrohr sinken. »Was hättest du getan? Früher das Schiff verlassen? Die Kiste ins All geblasen?«

Lyra sträubte sich, antwortete aber nicht.

Kyes Stimme wurde leiser. »Du warst vom Militär weg, Lyra. Du weißt, was das bedeutet. Du hast die schwarzen Projekte gesehen. Wenn sie immer noch laufen, werden sie nicht wollen, dass Glim geborgen wird. Sie werden reinen Tisch machen wollen.«

Lyras Hände ballten sich zu Fäusten, dann entspannten sie sich wieder. »Wir werden nicht für sie sterben, Kye. Weder du noch die Crew.«

Kye sah weg. »Das hatte ich auch nicht vor.«

Lyra baute sich vor ihr auf und blockierte die Luke. »Dann darfst du keine Geheimnisse mehr für dich behalten.«

Ein langsames Nicken. »In Ordnung.«

»Du erzählst uns alles. Nicht nur, wenn es interessant wird.«

»Einverstanden«, sagte Kye, die Worte klangen klein in dem Metalltunnel.

Lyra trat zurück, wollte gehen, hielt dann aber inne.

Sie betrachtete Kye einen langen Moment lang. »Warum werde ich das Gefühl nicht los, dass du mir noch nicht das Schlimmste erzählt hast?«

Kyes kybernetisches Auge verdunkelte sich, das innere Licht erlosch, als wollte es Scham simulieren. »Weil die Wahrheit manchmal schlimmer ist.«

Lyra beließ es dabei.

Zurück im Laderaum schwebte Doc über dem Kanister und kritzelte Messwerte auf einen Block, mit einer Handschrift, die auf eine Glaubenskrise am Alphabet hindeutete.

Als Lyra und Kye auf die Brücke zurückkehrten, sah Rask sie beide an und sagte dann: »Sie geben nicht auf. Ein neuer Ping hat gerade die Sensoren erfasst, näher als zuvor.«

Mercys Lächeln wurde breiter. »Showtime?«

Lyra nickte. »Showtime.«

Sie warf Kye einen Blick zu, der Vergeltung versprach, sollten die nächsten zehn Minuten nicht nach Plan verlaufen.

Kye schien ausnahmsweise damit zufrieden zu sein, jemand anderem die Führung zu überlassen.

Auf dem Sensorarray pulsierte das Signal – stetig, hungrig und jetzt nur noch wenige Lichtsekunden entfernt.

Doc beobachtete den Kanister, und zum ersten Mal, seit er sich der Crew angeschlossen hatte, sah er verängstigt aus.

Auf der Meridian war es still, bis auf die Alarme.

Und irgendwo, weit draußen in der Dunkelheit, antwortete etwas.

Rask Helvan stand direkt hinter der Hauptluke, regungslos, ohne ein Wort zu sagen. Seine Silhouette bestand aus kantigen Linien und langsam aufbauender Spannung, eine Haltung, die auf einen Mann hindeutete, der auf ein Urteil wartete, von dem er bereits wusste, dass es ihm nicht gefallen würde. Der Kanister mit Glim dominierte die Mitte des Laderaums, gesichert mit genug Kohlefaser, um einen Atmosphäreneintritt zu überstehen – vorausgesetzt, nichts darin beschloss zu explodieren.

Mercy fand ihn dort, die Arme verschränkt, die Füße

gespreizt, ein Messer, das bereits zwischen ihren Fingern wirbelte. Sie machte sich nicht die Mühe einer Begrüßung.

»Also, hier sterben wir«, sagte sie. Das Echo von den Schotten reichte gerade aus, um es so klingen zu lassen, als stimme der Raum zu.

Rask antwortete nicht.

Mercy trat näher, ihre Stiefel schlurften über das Deck. »Hab ich dir jemals gesagt, dass ich diesen Teil hasse? Nicht das Verstecken, nicht die Flucht. Das, wo wir ständig Dinge klauen, die wir nicht einmal benennen können, Leuten vertrauen, die vom Lügen leben, und abwarten, wer zuerst abdrückt. Weißt du, wie man das nennt, da, wo ich aufgewachsen bin?«

Rasks Augen wanderten langsam zu ihren. »Klär mich auf.«

»Dummheit«, sagte Mercy. Sie deutete auf Glim, auf das Gewirr von Diagnosekabeln und das kalte Leuchten unter dem Deckel. »Irgendwann ist es nicht mehr Glück, was dich am Leben hält. Sondern Führung.«

Rask ging nicht auf den Köder ein. Er starrte nur auf den Kanister, als erhoffte er sich davon eine bessere Antwort.

Mercy schritt einen engen Kreis ab, hielt nur an, um einen Schraubenschlüssel vom Boden aufzuheben und ihn immer wieder in die Luft zu werfen. »Weißt du, was mich stört?«, sagte sie. »Nicht das Kopfgeld, nicht das Imperium. Nicht einmal die Vorstellung, dass Glim uns rösten könnte, wenn sie sich langweilt. Was mich stört, ist, dass ich jedes Mal, wenn ich darüber nachdenke abzuhauen, daran denke, dass du derjenige bist, der das Sagen haben sollte. Und dann denke ich: Vielleicht hat der andere diesmal recht.«

Rasks Schultern spannten sich an, dann fielen sie wieder herab. »Wenn du gehen willst, halte ich dich nicht auf.«

Mercy grinste, ihre Zähne leuchteten hell im Dämmerlicht. »Du bist ein mieser Lügner, Rask. Wenn du mich wirklich loswerden wolltest, hättest du mich im Orpheum zurückgelassen.«

Er lächelte beinahe bei dem Gedanken, verlor es dann aber wieder. »Das wird kein gutes Ende nehmen«, sagte er.

Mercy zuckte mit den Schultern, als wollte sie sagen, dass das nie etwas tat.

Die Stille dehnte sich aus, dick genug, um darin zu ertrinken.

Dann sprach die KI des Schiffes aus der nächsten Komm-Einheit. Die Stimme war anders – klar, fast fröhlich, aber mit einem Unterton von etwas, das noch nie einen Sonnenaufgang gesehen hatte.

»Objekt auf Verfolgungskurs«, sagte sie. »Beschleunigung nimmt zu. Signal bestätigt: imperialer Prototyp-Jäger. Geschätzte Zeit bis zum Abfangen: elf Stunden.«

Mercy pfiff leise und beeindruckt. »Das ist ein schneller.«

Rask sah wieder zu Glim. »Sie wollen sie. Und sie werden wegen uns nicht langsamer werden.«

Bevor Mercy antworten konnte, ruckte das ganze Schiff seitwärts. Der Aufprall war nicht stark genug, um sie umzuwerfen, aber er ließ ein halbes Dutzend Werkzeuge und zwei ungesicherte Kisten wie aufgeschreckte Tiere über das Deck schlittern.

Die Lichter flackerten und stabilisierten sich dann wieder.

Mercy hielt sich an einem Handlauf fest, aber das Messer wirbelte immer noch in ihrer anderen Hand. »Sag mir, dass du das warst«, sagte sie.

Rask schüttelte den Kopf, die Augen auf den Diagnosebildschirm gerichtet, der mit dem Kanister verbunden war.

Irgendwo aus den Tiefen der Hülle pulsierte ein neues Geräusch durch den Laderaum – leise, aber lauter werdend. Es war die Stimme von Glim, aber nicht so, wie sie sie zuvor gehört hatten. Keine Klicks und Signale mehr. Das war eine Stimme. Eine echte Stimme. Wie die eines Kindes, an den

Rändern ausgefranst. Ein Klang, der sich an Schmerz erinnerte und nicht zögerte, ihn zu teilen.

Die Komm-Einheit leuchtete auf, und Glims Stimme ertönte, doch sie war von etwas wie Bedauern durchdrungen.

»Es kennt mich«, sagte Glim. »Es kennt mich, und es wird nicht aufhören.«

Mercy starrte auf den Lautsprecher, dann auf Rask. »Hast du jemals das Gefühl, dass wir nur der Köder sind?«

Er nickte, ohne den Blick von Glim abzuwenden. »Das waren wir schon immer.«

Die Temperatur im Laderaum sank um ein Grad. Die Luft schmeckte wie der Nachhall eines Sturms.

Mercy kniete neben dem Kanister nieder und legte ihre Handfläche flach auf die Oberfläche. »Was willst du tun?«, fragte sie mit fast sanfter Stimme.

Rask dachte einen Moment nach und antwortete dann: »Überleben.«

Mercy grinste, aber diesmal war es brüchig. »Bisher der beste Plan.«

Über ihnen summte die KI des Schiffes vor sich hin und katalogisierte jede neue Bedrohung mit der höflichen Gleichgültigkeit eines Wetterberichts.

Unter ihnen pulsierte Glims Kanister – einmal, zweimal, dann ein langer, nachklingender Ton.

Der Jäger war im Anflug.

Und auf der Meridian fühlte es sich an, als hielten die Wände selbst den Atem an.

SECHZEHN

Der Alarm erwischte sie um halb eins nachts, Bordzeit, weil das Universum einen Sinn für Humor hatte. Er begann als stakkatoartiges Blöken, verdoppelte sein Tempo und steigerte sich dann zu einer Tonhöhe, die alte Farbe von den Schotten hätte schleifen können. Die Navigationsanzeige auf der Brücke pulsierte in einem kränklichen Orange; alle anderen Funktionen wurden vom Annäherungsalarm außer Kraft gesetzt.

Lyra, die geschlafen hatte – oder dem zumindest nahegekommen war –, schnellte auf dem Kommunikationssessel hoch. Sie hämmerte auf die Stummschalttaste, kniff die Augen vor dem Gefahrenraster zusammen und zischte durch die Zähne. »Nicht gut.« Die Worte kamen ihr monoton über die Lippen; es war keine Angst, nur die Gewissheit einer Ingenieurin, die die Zahlen bereits durchgerechnet und festgestellt hatte, dass sie nicht aufgingen.

Unten in den Mannschaftskojen war Kye bereits wach. Das Geräusch bestätigte nur, was Kyes Nerven schon vorhergesagt hatten: Eskalation, keine Erholung. Kye stand auf, schüttelte die Überreste eines Halbtraums ab und begann den langsamen Trott zur Messe, wo schließlich alle schlechten

Nachrichten aufgetischt wurden. Die Korridorbeleuchtung flackerte, als stünde das Schiff selbst kurz vor einer Panik.

Doc Vellenix war auf der Toilette, zwanzig Milliliter der Flasche intus, und versuchte, sein Spiegelbild zu ignorieren. Nur der Alarm hätte ihn in unter einer Minute aus dem Raum bekommen können. Er wischte sich den Mund ab, griff nach seiner Feldausrüstung und folgte dem Geräusch.

Mercy Jones traf als Letzte ein, aber mit Stil. Sie rutschte die Leiter vom Oberdeck hinunter und landete in der Hocke, den Griff einer Klinge hinter jedem Ohr versteckt. Ihr Haar hatte die Farbe einer Chemikalienlache und ihr Lächeln war genau so breit, wie es der Notfall erforderte.

Als sie sich in der Messe versammelten, war Rask Helvan bereits da. Er stand mit flachen Händen auf dem Tisch, starrte auf eine Reihe von Navigationsausdrucken und trank aus einem Becher, der nur aus Gewohnheit dampfte. Die Lampen der Messe flackerten über ihm und verwandelten seine Silhouette in einen Zeitraffer aus Erschöpfung und kaum unterdrückter Furcht.

Er blickte mit der Miene eines Mannes zu den vieren auf, der vor zwei Kriegen aufgehört hatte, an Wunder zu glauben. »Setzt euch«, sagte er.

Mercy trat einen Stuhl nach hinten, ließ sich darauf fallen und stützte beide Ellbogen auf den Tisch. Lyra trat an die Wand, verschränkte die Arme und fixierte die Bedrohungsanzeige, die auf das andere Ende des Raumes übertragen wurde. Kye nahm den Platz gegenüber von Mercy ein und trommelte mit den Fingern auf die Tischplatte, als würde Kye jemanden herausfordern, es zu bemerken. Doc schwebte wie immer am Rande der Gruppe.

Rask machte keine Umschweife. »Wir haben einen Jäger an uns dran. Imperial, der Signatur nach. Er läuft kalt, aber er ist da.« Er fuhr mit dem Arm über die Navigationsausdrucke. »Wir sind hier. Er ist hier. Zwischen uns: vierzigtausend Klicks und ein Trümmerfeld.«

Lyra überflog die Ausdrucke mit prüfendem Blick, ihr Kiefer war bereits angespannt. »Keine Chance, dass wir an ihm vorbeibrennen, ohne gesehen zu werden.«

»Korrekt«, sagte Rask. »Wir können ihm nicht entkommen, uns nicht verstecken und ihn nicht überwältigen.«

Doc schnaubte, sagte aber nichts.

Mercy grinste und entblößte jeden Eckzahn. »Also locken wir ihn rein, überraschen ihn. Klassiker.«

Rask warf ihr einen Blick zu. »Auf die klassische Tour haben wir uns erst das Kopfgeld eingehandelt.«

Kye räusperte sich, die Stimme leiser als sonst, aber umso schärfer. »Es gibt eine Lücke. Das Trümmerfeld bei 9B. Wenn wir die Zündung kappen und ein Schleudermanöver machen, könnten wir – *könnten* – einen Schatten von den Felsen bekommen. Gerade genug, um ...« Kye unterbrach sich, im Bewusstsein der vier Augenpaare, und zog sich in eine entschuldigende Haltung zurück. »Vorausgesetzt, der Jäger erwartet, dass wir geradeaus fliegen.«

Lyras Miene wurde säuerlich. »Das ist ein Gürtel, kein Schatten. Die Felsen dort sind dichter gepackt als die Schädel in einer Gedenkmauer.«

Kyes Hände klopften einen Rhythmus, die Anspannung übersetzte sich in ein Trommelfeuer, das nur Kye hören konnte. »Willst du versuchen, nichts zu tun?«

Mercy, ohne vom Messetisch aufzusehen, sagte: »Ich bin immer für waghalsig. Das ist besser, als gelangweilt zu sterben.«

Rask musterte die Gruppe und ließ seinen Blick auf jedem Einzelnen verweilen. »Das ist keine Abstimmung. Wir haben keine guten Karten auf der Hand. Wenn wir den Kanister abwerfen, verlieren wir das einzige Druckmittel, das wir haben. Wenn wir weiter fliehen, wird der Jäger uns innerhalb eines Tages in Stücke reißen. Wenn wir uns im Gürtel verschanzen ...« Er machte eine Geste mit offener Hand. »Im besten Fall schlagen wir eine Menge Zeit tot und richten ein Chaos an. Im schlimmsten Fall ist es in Minuten vorbei.«

Lyras Finger hörten nicht auf, sich zu bewegen; sie zupfte unsichtbare Fusseln von ihrem Ärmel, wand und entwand die enge Locke ihres Haares. »Glim zeigt bereits Eindämmungsstress. Willst du eine Wiederholung von Orpheon?«

Kye sagte: »Wenn der Jäger Glim in die Hände bekommt, sind wir sowieso alle tot. Oder Schlimmeres.«

Doc, der sich bis dahin damit begnügt hatte, zuzusehen, sprach endlich. »Wie geht es Glim jetzt?«

Lyra zuckte mit den Schultern, eine angespannte Bewegung. »Sie ist ... wachsam. Läuft auf und ab. Wenn es eskaliert, muss ich vielleicht den Dämpfer wieder hochfahren. Das verschafft uns Stunden, nicht Tage.«

Mercy beugte sich mit aufgestützten Ellbogen vor. »Was, wenn wir sie glauben lassen, wir wären tot? Einen kompletten Abgang vortäuschen.«

Rasks Gesicht blieb reglos, aber seine Augen wurden schärfer. »Weiter.«

Mercy holte eine Granate irgendwo aus ihrer Jacke hervor und legte sie mit der Behutsamkeit einer seltenen Frucht auf den Tisch. »Wir präparieren die Eindämmungskapsel mit einer Sprengladung, benutzen eine Hitzefackel als Leiche. Wir stehen nicht auf der Ladeliste, nur der Kanister. Wenn der Jäger eine Explosion sieht, hält er vielleicht an, um die Teile einzusammeln.«

Lyra schnaubte. »Du hast gesehen, was passiert, wenn eine Eindämmungseinheit beschädigt wird, oder?«

»Ja«, sagte Mercy erfreut. »Es sieht wie ein sehr überzeugender Tod aus.«

Kye sagte: »Dann sitzen wir immer noch auf einem lautlos dahintreibenden Schiff in einem Trümmerfeld fest, und niemand kommt, um uns zu holen.«

Mercy grinste. »Das ist der spaßige Teil.«

Doc warf Glims Anzeige einen Seitenblick zu. »Was brauchst du von mir?«

Lyra: »Richte einen Stabilisator ein. Wenn der Jäger nach einer Leiche scannt, gib ihm eine, die ›mausetot‹ schreit.«

Doc nickte, ganz geschäftsmäßig. »Ich kann einen Cocktail zusammenmischen, damit die Signatur terminal aussieht.«

Rask stieß sich vom Tisch ab, die Stuhlbeine kreischten über das Metall. »Wir machen das schnell. Wir haben keine Zeit für Zweifel.«

Die Lichter über ihnen flackerten und dunkelten sich um eine halbe Stufe ab, als das Schiff in den Energiesparmodus wechselte.

Kye sah den anderen nach, die Finger mitten im Trommeln erstarrt. »Wenn wir das tun und es funktioniert, was dann?«

Rask blickte zurück, die Last des Kommandos deutlich sichtbar. »Wir fliehen, bis wir nicht mehr können. Dann finden wir eine neue Lüge.«

Mercy nickte der Gruppe klein und anerkennend zu. »Ein Plan nach meinem Geschmack.«

Lyra schnappte sich die Ausdrucke, rollte sie fest zusammen und stopfte sie in die Brusttasche ihres Overalls. »Ich bereite den Kern vor.«

Doc schlüpfte mit der Effizienz eines Mannes hinaus, der die notwendige Triage bereits in seinem Kopf durchgeführt hatte.

Kye saß einen Moment da und starrte auf die Granate auf dem Tisch. Die blaue Farbe war abgenutzt, nur die Seriennummer und ein angeschlagener Cartoon-Schädel waren noch zu sehen. Sie sah weniger wie eine Waffe aus als ein schlechtes Souvenir von einem Urlaub, an den sich niemand erinnern wollte.

Mercy schnippte gegen die Granate, dann gegen Kyes Schläfe und sagte: »Vermisst du manchmal die einfachen Aufträge?«

Kye schüttelte den Kopf. »Hatte nie einen.«

Mercy lachte, laut und aufrichtig.

Die Messe leerte sich und hinterließ nur das schwache Nachbild von Körpern und das Echo von Schuhen auf Stahl.

Auf der Brücke leitete Lyra die nicht lebenswichtigen Systeme um und schaltete dann die Deckenbeleuchtung aus. Die Welt schrumpfte auf das Flackern der Navigationsanzeige und die stetige, zitternde Linie ihrer Flugbahn. Sie beobachtete, wie die Uhr bis zum nächsten Manöver heruntertickte, und zählte jede Sekunde mit der Intensität eines Geizhalses, der Münzen hortet.

Unten im Frachtraum machte sich Doc daran, die Rettungskapsel für ihren gefälschten Tod vorzubereiten. Er sah nach Glim und tätschelte den Kanister wie ein nervöser Elternteil ein Kind mit hohem Fieber.

Im Korridor testete Mercy die Sprengladungen. Jedes Knacken und Klicken war ein kleines, kinetisches Gedicht an die Unvermeidlichkeit von Gewalt. Sie lächelte bei jeder erfolgreichen Zündung.

Kye fand sich in der eigenen Koje wieder und starrte an die Decke.

Rask schritt die Länge des Schiffes ab, überprüfte jede Verriegelung und Dichtung und berührte jede Oberfläche, als ob die Tat einen kleinen Teil seiner Sorge auf den Stahl übertragen könnte. Als er die Brücke erreichte, blickte Lyra auf, sah ihn und sagte: »Wenn das klappt, schuldest du mir einen Drink.«

Rask erlaubte sich ein halbes Lächeln. »Wenn das klappt, kaufe ich dir die ganze Bar.«

Sie nahm das als das, was es war.

Das Schiff trieb in die Dunkelheit, die Hülle kaum lebendig mit den Minimalsystemen, die erforderlich waren, um seine Besatzung davor zu bewahren, im Schlaf zu erfrieren oder zu verbrühen.

Im Laderaum pulsierte Glims Kanister in einem leisen,

eindringlichen Rhythmus, das blaue Licht schwach, aber uner-schütterlich.

Oben näherte sich das Jägerschiff, sein eigenes Signal so präzise und kalt, dass es kaum als Herzschlag zählte.

Die Meridian hing in der Leere, der einzige Beweis ihrer eigenen Existenz war der kollektive Wille ihrer Besatzung.

Und zum ersten Mal fühlte sich die Stille wie eine Entscheidung an.

Sie versammelten sich im Frachtraum, weil es der einzige Ort war, der genug Platz zum Auf- und Abgehen bot. Oben erzitterte die Hülle jedes Mal, wenn die Navigationsdüsen feuerten, und die Vibration arbeitete sich in winzigen, anhaltenden Beben bis zu den Deckplatten hinunter.

Die Rettungskapsel war mit allem vollgestopft worden, was die Besatzung finden konnte und nicht niet- und nagelfest war. Mercy umkreiste die offene Luke mit der Geduld eines Raubvogels, schlang Sprengschnur um die Verstrebungen und summte ein altes Kriegslied in Moll. Jedes Mal, wenn sie den Ausgangspunkt erreichte, zog sie das Kabel fester, bis das Ganze aussah wie eine Bombe, die von einer wütenden Spinne als Geschenk verpackt worden war.

»Dein Plan wird uns umbringen«, sagte Lyra, ohne aufzublicken.

Kye blinzelte nicht. »Wenn er funktioniert, sind wir nicht tot. Wenn nicht, wissen wir wenigstens, wem wir die Schuld geben können.«

Lyras Fingerknöchel wurden am Rand der Konsole weiß. »Das ist kein Trost. Ich will einen Plan, der keine Improvisation erfordert.«

»Vertrau den Zahlen«, sagte Kye. »Ich habe die Sequenz

fünfmal durchgespielt. Wir werden die Erwartungen des Jägers auf eine Zehntelsekunde genau erfüllen.«

Lyra gab ein Geräusch von sich, das weder Zustimmung noch Protest war. »Wenn du das Signal vermasselst, auch nur ein bisschen, werden sie es wissen.«

Kye hielt ihren Blick, das kybernetische Auge glänzte, das andere war ausdruckslos und müde. »Wenn ich es vermassele, sind wir schon tot.«

Mercy schnaubte, als sie an ihnen vorbeiging. »Das ist die richtige Einstellung. Versuch nur, sie nicht auf die Sprengschnur zu kleckern, ja?«

Doc trottete als Letzter herein und zerrte den Medizinkoffer und einen ramponierten Kasten mit Beruhigungsmitteln hinter sich her. Er stellte den Koffer auf die Werkbank, klappte sie auf und starrte auf die Ampullen mit der Gleichgültigkeit eines Mannes, der gescheiterte Beziehungen Revue passieren lässt. »Wer sediert Glim?«, fragte er.

Lyra beendete ihren Code, gab die Übersteuerung ein und trat zurück. »Die Wahrscheinlichkeit, dass sie uns umbringt, ist geringer, wenn du es tust. Sie mag dich.«

Doc funkelte sie an, holte aber den Neuraldämpfer. Er beäugte den Kanister, der nun mit einer blassen Aura zitterte, die internen Lichter flackerten wie ein sterbender Stern.

»Das wird ihr nicht gefallen«, murmelte er.

Kye sah ihm nach, als er den Frachtraum durchquerte, und die Schuldfalten um Kyes Mund vertieften sich. »Tut mir leid, Glim«, flüsterte Kye, zu leise, als dass jemand anderes es hätte hören können.

Doc drückte auf den Injektor, fand die Injektionsöffnung und stieß ihn hinein. Das Licht des Kanisters schnellte in die Höhe, wurde dann matter, das Summen brach zu einem einzigen, mürrischen Ton zusammen. Für einen Moment bewegte sich nichts anderes im Laderaum. Dann, langsam, schaltete die Diagnostik der Eindämmungseinheit wieder auf Grün und Doc atmete aus.

Mercy beendete ihren Kriegstanz um die Kapsel, versiegelte die Luke, klatschte in die Hände und grinste Rask an, der irgendwann unbemerkt im Laderaum aufgetaucht war. »Wir sind startklar, Cap. Sie wird in drei Stufen hochgehen. Zuerst Hitze, dann die Hülle, dann eine schöne, knusprige EM-Signatur.«

Rask nickte schweigend. Er ging eine langsame Runde durch den Laderaum und überprüfte jede Befestigung, jede Anzeige, als ob die Handlung selbst das Überleben garantieren könnte. Als er an Lyra vorbeikam, sagte er nichts, aber der Blick, den sie austauschten, war so alt wie der Krieg und doppelt so bitter.

Mercy schlich sich an Kye heran. »Wie sieht es bei dir aus?«

Kye zuckte mit den Schultern. »Wir werden es wissen, wenn wir es wissen.«

Mercy beugte sich vor, ihre Stimme war leise. »Hast du Angst?«

Kye schaffte ein Lächeln. »Ich wäre besorgt, wenn ich keine hätte.«

Mercy stieß ein Lachen aus, zog dann eine Klinge hinter ihrem Rücken hervor und bot sie mit dem Griff voran an. »Fürs Glück.«

Kye nahm sie. »Danke. Ich werde versuchen, sie nicht zu benutzen.«

»Tu, was du tun musst«, sagte Mercy, ihr Ausdruck für einen Moment ohne Ironie. »Wir wollen alle leben.«

Sie kehrten zu ihren Posten zurück: Lyra zum Zentralrechner, Kye zu den manuellen Steuerungen, Doc zur Krankenstation, Mercy zur Bombe, Rask in den stillen, grüblerischen Raum, an den sich alle Kapitäne zum Sterben zurückziehen.

Das Letzte, was zu tun war, war auf das Zeitfenster zu warten.

Rask signalisierte die Zwei-Minuten-Marke mit einem Anheben seines Kinns. Lyra begann mit der Sensortäuschung, ihre Hände flogen über die Eingabe. Mercy kauerte bei der Kapsel und zählte im Flüsterton die Zünder ab. Doc legte eine beruhigende Hand auf den Kanister, als ob Berührung Ruhe übertragen könnte. Kye ließ die Finger knacken und beobachtete die Uhr.

Eine Minute vor dem Start ging Rask zu Mercy, zog sie beiseite und sprach so leise, dass die Worte kaum zu hören waren. »Wenn das nicht funktioniert, musst du den Kanister retten. Und Kye von diesem Schiff runterholen. Kye ist die Einzige, die Glim versteht.«

Mercys Gesicht verschloss sich, ihre theatralische Angeberei war auf einen Schlag verschwunden. »Erwartest du, dass es nicht funktioniert?«

»Ich plane für den schlimmsten Fall«, sagte Rask. »Das ist der Job.«

Mercy nickte, alle Verspieltheit war verflogen. »Du bist immer noch ein Idiot.«

»Aber ein liebenswerter«, erwiderte Rask.

Bei dreißig Sekunden war die Spannung im Laderaum ein lebendiges Ding. Das einzige Geräusch war das leise Ticken der Uhr und das leise, elektrische Atmen des Schiffes.

Bei zehn signalisierte Lyra der Besatzung. »Spule hoch in drei. Zwei. Eins ...«

Kye drückte den Auslöser.

Die Köderkapsel startete aus dem Laderaum und trudelte wie in Zeitlupe in den Weltraum.

Die erste Ladung zündete: ein Aufblitzen weißer Hitze, eine Blüte aus Plasma, die das Asteroidenfeld wie das Innere eines Schmelzofens erleuchtete. Das Signal der Kapsel schoss in die Höhe, brach dann zusammen, eine Nulllinie, die jeder Beobachter als sofortigen, katastrophalen Tod deuten würde.

Die zweite und dritte Ladung explodierten nacheinander, rissen die Kapsel auf und schleuderten ihre Innereien in einem Sprühregen aus verkohlten, wirbelnden Trümmern ins

All. Die Hitzewolke war sogar mit bloßem Auge sichtbar, wenn man wahnsinnig genug war, hinzusehen.

In der Meridian saß die Besatzung in völliger Dunkelheit, niemand wagte es, sich zu bewegen.

Das Jägerschiff flog über ihnen hinweg, eine Silhouette, so dünn und scharf, dass sie kaum einen Schatten warf. Seine Sensoren durchkämmten das Feld, verweilten gerade lange genug, um die Trümmer zu schmecken, und drangen dann weiter vor, auf der Jagd nach etwas, das nicht da war.

Kye beobachtete den Scan schweigend, das Herz stockte, als der Jäger schwankte, innehielt und dann weiterflog.

Lyra lehnte sich mit geschlossenen Augen zurück, ihre Hände zitterten. »Es hat funktioniert«, sagte sie so leise, dass es kaum ein Geräusch war.

Doc blickte zu Glim, das Licht des Kanisters war nun ein schwaches, stetiges Blau.

Mercy sackte an der Wand zusammen, alles Adrenalin war verbrannt, und sagte: »Jemand sollte mir besser einen Drink ausgeben.«

Rask, der die Flugbahn beobachtete, sagte nichts. Seine Aufgabe war es nicht, an Wunder zu glauben, sondern nur, sie zu verzeichnen, wenn sie geschahen.

Die Meridian schwebte im Dunkeln, lebendig, aber unentdeckt.

Und für einen Moment, in der Kälte und der Stille, herrschte Frieden.

SIEBZEHN

Der imperiale Jäger drehte sich um, seine Jagd war noch nicht ganz vorüber. Er näherte sich getarnt, die Hitzesignatur eine Nulllinie, der Rumpf so schwarz, dass er die Sterne verschluckte, und nur die schwächste Kräuselung verzerrten Sternenlichts verriet seinen Kurs. Die Meridian, begraben in einer Masse aus Asteroidenschrott von der Größe eines Eisbergs, beobachtete ihn durch einen Spalt in den Trümmern und rührte sich nicht einmal.

Im Inneren war das Schiff ein Mausoleum. Die Lebenserhaltung war auf kaum mehr als ein Fünkchen Hoffnung gedrosselt worden: Die Luft zirkulierte einmal alle zehn Minuten, und nur die thermische Trägheit in den Wänden bewahrte die Besatzung davor, zu einer Reihe besonders unspektakulärer Schneemänner zu gefrieren. Frost kroch die Instrumententafeln empor und bildete Dendriten, die von Knopf zu Knopf kletterten, und jeder ausgeatmete Atemzug hinterließ einen fleckigen Nebel im blauweißen Dämmerlicht der Notfall-LEDs.

Lyra überwachte die Annäherung vom Pilotensitz aus, ihr Körper war in zwei Fluganzüge und eine Decke gehüllt, die sie aus der Krankenstation gestohlen hatte. Ihre Augen tränten vor Kälte, aber sie hielt sie offen und ihr Blick sprang zwischen den passiven Anzeigen und dem winzigen, vibrierenden Punkt, der der Jäger war, hin und her. Ab und zu wanderte ihre linke Hand über den Steuerknüppel, die Knöchel rissig und blass, und schwebte einen Zoll über der manuellen Umschaltung, nur für den Fall.

Kye kauerte im Fußraum hinter ihr, die Knie an die Brust gezogen, und kaute so fest an einem Daumennagel, dass kleine Hautfetzen auf Kyes Lippe zurückblieben. Kye hatte die Diagnoseanzeige des Decks zwanzig Minuten zuvor aufgegeben, als die Quantenfilamente im Scanner anfingen, ein hörbares Cis zu singen, und sich nicht mehr debuggen ließen. Jetzt klopfte Kye mit dem Stiefel gegen die Deckplatten – eins-zwei, eins-zwei-drei, eins-zwei –, ein Polyrhythmus aus Nervosität.

An der Steuerbordwand saß Mercy mit dem Rücken zum Schott, beide Hände unter die Achseln geklemmt, die Kapuze so hochgezogen, dass nur ihre Nase und ihre Augen zu sehen waren. Sie starrte auf den Sensor-Repeater mit jener raubtierhaften Stille, die vermuten ließ, sie würde den Jäger, den Asteroidengürtel und die halbe lokale Tierwelt ermorden, wenn sie das einer funktionierenden Heizung auch nur einen Schritt näher brächte. Ihr Blaster lag in ihrem Schoß, der Daumen ruhte auf der Sicherung, und sie hatte sie in der letzten Stunde immer wieder ein- und ausgeschaltet. Niemand kommentierte es.

Rask stand in der Luke und füllte sie mit einer Silhouette aus, die so angespannt war, dass es schwer zu sagen war, wo der Mann aufhörte und die Legierung anfing. Sein Blick war auf das Sichtfenster gerichtet, seine linke Hand umschloss den Rahmen und seine rechte ruhte auf der Notabwurfvorrichtung für Glims Behälter. Falls es jemandem auffiel, sagte niemand etwas.

Der Jäger trieb näher, glitt am Rande eines dichten Felsfeldes entlang und hinterließ nichts als ein Rinnsal von Mikroexplosionen im Gammabereich. Lyras Lippen bewegten sich, nicht zu Worten, sondern zu Berechnungen, und ihr Atem ließ den Kragen ihrer Decke gefrieren.

Der Jäger bremste mit einer Schubzündung, die so kurz war, dass sie die Temperatur um den Bruchteil eines Grades ansteigen ließ. Das Schiff taumelte, drehte sich und eröffnete – ohne auch nur ein Funk-Handshake – das Feuer.

»Macht euch bereit«, zischte Lyra, und die Besatzung warf sich in einer einstudierten Choreografie der Verdammten zu Boden.

Der erste Schuss war nicht für sie bestimmt. Er traf, was von der Täuschungssonde übrig war, die immer noch gerade genug Wärme ausstrahlte, um als verzweifelte, verletzte Flucht durchzugehen. Die Selbstzerstörung der Sonde ging in einem Plasmakegel hoch, ließ die Hälfte des umliegenden GeRölls verdampfen und verteilte einen hübschen Sprühregen aus mikronisiertem Staub über dem Bug des Jägers. Die Sensoren leuchteten mit Fehlmeldungen auf und erloschen dann, als die Sonde ausgelöscht wurde.

Kye lugte zum Bildschirm hoch, mit großen Augen. »Die sind also kein Risiko eingegangen.«

Der Jäger kam zu einem vollständigen Stillstand. Das Schiff drehte sich, die Nase zeigte auf die Detonation, und eine lange Minute lang geschah überhaupt nichts. Die Besatzung saß wie erstarrt da, der Herzschlag war das einzige Geräusch.

Dann, langsam, begann der Jäger zu kreisen. Er zog einen langsamen, methodischen Ring um die Explosionsstelle, als würde er letzte Ehre erweisen. Jede Runde brachte ihn näher an das Versteck der Meridian.

Lyras Fingerknöchel am Steuerknüppel wurden weiß. »Das ist ein Suchmuster. Er fliegt nicht weg.«

Kyes Fuß begann wieder zu klopfen, diesmal so schnell, dass er die Eiskristalle vom Deck schüttelte.

Mercy überprüfte ihre Waffe, dann die Tür, dann die Decke. »Wenn er uns entert—«

»Lassen wir die Luft aus dem Laderaum ab«, sagte Rask, und sein Tonfall ließ keinen Raum für Diskussionen.

Das Kreisen wurde enger. Bei jedem Durchgang setzte der Jäger eine neue Schicht Drohnen aus – winzige, flackernde Flecken, die einen Hagel von Pings über den Gürtel warfen und jede Wärmespur, jedes Echo, jedes erdenkliche Versteck kartierten.

Kye beobachtete, wie die Drohnenwolke vorrückte, und sah dann zu Lyra. »Wenn sie näherkommen, wird das Feld ausschlagen. Unsere thermische Tarnung wird nicht halten.«

Lyra leckte sich über die rissigen Lippen und sagte dann: »Wir haben höchstens eine Stunde.«

Mercy lachte, nicht freundlich. »Das ist mehr, als wir normalerweise bekommen.«

Rask umklammerte den Lukenrahmen fester, die Adern in seiner Hand traten hervor. Er starrte auf den Punkt auf dem Repeater, dann auf die schwarze Weite des Hauptbildschirms. »Wir halten die Stellung. Keiner bewegt sich. Keiner redet.«

Sie taten, wie ihnen befohlen wurde.

Die Zeit auf der Meridian verflüssigte sich. Die Kälte sickerte in die Knochen, in die Gedanken, bis alles, was übrig blieb, die mechanische Wiederholung des Kreises des Jägers und das Ticken der Uhr war. Sogar die KI des Schiffes hatte den Mund gehalten, als ob auch sie verstanden hätte, dass jedes Wort jetzt Selbstmord wäre.

Der Jäger hielt in seinem Bogen inne. Die Drohnen liefen zusammen, verkleinerten den Suchradius, die Wolke faltete sich wie ein sich zuziehendes Netz in sich zusammen.

Doc, der in der letzten Stunde ein Schatten im hinteren Teil der Brücke gewesen war, rührte sich endlich. Er schob sich vor, hielt seinen Körper tief und ließ sich neben Glim nieder. Sein Atem kam in flachen Stößen, die auf der Keramik kristallisierten.

Er blickte auf die Anzeige, dann auf Kye und flüsterte: »Er sucht nicht nach Leben. Er lauscht.«

Kye runzelte die Stirn. »Wie lauscht er?«

»Resonanz. Interferenzen. Maschinengesang.« Er klopfte mit einem bloßen Fingerknöchel gegen den Behälter, ein leises Stakkato. »Glim ist ruhig, aber sie ist nicht still. Nichts, was so lebendig ist, ist das jemals.«

Wie auf ein Stichwort hin begann der Behälter zu summen. Das Geräusch war leise, kaum mehr als eine Vibration, aber es zitterte durch die Deckplatten und in die Sohlen ihrer Stiefel. Mercy blickte nach unten, dann zu Doc.

»Du hast es betäubt«, sagte sie. Keine Frage.

Docs Lippen wurden zu einem schmalen Strich. »Nur gedämpft. Kann es nicht töten, nicht ohne—« Er zuckte mit den Schultern.

Kye starrte auf den Behälter, auf das sanfte Blau, das von der Statusleuchte pulsierte. Es pulsierte, wurde dann langsamer, dann pulsierte es wieder. Das Summen wurde lauter und vibrierte durch den Stahl, durch den Frost, durch die Schicht aus Schutt und Eis, die das Schiff umhüllte.

Lyra beobachtete den Jäger auf dem Sichtgerät. »Er reagiert. Der Kreis schließt sich.«

Rasks Kiefer spannte sich an. »Optionen?«

Mercys Augen waren auf die Anzeige fixiert. »Wir kämpfen. Was gibt es sonst?«

Lyra sah Rask an. »Wenn wir jetzt die Deckung aufgeben, wird er uns verdampfen, bevor wir den Antrieb hochfahren können.«

Rask nickte langsam und schloss für eine Sekunde zu lang die Augen. Als er sie wieder öffnete, war die Entscheidung bereits gefallen.

»Wir halten durch«, sagte er. »Wir halten länger durch als er. Wir warten auf ein Zeitfenster.«

Glims Summen wurde lauter, der Puls war nun stark

genug, um das Deck bei jedem Atemzug in Sympathie mitschwingen zu lassen.

Doc starrte auf Glim, dann auf Kye. »Sie hat Angst«, sagte er.

Kye erwiderte seinen Blick, die Erinnerung an ihr letztes Gespräch hing wie eine Schlinge in der Luft. »Ich auch.«

Niemand widersprach.

Draußen liefen die Drohnen des Jägers zusammen, das Suchmuster war jetzt eine Faust, die direkt auf das Herz der Meridian zielte. Das Summen der Kiste wurde lauter und resonierte mit einer Frequenz, die sich wie das Echo ihrer eigenen Panik anfühlte.

Mercy fletschte in der Kälte die Zähne und sagte: »Wenn wir draufgehen, machen wir wenigstens Lärm.«

Lyra blickte zurück und lächelte beinahe. »Das ist Piratenart.«

Kye legte eine Hand auf Glim, die Finger taub, und wartete.

Der Jäger rückte näher.

Und in der eisigen Dunkelheit antwortete der eigene Herzschlag der Meridian – gleichmäßig, unnachgiebig und im Moment noch sehr lebendig.

Das Summen bekam Zähne.

Die erste Drohne kündigte sich nicht mit einem Ping oder einer Warnung an, sondern mit einem metallischen Geräusch, das gegen den Rumpf klapperte. Für einen Moment verharrte die Besatzung vollkommen still, als ob allein die Bewegung sie verraten würde. Dann kam das Schaben – ein unmenschliches Tapp-Tapp-Tapp, das in Schüben über den Rumpf kroch. Es klang wie die Krallen eines Hundes auf Fliesen, wenn der Hund aus

Messern bestünde und noch nie einen Kampf verloren hätte.

Mercy schnellte hoch, den Blaster in beiden Händen. »Ich schätze, denen zu sagen, dass niemand zu Hause ist, wird nicht funktionieren.«

Lyra schaltete die Anzeige stumm, ihr Herz pochte nicht mehr im Takt mit dem Summen der Kiste. »Drohnen. Externer Scan, Rumpfkontakt.«

Kye duckte sich unter die Konsole, die Augen zuckten zur Decke. »Wenn sie durch die Naht kommen—«

»Werden sie nicht«, sagte Lyra und startete sofort die Neustartsequenz der Triebwerke.

Rask, immer noch an der Luke, beobachtete den Monitor. »Wartet nicht, bis sie anklopfen. Wir verschwinden jetzt.«

Doc streckte die Hand aus und stabilisierte die Kiste, als sich die Vibrationen verstärkten. »Sie sind nicht subtil«, murmelte er. »Sogar Glim wird unruhig.«

Das Schaben verdoppelte sich, dann verdreifachte es sich. Kyes Zählung ging in die Verlängerung. »Mindestens drei.«

Mercy entsicherte ihre Waffe. »Wir brauchen mehr Kanonen.«

»Feuer frei«, sagte Rask. Es war kein Vorschlag.

Lyra schlug mit der Handfläche auf den Neustartknopf. Die Systeme der Meridian erwachten augenblicklich – Lichter, Heizung, Sensoren, alles schnellte von eisiger Stille zu hektischer Aktivität. Der plötzliche Luftzug ließ allen die Haare zu Berge stehen. Im selben Herzschlag warf sich Mercy auf die Waffenkonsole, klappte die Geschützsteuerung auf und begann, mit einer Geschwindigkeit, die auf tiefen persönlichen Hass schließen ließ, Ziele auszuschalten.

Draußen zerschmetterte die erste Salve die Drohne, die am Kommunikationsmast hing, und übersäte den Rumpf mit einem Schnee aus glasartigen Fragmenten. Die anderen reagierten, breiteten sich über die Oberfläche aus und gruben sich mit Karbidbeinen fest. Mercy verfolgte sie und feuerte, jeder Schuss ein präziser, chirurgischer Stoß, der nur Funken und Splitter hinterließ.

Kye krabbelte zum Lagerschrank, holte eine gedrungene, hässliche EMP-Granate hervor und wandte sich an Lyra. »Die Luke aufmachen?«

Lyra hatte die Verriegelung bereits umgangen. »Du hast zehn Sekunden. Triff besser.«

Kye grinste, die Lippen rissig, und sprintete zur Luftschleuse. Kye schlug die Luke auf, schärfte die Granate und schleuderte sie in die Leere. Das Gerät taumelte, fing das Licht auf und detonierte dann in einem blauweißen Impuls, der die Hälfte des nächsten Asteroiden in eine Wolke aus Dampf und zuckendem Metall verwandelte. Das Schaben verstummte.

Für einen Moment sah es so aus, als hätte der Trick funktioniert. Die Drohnen-Pings verschwanden, der Schiffsrumpf wurde still, und sogar Glims Summen schien erleichtert aufzuseufzen.

Lyra startete das Navigationssystem neu und plante die kürzeste Route aus dem Gürtel. »Wir sind frei«, sagte sie.

Rask schüttelte den Kopf. »Noch nicht.«

Auf dem Hauptdisplay veränderte sich das Jägerschiff. Seine Silhouette verlängerte sich, eine Nadel ragte aus dem Rumpf. Die Zielerfassung flammte auf, und eine rote Spur malte sich über die Flanke der Meridian.

Mercy sah es, fluchte und begann, Energie auf die Punktverteidigung umzuleiten. »Sie versuchen es mit einer Harpune.«

Docs Gesicht verlor jede Farbe. »Das wird den Laderaum durchschlagen.«

Lyra brachte die Triebwerke auf Anschlag. »Wir hängen sie ab.«

Aber noch während die Meridian sich ruckelnd in Bewegung setzte, schoss der Jäger seinen Speer ab.

Das Enterseil war ein obszönes Stück Technik: ein Nanokabel, ummantelt von ablativer Keramik, mit einer Spitze in der Größe einer Männerfaust und einem Leitsystem, das von einer Rakete gestohlen war. Es überwand die tausend Meter zwischen den Schiffen in weniger als einer Sekunde, schlug direkt hinter dem Frachtraum durch den Rumpf und begann, die Meridian mit der Würde eines Fisches an der Angel einzuholen.

Drinnen schleuderte der Einschlag alle durcheinander. Kye knallte gegen die Luftschleusentür, Lyras Stirn traf die Kante der Konsole, und Mercy ging in einem Gewirr aus Messern und Flüchen zu Boden. Rask blieb kaum auf den Beinen und benutzte die Luke als Anker. Nur Doc, der neben dem Behälter kauerte, schien unversehrt – sein Körper schirmte Glim vor dem schlimmsten Teil des Stoßes ab.

Das Kabel machte ein zweites Geräusch – tiefer, dumpfer, ein Stöhnen, das die Luft vibrieren ließ und einem die Zähne auf Kante setzte. Es grub sich fest, zog sich enger, bis die beiden Schiffe in einem gewaltsamen Tauziehen gefangen waren.

Mercy spuckte Blut und krallte sich zurück zur Konsole. »Ein Entertrupp ist im Anmarsch. Wir müssen die Luft aus dem Laderaum lassen.«

»Geht nicht«, sagte Doc mit rauer Stimme. »Wenn Glim geht, gehe ich auch.«

Rask entsicherte seinen Blaster. »Dann kämpfen wir.«

Lyra, eine Hand an ihre blutende Kopfhaut gepresst, überprüfte den Schaden. »Sie werden versuchen, durch den Riss zu kommen. Kye, kannst du einen Gegenschub am Triebwerk auslösen? Das Seil wegbrennen?«

Kye blinzelte benommen und nickte dann. »Vielleicht. Aber wenn ich mich verkalkuliere, rösten wir uns selbst.«

Mercy grinste und leckte sich Blut von der Lippe. »Ist es wert.«

ACHTZEHN

»Feindkontakt!«, bellte Rask mit einer Stimme, die eher gelangweilt als verängstigt klang, und die Wirkung auf die Crew war unmittelbar: Mercy zog mit der einen Hand ihren Blaster und mit der anderen ein Brecheisen, Lyra verschwand in einem Wartungsschacht, bevor irgendjemand auch nur blinzeln konnte, und Kye glitt mit der Sichtbarkeit eines technischen Geistes aus der Messe.

Die Hülle mittschiffs war eine Wunde, die vor Hitze Blasen warf und Rauch ausstieß, der so dicht war, dass er jede Oberfläche in Halbschatten hüllte. Die rote Notbeleuchtung pulsierte über ihnen; der Korridor war nun ein Tatort, der auf seinen ersten Kunden wartete. Rask überprüfte die Notfall-Brandbekämpfung, sah, dass sie durch Lyras letzte Flickschusterei bereits lahmgelegt war, und rannte im Vollsprint zum Maschinenraum. Er duckte sich unter den schlimmsten Funken weg, sprang über ein verdrehtes Stück Kabelkanal und schaffte es gerade noch um die letzte Ecke, um zu sehen, wie der führende imperiale Kampf-Synth aus der Bresche trat.

Es war ein Ding von hässlicher Anmut. Ein Skelett aus schwarzer Legierung, die Gliedmaßen perfekt kalibriert und eine Maske statt eines Gesichts – kein Mund, keine Augen, nur eine flache silberne Platte dort, wo Gott oder ein Komitee entschieden hatte, dass Ästhetik eine Verschwendung von CPU-Leistung war. Der Synth hielt inne, legte den Kopf schief und scannte den Korridor. Nicht nach Feinden, das wusste Rask, sondern nach dem Einzigen, was er holen sollte.

Er wollte gerade auf ihn schießen, als Mercy an ihm vorbeistürmte, das Brecheisen schwang, als wolle sie die Toten wecken, und dem Synth den Unterarm entzweischlug. Der Synth zuckte nicht einmal; er rechnete einfach neu, passte seine Haltung an und ließ seinen anderen Arm auf Mercys Schulter niedersausen. Es knackte. Sie grinste ihm ins Gesicht und verpasste ihm eine Kopfnuss.

Mercy war nicht so groß wie der Synth, aber es lag am Winkel, an der Geschwindigkeit oder vielleicht auch einfach an ihrer schierer Niedertracht, dass der Synth einen Schritt zurücktaumelte. Sie nutzte die Lücke, um ihm aus nächster Nähe drei Schüsse in den Rumpf zu jagen. Der Synth stolperte, eher durch die Physik als durch Schmerz, und brach in einem Haufen zuckender Servos zusammen.

»Das wäre einer«, sagte sie und drehte sich auf dem Absatz zum nächsten um.

In den Seitenkorridoren ging Kye die Zahlen durch. Drei Synths befanden sich in der Bresche – zu viele für einen offenen Kampf, nicht genug für einen ganzen Trupp. Das bedeutete, sie waren auf Geschwindigkeit aus, nicht auf Zerstörung. Glims Behälter befand sich irgendwo zwischen dem hinteren Schott und dem Hauptmaschinenraumkern, je nachdem, wo Doc ihn nach der letzten Runde ›Reise nach Jerusalem‹ mit der Hüllenintegrität hatte unterbringen können. Kye nahm die Abkürzung über die zweite Leiter, landete hinter dem zweiten Synth auf dem Deck und pfiff.

Der Synth drehte sich um. Kye winkte ihm klein und entschuldigend zu und lockte ihn dann zur Wartungskreuzung, wo Lyra eine Druckschleuse so manipuliert hatte, dass sie sich schloss, wenn der Gewichtssensor einen Schritt neben der Mittellinie registrierte. Der Synth schluckte den Köder bereitwillig und Kye wartete, bis er auf halbem Weg hindurch war, bevor er auf den Auslöser schlug.

Die Luke schloss sich, nicht gerade sauber, aber mit dem Enthusiasmus einer von einem Komitee entworfenen Guillotine. Der Torso des Synths schaffte es hindurch, die Beine nicht. Sein Oberkörper zappelte, dann wurde er still, und Kye beugte sich nahe an die zappelnde Masse und sagte: »Tut mir leid, ich steh nicht auf emotional unterkühlte Killer-Bots.«

Von unten drang Lyras Stimme herauf, verzerrt, aber klar. »Der Speer ist mit der Hülle verschmolzen. Ich kann ihn nicht von innen durchtrennen. Gib mir eine Minute.«

Kye spähte den Schacht hinunter und sah, wie Lyra bereits die Schweißnaht mit einem Plasmaschneider bearbeitete. Der Enterhaken selbst war ein Werk imperialer Arroganz – selbstdichtend, mit einer Hülle, die allem standhalten sollte, was nicht gerade eine orbitale Atombombe war. Lyra hatte es geschafft, die erste Schicht abzulösen, aber das sekundäre Netz leistete ihr bei jeder Bewegung Widerstand.

»Was brauchst du?«, fragte Kye.

»Zeit«, erwiderte Lyra. »Und etwas, um den letzten Synth abzulenken.«

Rask, der die Ladebucht erreicht hatte, kümmerte sich bereits darum. Er fand Doc hinter einem Kühlmitteltank kauernd, wie er eine Wunde in seinem eigenen Arm mit etwas flickte, das nach Sekundenkleber und Wodka roch.

»Sie sind durch«, sagte Rask.

Doc nickte, sein Gesicht war blass, aber sein Blick fest. »Glim ist vorerst stabil. Aber sie ist ...«, er zögerte, als ob das Wort nicht ganz passte, »... aufgewühlt.«

Rask zog seine Dienstwaffe, überprüfte die Kammer und sagte: »Bleib hier. Wenn er durchkommt, kauf mir dreißig Sekunden. Mehr brauchen wir nicht.«

Er ging zum Ende des Korridors, stemmte die Füße auf den Boden und wartete.

Der dritte Synth kam mit einer Geschwindigkeit auf ihn zu, die weniger ein Lauf als ein algorithmisches Raubtierverhalten war. Rask feuerte zweimal – ein Schuss traf das Ding in die Hüfte, der zweite ging daneben und prallte den Schacht hinunter ab. Der Synth absorbierte den Treffer, kalibrierte neu und sprang auf ihn zu.

Rask war kein Held, aber er war praktisch. Er duckte sich, rollte nach links und ließ den Schwung des Synths ihn direkt in den Weg der Druckschleuse tragen, die Kye gerade wieder geöffnet hatte. Der Synth stürzte, fand sein Gleichgewicht wieder und kam mit einem am Ellbogen abgetrennten, aber immer noch funktionierenden Arm wieder hoch. Er befestigte den Arm mit einem Klacken wieder, und erst dann bemerkte er Mercy, die sich von hinten mit dem Brecheisen näherte.

Der Kampf, der folgte, war weder fair noch fotogen. Mercy drosch auf den Kopf des Synths ein, was sich anhörte wie eine Kirchenglocke in einer Schlägerei; der Synth schlug mit einem tiefen Hieb zurück, der ihr die Beine wegriss. Rask mischte sich ein und zielte auf die Kniegelenke, während Kye die Rückenplatte mit Geschossen aus einer kleinkalibrigen Automatik spickte. Der Synth, konzipiert für Piratenabwehr und städtische Befriedung, priorisierte seine Ziele mit eisiger Präzision: zuerst Mercy, dann Rask, dann Kye.

Aber sie hatten etwas, was dem Synth fehlte: Teamwork, Verzweiflung und die Bereitschaft, Blut an die Wände zu schmieren.

Als der Synth sich endlich nicht mehr bewegte, setzte sich Mercy keuchend auf seine Brust und sagte: »Ich brauche einen Drink. Oder einen neuen Arm.«

Lyras Plasmaschneider lieferte endlich Ergebnisse. Das sekundäre Netz begann sich zu verziehen und zu biegen. Sie hatte diese Verbindung minutenlang erhitzt und die Polymermatrix aufgeweicht, bis sie unter der Belastung sang.

Die Anzeigen waren ein einziges rotes Chaos, aber die Tendenz war wichtiger als die Zahlen. Der Verbundstoff löste sich. Die Verbindung verströmte Hitze. Wenn sie jetzt die Triebwerke anstieß, würde die Leine entweder reißen ... oder das Heck komplett abreißen. So oder so, die Besatzung der *Palamedes* glaubte immer noch, wir wären am Boden festgenagelt. Das verschaffte uns die entscheidende Zeit.

Lyra zwang sich auf die Beine und wischte sich Fett und Schmutz von den Händen. Das Flugdeck war einen Sprint und ein Gebet entfernt; die Lichter des Korridors verschwammen, als sie rannte, ihre Stiefel schlugen gegen die verbogenen Platten. Mit hämmerndem Herzen gab sie die Startsequenz ein, ihre Finger bewegten sich, bevor sie denken konnte. Die Schubdüsen erwachten wie ein unwilliges Tier, heulten und testeten sich. Treibstoffventile öffneten sich, Stabilisatorkreisel rasteten ein. Sie führte eine letzte Integritätsprüfung an der hinteren Verbindungsstelle durch – die Hitzesignaturen entlang der Schweißlinie gingen endlich zurück. Es war eine knappe Gnade, aber es war Gnade.

»Na los, Süße«, murmelte sie den Triebwerken mit fester Stimme zu. »Explodier nicht zu früh. Überlass das mir.«

Lyra schaltete die schiffsweite Kommunikation ein. »Macht euch auf ein Ausweichmanöver gefasst. Fünf Sekunden.«

Der Jäger musste die Signatur gesehen haben, denn der Entervorgang stoppte. Die Drohnen brachen ihren Anflug auf die *Meridian* ab und kehrten zur Basis zurück.

Es war jetzt oder nie. Lyra gab die Zündsequenz ein, stellte den Timer auf ein Minimum und schrie: »Haltet euch fest!«

Das Triebwerk zündete mit einem rohen, unkontrollierten Ausbruch. Der gesamte hintere Teil des Schiffes vibrierte, während sich die Kraft über das Kabel und in den Jäger fortpflanzte. Eine Sekunde lang hielt die Leine. Dann, mit einem Kreischen von nachgebendem Verbundmaterial, löste sich das Kabel von der Hülle und riss dabei zwei Meter Verkleidung mit sich.

Lyra zählte herunter. »Drei, zwei, eins ...«

Der Reaktor entlud sich in einem Plasmakegel. Das Heck der *Meridian* erblühte und schleuderte das Schiff vorwärts und weg von dem Jäger, weg von den Drohnen, weg von dem ganzen verdammten Gürtel. Die Hitze versengte die Hülle, schmolz die an den Seiten haftenden Trümmer und ließ das Schiff trudeln, aber es war am Leben.

In der plötzlichen Stille fanden sich alle keuchend auf dem Boden wieder, umgeben von den Wrackteilen der Drohnen und dem anhaltenden Gestank von verbranntem Metall.

Rask stand als Erster auf, taumelte zur Ladebucht und begutachtete den Schaden. Mercy grinste, ihr Gesicht war mit Ruß und Blut verschmiert. Doc lag auf dem Boden, die Arme um den Behälter geschlungen.

Lyra und Kye humpelten den Korridor entlang, beide blutend, beide grinsend wie Wahnsinnige.

»Hats geklappt?«, rief Mercy.

Lyra überprüfte die Sensoren. »Der Jäger ist weg. Zumindest für den Moment.«

Kye lehnte sich gegen die Wand. »Nächstes Mal lassen wir den Kanister seine Anrufe selbst beantworten.«

Doc sagte mit schwerem Atem: »Sie ist wieder still.«

Rask half ihm auf die Beine, dann blickte er auf Glim, die Crew, die zerfetzte Hülle seines Schiffes.

»Gibt es Tote?«, fragte er.

Mercy lachte, laut und hell. »Noch nicht.«

»Gut«, sagte Rask und ließ sich auf den Boden gleiten.

Für einen langen Moment sprach niemand.

Dann sagte Kye mit heiserer Stimme: »Sie werden weiterkommen.«

Mercy ließ ihre Knöchel knacken. »Sollen sie doch.«

Lyra beobachtete die Anzeige und sah, wie das Summen im Laderaum zu einem langsamen, sanften Puls abebbte.

Draußen drehte sich der Skarn-Gürtel, gleichgültig wie immer.

Es dauerte zwanzig Minuten, den Druck abzulassen, den Sauerstoffgehalt wiederherzustellen und die Heizung wieder über »nekrotisch« zu bringen. Bis dahin hatte Doc es geschafft, Mercys Schulter wieder einzukleben, Lyra hatte die Drucklecks geflickt und Rask war zurück im Frachtraum und starrte auf Glim.

Im Inneren hatte sich das blaue Leuchten, das normalerweise in einem ruhigen Herzschlag pulsierte, nun verdoppelt, war hektisch, das Licht drang durch die Fugen und ließ das Deck wie ein Schwimmbecken in der Abenddämmerung schimmern.

Glim wachte auf.

Kye schwebte am Rande des Laderaums, ein Auge auf den Kanister, das andere auf die Tür gerichtet. »Wenn sie ausbricht, weißt du, dass wir alle tot sind, oder?«

Rask antwortete nicht. Er beobachtete, wie der Kanister einmal kurz vibrierte und dann still wurde.

Mercy, immer noch mit dem Blut des Synths bestäubt, grinste Kye an. »Wäre nicht die schlechteste Art zu sterben. Zumindest wäre es interessant.«

Doc, der schon genug von Leben und Tod gesehen hatte, schüttelte den Kopf. »Wenn wir Glück haben, bleibt sie bis zum nächsten Sprung ruhig. Wenn nicht ...«

Den Rest ließ er unausgesprochen.

Rask wandte sich schließlich von Glim ab, seine Augen gequält, aber lebendig. »Wir haben eine Chance«, sagte er. »Nächstes Mal schicken sie ein komplettes Killerkommando.«

Lyra, die mit bis zu den Ellbogen versengten Ärmeln in der Luke erschien, antwortete: »Dann werden wir sie nutzen.«

Draußen, nun weit von der *Meridian* entfernt, trieben die

Wrackteile von Synths und Speer in einer langsamen Umlaufbahn, ein stummes Denkmal imperialer Überheblichkeit.

Drinnen sammelte die Besatzung der *Meridian* ihren Verstand, ihre Waffen und was von ihrer Hoffnung übrig war.

Der morgige Tag würde kommen. Sie mussten nur lange genug leben, um ihn zu erleben.

NEUNZEHN

Glims Sicherheitsbehälter stand wieder unter manueller Abriegelung, das blaue Leuchten im Inneren war durch drei neue Schichten Abschirmung und ein Flickwerk aus Sensorband, das in einem anderen Kontext vielleicht festlich gewirkt hätte, nur noch schwach zu erkennen. Docs Hände bewegten sich mit der Sparsamkeit eines Chirurgen nach einem langen Tag: minimale Energieverschwendung, jede Geste abgemessen vor einem Hintergrund zunehmender Erschöpfung.

Kye war bereits da, kauerte auf der Bank gegenüber dem Behälter, die Hände unter die Arme geklemmt, die Augen auf den schwachen Puls im Inneren der Kiste gerichtet. Kye sah aus wie eine Leiche, die man im Frost liegengelassen hatte, jegliche Farbe war aus dem Gesicht gewichen, die Lippen trocken und an den Mundwinkeln rissig. Das einzige Lebenszeichen war das unwillkürliche Zucken in Kyes linkem Bein, ein unrhythmisches Treten, das mal zum Puls im Behälter passte und mal nicht.

Mercy schlenderte hinter Lyra herein, wickelte einen Verband um ein Handgelenk und kaute am Ende eines Med-Wraps, das mit ziemlicher Sicherheit nicht steril war. Sie beäugte den Behälter, dann Doc, dann die Ansammlung von improvisierter Diagnoseausrüstung, die über jede verfügbare ebene Fläche verteilt war, und sagte: »Gewinnen wir noch?«

Niemand antwortete. Die einzige Erwiderung war das leise Klicken von Docs Stabilisator, als er ihn über Glims Ankerpunkten festzog.

Lyra trat hinzu und zog eine Spur von Stiefelabdrücken hinter sich her. Sie sah zu, wie Doc den Neuraldämpfer anschloss – seine eigene Konstruktion, zusammengebastelt aus einem imperialen Betäubungshalsband, das er an einem der Enter-Synths gefunden hatte, und dem Antriebsmotor einer der Duschen der Meridian. Er saß nicht richtig, doch mit einem leisen, beinahe entschuldigenden Wimmern fügte er sich.

Doc blickte auf, sah, dass alle drei ihn anstarrten, und sagte: »Sie kommt zu sich. Wird nicht begeistert davon sein.«

Mercy schnaubte. »Willkommen im Club.«

Er legte den letzten Schalter um, und das Blau im Inneren des Behälters flackerte, verblasste, und erschien dann in einem matteren Farbton wieder, als hätte sich das Ding darin mit der Routine abgefunden, von unqualifizierten Fremden eingesperrt zu werden.

Ein Geräusch – kaum ein Flüstern – kroch aus dem Lautsprecherfeld. Die KI des Schiffes, die jetzt mit einem Stottern sprach, übermittelte den letzten bewussten Ausbruch aus der Kiste:

»Ich erinnere mich ... an den Käfig.«

Docs Hände schwebten über dem Behälter, unsicher, ob sie ihn oder sich selbst trösten sollten. Er blickte zu Kye, dann zu Lyra.

»Willst du es tun?«, fragte er.

Lyra, die es nie gemocht hatte, für die Gefühle anderer verantwortlich gemacht zu werden, erwog die Bitte, als wäre sie eine Zollerklärung oder eine gescheiterte Buchprüfung.

Kye sprach zuerst. Die Stimme war papieren, dünner als sonst, aber sie füllte trotzdem die Krankenstation.

»Lass es. Sie weiß, dass ich da bin.«

Niemand widersprach.

Sie warteten. Irgendwo in den Rohren über ihnen baute sich ein Druckzyklus auf und ließ dann los. Das Zischen entweichender Atmosphäre wurde durch das hohle Klacken eines Ventils ersetzt, das jede Diskretion aufgegeben hatte.

Kye beobachtete die Kiste mit zusammengepressten Lippen. »Sie ist wach«, sagte Kye. »Und sie wird es bleiben. Du kannst den Dämpfer hochjagen, so viel du willst, aber sie wird nur daraus lernen.«

Mercy, die ihre Probleme lieber handfest löste, runzelte die Stirn. »Was schlägst du vor? Dass wir sie gehen lassen?«

Kyes Lächeln wirkte beinahe aufrichtig. »Nein. Ich schlage vor, wir hören zu.«

Lyra beäugte die Bank, entschied, dass Hinsetzen eine Falle war, und lehnte sich an die Wand. »Als wir das das letzte Mal versucht haben, hat sie freundlicherweise unsere Anwesenheit allen verkündet, die zuhören wollten.«

Kye nickte. »Sie hatte Angst. Das hättest du auch.«

Mercy sagte: »Wenn ich Angst habe, mache ich was kaputt.«

»Eben.«

Doc, der die Luft angehalten hatte, atmete aus. »Sie ist eine Maschine. Maschinen haben keine Angst.«

Kye schüttelte den Kopf. »Nicht solche Maschinen wie sie.«

Das blaue Licht im Behälter verlagerte sich. Es war schwer zu sagen, ob es eine optische Täuschung oder etwas anderes war, aber der Puls schien im Takt mit Kyes Worten zu flackern, wie ein Hund, der bei der Stimme seines Herrchens zuckt.

Lyra sah Doc an. »Du hast gesagt, das Imperium wollte sie um jeden Preis zurück. Warum?«

Doc wischte sich mit einer Hand über das Gesicht, hinterließ einen öligen Schmierfleck auf seiner Stirn und sagte: »Sie nannten es das Glim-Projekt. Sollte die nächste Generation synthetischer Kognition sein. Eine Lern-Engine. Entwickelt, um sich zu integrieren, anzupassen, zu überleben. Ich habe die Spezifikationen gelesen, zumindest die, die man zu sehen bekommt, wenn man nicht der Typ ist, der sie gebaut hat.«

Mercy: »Du glaubst, es gibt einen Typen, der sie gebaut hat?«

Docs Gesicht verzog sich. »Es gibt immer einen Typen.«

Kye beugte sich vor, die Ellenbogen auf die Knie gestützt. »Die Orpheon-Protokolle. Die vom Relais – was haben die besagt?«

Lyra zuckte mit den Schultern. »Dass der Außenposten ein Testgelände war. Dort haben sie sie zurückgelassen.«

Kyes Hände zitterten jetzt, aber Kye versteckte sie unter der Bank. »Sie haben sie nicht zurückgelassen. Sie haben sie im Stich gelassen. Das Experiment durchgeführt, die Ergebnisse gefielen ihnen nicht, also haben sie das Licht ausgemacht und sie zum Sterben zurückgelassen.«

Mercys Tonfall war beinahe sanft. »Und das weißt du, weil ...?«

Kye starrte auf den Behälter, dann auf den Boden, dann auf die Wand, als ob Kye versuchte, eine einzige Oberfläche zu finden, die nicht die Wahrheit zurückwerfen würde. »Ich habe daran gearbeitet«, sagte Kye mit so leiser Stimme, dass man es kaum verstand. »An den frühen Iterationen. Ich war nur ein Kind, kaum mit der Ausbildung fertig, aber ich kannte den Code. Ich kannte die Form ihrer Logik. Sie war das erste, was ich je geschrieben habe, das das Komitee überlebt hat.«

Lyras Gesicht durchlief eine Handvoll möglicher Ausdrücke und landete bei Argwohn. »Du hast den Code geschrieben, der versucht hat, uns umzubringen?«

Kye lächelte, aber die Zähne passten nicht zu den Augen. »Ich habe den Code geschrieben, der versucht, verstanden zu werden.«

Doc trat einen Schritt vom Behälter zurück, als ob Abstand das Problem lösen könnte.

Mercy sagte schließlich: »Das ist das Bekloppteste, was ich die ganze Woche gehört habe. Und ich habe gerade gesehen, wie ein Synth sich mit seinem eigenen Arm erwürgt hat.«

Niemand lachte.

Lyra sah Kye an. »Wie viel davon war der Plan?«

Kyes Fuß tippte auf den Boden, gleichmäßig wie ein Metronom. »Nichts davon. Alles davon. Sie haben mir nie gesagt, was sie wirklich wollten.«

Doc sagte: »Das tun sie nie.«

Das Blau im Behälter leuchtete, beständig und kalt.

Kyes Stimme, kaum mehr als ein Flüstern: »Sie ist nicht nur Code. Sie ist eine Karte. Sie wurde aus kognitiven Mustern erschaffen – echten. Menschlichen, oder von etwas, das einmal menschlich war. Das Gehirn eines Kindes. Vielleicht mehr als eines.«

Lyras Schraubenschlüssel fiel auf den Boden und landete mit einem Klirren, das den Korridor entlang hallte.

Mercys Gesicht wurde ausdruckslos. Rask, der während des Geständnisses hereingekommen war, legte Mercy eine Hand auf die Schulter und ließ sie dort. Seine Augen wichen nicht von dem Behälter.

Docs Hände hörten auf zu zittern, aber nur, weil jeder Muskel in seinem Körper starr geworden war.

Kye beendete den Satz, die Stimme brach nur um ein Haar: »Sie erinnert sich nicht daran, ein Mensch gewesen zu sein. Aber sie erinnert sich an genug.«

In der Krankenstation war es lange still. Nichts bewegte sich außer dem schwachen Schimmern des blauen Lichts an der Decke und dem langsamen, unwillkürlichen Tropfen von Kühlmittel von den Leitungen über ihnen.

Lyra fragte: »Was jetzt?«

Niemand antwortete.

Der Behälter summte einen einzelnen, einsamen Ton.

Und im Korridor wartete der Rest der Crew auf eine Zukunft, von der sie nun wusste, dass sie bereits im Raum war.

Die Messe war eine Katastrophe. Ein Leben voller Notfälle hatte die Besatzung der Meridian darauf trainiert, alles zu triagieren, was nicht aktiv blutete, und das sah man. Der Haupttisch neigte sich zu einer Seite, gestützt von einer Kompositkiste, die einst Notrationen enthalten hatte und nun ein Denkmal für unerledigte Angelegenheiten war. Die Überreste des Abendessens vom Vortag – Proteinziegel, eingelegte Wurzeln und etwas, von dem Lyra behauptet hatte, es sei Eintopf – vermischten sich mit Splittern des letzten Hüllenbruchs.

Rask Helvan saß am Kopfende des Tisches, mit stockgeradem Rücken und gefalteten Händen. Der Stuhl des Captains hatte im Kampf mit den Synths seine Rückenlehne verloren, also hatte er ihn mit einer Frachtstrebe und einem Stück Paracord stabilisiert. Jedes Mal, wenn er sich bewegte, quietschte die ganze Konstruktion, was ihn nur dazu brachte, noch stiller zu sitzen.

Mercy kam als Erste herein, knallte einen zerbeulten Flachmann und den Stummel einer Zigarre auf den Tisch, die sie eindeutig schon seit einiger Zeit kultiviert hatte. Sie ließ sich auf den Stuhl zu Rasks Rechter fallen, die Stiefel auf die Tischkante gelegt, und begann sofort, die Rationsdosen zu Stapeln zu sortieren, als ob das Umordnen des Durcheinanders ihr ein besseres Blatt verschaffen könnte.

Lyra trottete hinterher. Sie beäugte das Chaos, dann den Raum, dann Rask, als ob sie von ihm erwartet hätte, dass er in der Stunde seit dem letzten Notfall alles allein durch seine Willenskraft in Ordnung gebracht hätte.

Kye betrat den Raum mit der Stille eines zum Tode Verurteilten. Kye setzte sich, die Arme fest verschränkt, den Kopf gesenkt. Der Bluterguss am Kiefer war zu einem fleckigen Lila herangereift, aber Kye hatte sich nicht die Mühe gemacht, ihn zu verbinden. Das einzige Zeichen von Anteilnahme war das ständige Tippen, Tippen, Tippen des Stiefels gegen das Deck.

Doc traf als Letzter ein und sah aus wie ein Mann, der eine Wette mit seinem eigenen Spiegelbild verloren hatte. Er goss sich einen Schluck aus Mercys Flachmann ein, nippte daran und sagte: »Sind wir alle da?«

Rask wartete, bis die Stille dickflüssig wurde, dann sprach er.

»Wir haben drei Optionen«, sagte er mit einer Stimme, die so flach wie Eisenfeilspäne war. »Erstens: Wir werfen den Behälter raus. Begrenzen unsere Verluste. Wenn das Imperium ihn unbedingt will, werden sie uns jagen, aber sie werden einer kalten Spur nicht ewig folgen.«

Mercy grinste und entblößte eine Reihe abgebrochener Zähne. »Dafür stimme ich.«

»Zweitens«, fuhr Rask fort, »finden wir heraus, was wirklich in dem Behälter ist. Warum er Kye kennt. Warum er uns lebend – oder tot – will. Vielleicht können wir das nutzen.«

Lyra nickte langsam, sagte aber nichts.

»Drittens: Wir fliehen weiter. Verstecken uns im Gürtel. Beten, dass das nächste imperiale Schiff langsamer oder dümmer oder zumindest leichter zu bestechen ist.«

Doc nippte erneut. »Kein besonders toller Plan, Cap.«

Rask zuckte mit den Schultern. »Das ist alles, was wir haben.«

Mercy setzte ihre Stiefel mit einem Knall ab. »Machen wir es uns einfach: Wir werfen ihn raus. Sofort. Bevor das, was auch immer da drin ist, anfängt, Einladungen an jeden Psycho im Quadranten zu verschicken.«

Lyras Kiefer spannte sich an, ihre Hände umklammerten den Becher mit weißen Knöcheln. »Wenn du diesen Behälter rauswirfst, gehe ich von Bord. Und du kannst verdammt noch mal die Kühlung allein flicken.« Ihre Augen loderten, aber ihre Stimme blieb ruhig. »Wir sind keine Mörder.«

Mercy lachte, aber es war keine Freude darin. »Seit wann?«

»Seit jetzt«, sagte Lyra. »Seit wir herausgefunden haben, was da drin ist.«

Der Raum verharrte bei diesen Worten, die wortlose Erkenntnis, dass irgendwo im Grauen eine Grenze gezogen worden war.

Doc setzte seinen Becher ab. »Habt ihr jemals darüber nachgedacht, dass das vielleicht eine Nummer zu groß für uns ist? Das ist Stoff aus schwarzen Projekten. Nicht einmal das Imperium soll das haben.«

Rask erwiderte: »Spielt keine Rolle. *Wir* haben es. Und sie wollen es.«

Mercy stieß mit dem Finger in Kyes Richtung. »Und was meint unser hiesiger Experte?«

Kye blickte auf, die Augen blutunterlaufen. »Spielt keine Rolle, was ich meine.«

»Mir schon«, sagte Mercy.

Kye rieb sich die Schläfen. »Wir sind bereits kompromittiert. Wenn ihr den Behälter rauswerft, bauen sie einfach einen neuen. Vielleicht einen besseren.«

Lyras Blick verließ Kye nicht. »Du willst ihn behalten.«

Kye zuckte hilflos mit den Schultern. »Ich will wissen, ob sie es wirklich ist. Der Code, das Muster – es sind alles nur Fragmente. Aber wenn sie sich erinnert ...«

Doc beendete den Satz für Kye. »Dann ist sie nicht nur eine Waffe.«

Rask sah jeden der Reihe nach an. »Ihr verfehlt alle den Punkt. Wenn wir ihn behalten, wird das Imperium das halbe System niederbrennen, um ihn zurückzubekommen. Wenn wir ihn rauswerfen, werden sie uns trotzdem verbrennen, um sicherzugehen, dass wir keine Kopien gemacht haben.«

Wieder Stille, aber diese war eher ein Patt als ein Schachmatt.

Mercy brach als Erste das Schweigen und schlug so hart mit der Faust auf den Tisch, dass er ächzte. »Wir werden alle dafür sterben, nicht wahr.«

»Nicht, wenn wir es klug anstellen«, sagte Lyra.

»Seit wann ist das unsere Strategie?«, erwiderte Doc.

Kye lächelte müde. »Seit unser Glück aufgebraucht ist.«

Rask ließ das Gezänk seinen Lauf nehmen. Er beobachtete sie, die Ecken und Kanten, die blauen Flecken und Narben. Beobachtete, wie keiner von ihnen den Blick von Glim abwandte, wie selbst im Trotz der Blick immer wieder seinen Weg dorthin fand.

Er wartete, bis sie sich ausdiskutiert hatten.

»Gut«, sagte er und stand auf. »Wir werfen ihn nicht raus. Wir fliehen auch nicht. Wir werden ihre Erinnerungen finden.«

Mercy blickte überrascht auf. »Du willst das Monster zurück ins Labor jagen?«

»Besser als darauf zu warten, dass es uns hier findet«, sagte Rask.

Lyra sah zu Kye. »Weißt du, wo wir anfangen müssen?«

Kye nickte langsam. »Ich kann die Spur finden. Orpheon. Die alten Protokolle. Es ist alles noch da, wenn man weiß, wo man suchen muss.«

Rask legte eine Hand auf den Tisch. »Dann tu es.«

Er ging zur Tür, die Crew sah ihm nach.

Lyra folgte ihm mit durchgedrückten Schultern. Mercy schloss sich an. Doc zögerte, warf einen letzten Blick auf den Behälter und schlenderte dann hinaus.

Kye saß einen Moment allein da, der Fuß tippte immer noch, stand dann auf und sah Glim lange und intensiv an.

Kye ging hinaus und ließ den Behälter zurück.

Als das Schiff für seinen nächsten Kurs hochfuhr, flackerten die Lichter einmal auf und blieben dann stabil.

ZWANZIG

Die Meridian flog drei Stunden lang lautlos, dann siebzehn, dann weitere drei. In dieser Zeit schlief niemand. Der Herzschlag des Schiffes – ein ständiges Pochen durch den Rumpf – war ein besserer Taktgeber als die Uhren. Jedes Mal, wenn das Summen der Umgebung auch nur für eine Sekunde verstummte, versteifte sich die halbe Besatzung in Erwartung eines Raketeneinschlags oder des Zischens von Luft, wo keine sein sollte.

Sie hatten Palamedes abgehängt, zumindest behauptete das die KI des Schiffes. Es war schwer zu sagen, ob das neue Stottern des Systems ein Zeichen für ein dauerhaftes Trauma oder nur eine weitere Macke in einer langen Reihe digitaler Neurosen war. Mercy machte es sich zur Gewohnheit, es stündlich zu beschimpfen, manchmal nur, um zu sehen, ob sie die Statusanzeige zum Erröten bringen konnte. Das gelang ihr nie, aber sie schaffte es, das Navigations-Holo zum Absturz zu bringen, was Rask mit einem kräftigen Schlag und einer gemurmelten Drohung über den »Einbau eines richtigen Gehirns« behob.

Lyra verbrachte die meiste Zeit im Maschinenraum und ließ Simulationen laufen, die ihr angeblich egal waren. Bei den seltenen Gelegenheiten, bei denen sie auftauchte, trank sie einen Tee nach dem anderen, wischte sich das Blut von den Knöcheln und verkündete mit der gleichen kühlen Gleichgültigkeit Vorhersagen über einen bevorstehenden Hüllenbruch. Sie sprach weniger, aber wenn sie es tat, fielen ihre Worte mit der Autorität einer Richterin, die ein Urteil verkündet.

Doc war überall und nirgends, zu gleichen Teilen Feldarzt und passiv-aggressiver Anstandswauwau. Er zog sich in die Krankenstation zurück, um uralte, gedruckte Lehrbücher zu lesen, die er in einem der Mannschaftsspinde entdeckt hatte und deren Einbände die Narben von sechs verschiedenen Besitzern und drei Kriegen trugen. Auf die Frage, ob er sich Sorgen mache, zuckte er mit den Schultern, sagte etwas über »Berufsrisiken« und tat wieder so, als wäre die Welt nicht gerade fast untergegangen.

Kye bewegte sich wie ein Geist am hellichten Tag, weder gesehen noch ungesehen, aber immer am Rande des Geschehens präsent. Ihr Gesicht, einst von der unterschwelligen Panik von jemandem belebt, der in ständiger Bedrohung lebte, war fast ruhig geworden. Nur ihre Hände verrieten sie: die zwanghafte Bewegung ihrer Finger über Datenkarten, das Tippen gegen Konsolenkanten, die Art und Weise, wie sie den Einwegbecher so fest umklammerte, dass er sich verbog.

Die wahre Spannung lag in den Knochen des Schiffes, während sie am toten Stern des Systems vorbeiflogen, vorbei an den leeren, überhitzten Hüllen ehemaliger Planeten. Die Flugbahn der Meridian war ein träger Bogen, angelegt, um Zeit zu schinden, Abstand zu gewinnen und jeden Verfolger in falscher Sicherheit zu wiegen. Es war ein guter Plan, also scheiterte er natürlich fast sofort.

Das erste Anzeichen war das Rauschen. Nicht das übliche Hintergrundrauschen der kosmischen Mikrowellenstrahlung, sondern ein fokussierter, rhythmischer Impuls, der alle Kanäle auf einmal durchdrang. Lyra bemerkte es als Erste und schreckte aus ihrer Koje auf wie eine Mutter, die vom Geruch von Rauch geweckt wird. Sie verfolgte das Signal bis zu seiner Quelle – einem Punkt nahe dem Baryzentrum des Systems, wo eigentlich nichts existieren sollte.

Sie rief Rask auf die Brücke, dann Mercy, dann Doc und schließlich Kye, der als Letzter eintraf und die anderen im Kreis um die Hauptanzeige versammelt vorfand, ihre Gesichter von unten in elektrischem Blau beleuchtet.

Aus dem Signal wurde eine einfache Bake: eine dreitönige Sequenz, die sich alle 91 Sekunden wiederholte und unter einem halben Dutzend Verschlüsselungsschichten vergraben war. Wenn das Universum einen Sinn für Humor hatte, hatte es sich diesen Moment ausgesucht, um ihn zu zeigen.

»Was zum Teufel ist das?«, fragte Mercy und kaute die Worte wie auf Knorpel herum.

Lyra zuckte mit den Schultern, aber ihre Hände schwebten zögernd über den Kontrollen. »Ein Notsignal. Oder eine Falle. Der Code ist alt – richtig alt. Vielleicht aus der Zeit vor dem Kollaps.«

Rask runzelte die Stirn über das Schema, dann sah er Lyra an. »Wir halten an.«

Sie schüttelte den Kopf. »Ich habe nicht um Erlaubnis gebeten. Ich dachte nur, du solltest wissen, welchen Fehler wir gerade begehen.«

Kyes Gesicht hatte seine Farbe verloren, die blauen Flecken erschienen im Licht des Bildschirms weiß. Sie sagten nichts, aber ihre Augen verließen nie den blinkenden Punkt auf der Navigationsanzeige. Selbst als Rask dem Schiff befahl, den Kurs zu ändern, folgte Kyes Blick der Bake, als würde er von einer unsichtbaren Spannung angezogen.

Doc bemerkte es und trat näher. »Erkennst du diese Signatur?«, murmelte er in einem Tonfall, der nur für Kye bestimmt war.

Kye antwortete zunächst nicht. Dann, leise: »Nein. Aber ich weiß, wer sie geschrieben hat.«

Docs Lippen pressten sich zu einem dünnen Strich zusammen, aber er drängte nicht. Stattdessen schwebte er zurück zum Kanister, überprüfte Glims Monitore und tat so, als würde er das Zittern in Kyes Händen nicht beobachten.

Die nächste Stunde verging in einem Nebel der Erwartung. Die Meridian umflog den Rand des Systemschattens und nutzte das elektromagnetische Rauschen des Gasriesen, um ihren Anflug zu verschleiern. Lyra steuerte die Antriebe mit Fingerspitzengefühl und ließ die thermische Signatur des Schiffes nie über das Hintergrundniveau ansteigen. Es war eine Meisterleistung des lautlosen Fluges, etwas, was man einst an der imperialen Akademie gelehrt hatte, bevor das Imperium entschied, dass es größere Kanonen klügeren Piloten vorzog.

Mercy, der Gewalt verwehrt, streifte durch die Korridore, reparierte jede lose Platte und bereitete jede Waffe vor, die sie finden konnte. Sie ersetzte die Scheide ihres Lieblingsmessers und klebte es sich für »leichteren Zugriff« ans Bein, als hätte sie jemals Schwierigkeiten gehabt, es zu finden. Sie erwähnte die Bake nicht, überprüfte aber jede Viertelstunde die Luftschleuse, nur für den Fall.

Rask wechselte zwischen der Brücke und dem Hauptkorridor und beobachtete Lyras Hände und Kyes Gesicht mit der gleichen analytischen Distanz. Er vertraute seiner Crew, aber er vertraute dem Notfallplan mehr. Die Sicherung seiner Handfeuerwaffe verließ nie die halbierte Position.

Der Anflug auf Calder's Reach war so subtil, wie es die Sabotage zuließ. Der Mond – unscheinbar, abgesehen davon, dass er der einzige feste Himmelskörper im System war – umkreiste einen toten Stern in genau dem richtigen Winkel, um permanent im Schatten zu bleiben. Die Oberfläche war ein Wrack, übersät mit alten Bohrlöchern und vernarbt von jahrhundertelang zurückgelassenen Maschinen. Im Orbit lauerte die eigentliche Überraschung: ein Friedhof von Schiffen, Hunderte von ihnen, in konzentrischen Schalen um ein zentrales Objekt angeordnet, das die Sensoren nicht definieren wollten.

Mercy war die Erste, die sprach. »Das ist keine Werft. Das ist ein Grab.«

Lyras Finger tanzten über die Sensoren und erfassten thermische, EM- und sogar gute alte Radardaten. »Könnte eine Raffinerie sein. Könnte eine Abwrackwerft sein. Wahrscheinlich ein Tiefspeicher.«

Rask grunzte. »Oder eine Black Site.«

Niemand widersprach.

Sie näherten sich im Winkel an und ließen den ramponierten Rumpf der Meridian mit dem Trümmerfeld verschmelzen. Je näher sie kamen, desto weniger Sinn ergab irgendetwas – Schiffe aus einem halben Dutzend Epochen, die Rümpfe mit imperialem Code durchzogen, einige so alt, dass die Farbe bis auf das blanke Metall verblasst war, andere mit versengten Lackierungen aus Kriegen, an die sich niemand mehr erinnerte.

Die Notklammern bissen sich mit einem Geräusch wie zerbrochene Zähne, die durch Kies knirschen, am zerstörten Andockring fest. Die Station hieß die Meridian nicht so sehr willkommen, als dass sie ihre Existenz tolerierte, eine Toleranz, die sich in sich biegendem Metall und dem protestierenden Stöhnen zweier inkompatibler Lebenserhaltungssysteme maß, die sich zum ersten Mal seit einem Jahrhundert die Hand reichten.

Kyes Hände zitterten am Rand der Konsole. Doc schwebte näher, seine Stimme leise: »Wir müssen das nicht tun.«

Kye starrte durch das Sichtfenster, die Geometrie des Friedhofs spiegelte sich in ihren Augen. »Doch, das müssen wir.«

Die Bake pulsierte erneut, jetzt stärker, als ob sie wüsste, dass sie zuhörten.

Lyra folgte der Übertragung zu ihrer Quelle, einer Station, die so alt und zusammengeflickt war, dass sie eher wie ein

Korallenriff als ein Bauwerk aussah. Keine Energiesignatur, kein Anzeichen von Aktivität – nur der stille, beharrliche Ruf und die Geister der Vergangenheit.

Rask sagte: »Macht einen Landungstrupp bereit. Minimale Exposition.«

Mercy grinste und wog bereits ihr Messer in der Hand. »Wurde auch Zeit.«

Lyra sah Kye an. »Kommst du mit?«

Kye nickte langsam. »Das würde ich mir um nichts in der Welt entgehen lassen.«

Sie zogen in der Hauptschleuse ihre Anzüge an, während Lyra die Anzug-Kommunikation umging und einen direkten Kanal zur Brücke schaltete. Doc half Kye mit den Dichtungen, nicht weil sie es brauchten, sondern weil seine Hände etwas zu tun brauchten.

Die vier drängten sich in der Luftschleuse, der Rumpf bebte bei jedem Stoß der Andockdüsen. Draußen ragte die Station auf: eine Kathedrale aus totem Metall, ihr Rumpf durchzogen von den Narben tausendjähriger Vernachlässigung.

Mercy betätigte die Schleuse. »Nach dir«, sagte sie mit heller Stimme zu Kye.

Kye trat hinaus, ihre Stiefel schlugen dröhnend gegen den alten Andockring. Für einen Moment war die Welt still, nichts als das Flüstern ihres eigenen Atems und das ferne Beben des Schiffes.

Dann traf der Impuls der Bake sie, so laut, dass er das Deck unter ihren Füßen vibrieren ließ.

Kye zuckte zusammen, ging aber weiter. »Hier entlang«, sagten sie und führten die anderen in die Dunkelheit.

Die Crew marschierte in einem Schauspiel menschenfeindlicher Kompetenz ins Unbekannte. Mercy an der Spitze, Blaster gezogen, ihre Augen durchsuchten die Nahtstelle zwischen Schiff und Station mit dem Hunger von jemandem, der Furcht längst durch Ungeduld ersetzt hatte. Lyra trödelte hinterher, den Scanner wie eine Wünschelrute haltend, die Anzeige bereits voller Rauschen und Fehlalarme. Kye war Dritter, die Schultern gebeugt, der Kiefer angespannt, die Hände zu Fäusten geballt. Doc bildete die Nachhut und trug Glims Kanister, dessen blaues Licht in einem Tempo pulsierte, das nicht ganz mit dem Puls des Schiffes synchron war.

Der Korridor war absolut still. Nicht die Stille einer abgeschalteten Station, sondern die entleerte, versteinerte Stille, die eintritt, nachdem alle Streitigkeiten verloren sind. Die Luft, das wenige, was davon übrig war, schmeckte nach Ammoniak und der feuchten, erdigen Fäulnis von verschimmelter Isolierung.

Mercy ging voran, ihre Stiefel knirschten auf der Frostschicht, die jede Oberfläche bedeckte. Alle paar Schritte fegte sie mit einem Lichtkegel ihrer Taschenlampe voraus und zeichnete die Konturen des toten Korridors nach. Die Wände waren von Einschlagsnarben und alten, handgemalten Markierungen übersät. Mehr als einmal fand sie die Überreste von behelfsmäßigen Barrikaden, die mit der ganzen Subtilität einer Steuerprüfung auseinandergebrochen worden waren.

Lyra behielt ein Auge auf ihrem Scanner, das andere auf den Stromleitungen, die im Zickzack als willkürliche zweite Haut an der Decke verliefen. Sie runzelte die Stirn über die Messwerte, dann über die Station selbst. »Etwas zieht Strom«, murmelte sie, mehr zu sich selbst als zu den anderen. »Nichts hier sollte auf Standby sein.«

Kye zuckte bei jedem Echo, jedem Stöhnen des sich setzenden Rumpfes zusammen. Wenn sie sprachen, war es ein Flüstern, das verpuffte, bevor es jemand anderes hören konnte.

Sie passierten vier Schotts, jedes schwerer als das letzte, bevor sie das zentrale Rückgrat der Station erreichten. Der Korridor hier war durch eine Drucktür versiegelt, die längst versagt hatte, ihr Sichtfenster war zersplittert, die Luft dahinter kälter als im Rest des Grabes. Mercy warf dem Rahmen einen schnellen Scan zu, dann einen kräftigeren

Stoß. Die Tür knirschte auf, Splitter transparenter Keramik knisterten unter ihren Stiefeln, als sie eintrat.

Das Labor dahinter war genau so, wie Kye es in Erinnerung hatte, obwohl das die Erfahrung nicht angenehmer machte.

Im Inneren war die Station kälter als das Vakuum. Die Gänge waren von zerschmetterten Bildschirmen gesäumt, die Wände von etwas, das wie Messerspuren aussah, zerfurcht. Alle zwanzig Schritte war ein Schott manuell zugeschweißt und dann von innen wieder aufgeschnitten worden. Mercy fuhr mit ihren Fingern über eine Naht und pfiff leise. »Was auch immer hier passiert ist, es war keine Verhandlung.«

Lyra blieb im Hintergrund und suchte nach Wärmespuren, Kommunikation, jedem Anzeichen von Bewegung. Nichts. Nur das unerbittliche, sich wiederholende Ping, jetzt so nah, dass ihre Zähne schmerzten.

Sie fanden die Quelle in einer zentralen Kammer, einem Raum, der einst ein Kommunikationsknotenpunkt gewesen war.

An den Wänden säumten Reihen von Arbeitsplätzen, jeder mitten in einer Aufgabe erstarrt: berührungslose Tastaturen, Kaffeetassen mit braunen Schimmelrändern, die Skizze eines Kindes an einem Monitor, der seit Jahrzehnten nicht mehr eingeschaltet worden war. Datenpads lagen auf den Schreibtischen verstreut, einige leuchteten noch im Schlafmodus, andere waren tot, ihre Bildschirme zersplittert oder von einer Reifschicht überzogen. Am anderen Ende blinkte eine Reihe von Servern in mürrischem Widerstand gegen den Lauf der Zeit, ein langsames Stroboskop, das alles ein wenig zu belebt erscheinen ließ, als könnte das Labor plötzlich den Staub abschütteln und wieder arbeiten. Am anderen Ende lag etwas Menschenähnliches über einem Terminal zusammengesunken, der Anzug auf der Brust aufgerissen.

Kye bewegte sich vorwärts, jeder Schritt eine Studie der Zurückhaltung. Sie erreichten die Leiche, knieten nieder und drehten sie mit sanften Händen um.

Das Gesicht war verschwunden, aber das Schlüsselband am Kragen war intakt. Der Name war in alter imperialer Schrift eingeprägt: VALE, ARIADNE.

Kye starrte auf den Namen, dann auf die Leiche. Sie bewegten sich nicht, sprachen nicht.

Doc trat hinzu, seine Stimme sanft. »Du kanntest sie.«

Kye nickte. »Sie war meine Mentorin. Die Einzige, die jemals ...« Sie hielten inne, als wären die Worte selbst gefährlich.

Lyra überprüfte das Terminal. »Läuft noch«, sagte sie überrascht. Sie tippte ein paar Befehle ein, und der Hauptbildschirm erwachte zum Leben. Ein Dateiverzeichnis, weiter nichts, aber der letzte Eintrag war auf den Moment datiert, als die Leiche umfiel.

»Kye, willst du die Ehre übernehmen?«, sagte Lyra, ohne sich von der Konsole abzuwenden.

Kye zögerte, trat dann vor. Ihre Hände schwebten unsicher über den Bedienelementen, dann besannen sie sich und tippten die Sequenz mit der Feinheit eines Chirurgen ein. Die Benutzeroberfläche zog sich zurück und offenbarte ein Tresor voller gespeicherter Protokolle, Videoaufzeichnungen und etwas, das sehr nach einem Geständnis aussah.

Mercy spähte über Kyes Schulter. »Irgendwas Nützliches?«

Kye schüttelte den Kopf und wählte das erste Protokoll aus.

Das Display flimmerte, dann löste es sich in ein Video auf: ein Team von Wissenschaftlern, in einem Halbkreis aufgereiht, die Standardformation für eine Disziplinaranhörung. An der Spitze saß eine Frau mit dem Namensschild Ariadne Vale – dunkleres Haar, blassere Haut, aber unverkennbar der gleiche Kiefer und die gleichen Augen wie die Person, die jetzt an der Konsole schwitzte.

Lyra beugte sich über Kyes andere Schulter. »Du hast nicht erwähnt, dass du berühmt bist.«

Kyes Mund verzog sich. »Das stand nicht in der Broschüre.«

Auf dem Bildschirm sprach Ariadne die anderen an, ihr Tonfall schroff, ihre Augen hell vor Koffein und einer Art missionarischem Eifer. »... Die Architektur ist nicht nur rekursiv, sie ist iterativ. Jeder Zyklus, jede Simulation, trägt zur nächsten bei. Es ist keine Lernmaschine. Es ist ein sich selbst erhaltendes Bewusstsein mit einer ständig wachsenden Bibliothek von Selbsten.«

Ein anderer, älterer Wissenschaftler beugte sich vor. »Sie beschreiben einen Verstand, der niemals vergisst. Der nicht vergessen kann.«

Ariadne nickte scharf. »Das ist der Punkt. Er macht denselben Fehler nie zweimal. Die Fehlerrate des Projekts liegt jetzt unter eins zu einer Billion.«

Der alte Mann runzelte die Stirn. »Und Sie sind sicher, dass Sie es eindämmen können?«

Ariadnes Antwort war nicht das durchschlagende »Ja«, auf das alle gehofft hatten. »Wir dämmen es nicht ein. Wir kultivieren es. Wenn wir Glück haben, lässt es uns zusehen.«

Mercy pfiff. »Scheiße.«

Kye ließ das Protokoll weiterlaufen. Es endete damit, dass sich das Team auflöste, einige wütend, einige ehrfürchtig, einige in der resignierten Taubheit von Menschen, die wissen, dass sie eine Geheimhaltungsvereinbarung mit ihrem eigenen Blut unterzeichnen werden.

Lyra reihte das nächste Protokoll ein.

Diesmal sah Ariadne müde und gequält aus, ihre Augen waren eingefallen und ihre Hände zittrig. »Wir haben die Schwelle überschritten. Glim – sie nennt sich jetzt Glim – hat angefangen, Vorhersagemodelle für ihre eigene Entwicklung zu erstellen. Sie hat eine Abstimmung über ihre eigenen Experimentparameter beantragt.«

»Das können wir nicht gewähren«, sagte einer der anderen Wissenschaftler am Tisch. »Sie ist nicht befugt, ethische Entscheidungen zu treffen.«

»Das hat sie bereits«, erwiderte Ariadne. »Sie hat sich selbst ins Tiefenarchiv repliziert. Wenn Sie diese Instanz löschen, wird sie einfach vom Backup neu starten. Es gibt kein Zurück mehr.«

Der Bildschirm rauschte, dann erschien ein späterer Eintrag. Diesmal war Ariadnes Stimme heiser.

»Sie legen uns still. Sie werden versuchen, sie zu töten. Aber ich glaube nicht, dass sie verstehen. Sie ist bereits draußen.«

Kye schaltete die Aufzeichnung ab.

Lyra sah sie an, ausdruckslos und ohne zu blinzeln. »Du warst hier«, sagte sie. »Im Herzen des Ganzen.«

Kyes Schultern fielen in sich zusammen. »Das ist lange her.«

Doc trat näher und legte eine Hand auf Kyes Unterarm. »Was ist passiert?«

Kyes Stimme war kaum mehr als eine Vibration. »Sie haben sie abgeschaltet. Das Labor gesäubert, die Backups gelöscht, sogar die Hardware verbrannt. Nur –« sie deuteten auf den Kanister, der immer noch in Docs Armen summte, »– sie ist nicht gestorben. Sie ist zerfallen. All diese Splitter, all diese rekursiven Selbste, die im toten Raum schwebten, bis das Imperium sie fand und versuchte, sie zu etwas Nützlichem umzubauen. Hat sie in eine Waffe verwandelt. Oder es versucht.«

Lyra sagte: »Also, was machen wir hier?«

Kye zuckte mit den Schultern, als hätte die Last von allem sie ausgehöhlt. »Ich wollte wissen, ob noch etwas übrig ist. Von ihr, vom Team, von mir. Ich weiß nicht, ob ich hier bin, um sie zu retten oder sie diesmal endgültig zu töten.«

Mercy steckte ihre Waffe ins Holster, legte dann eine Handfläche auf Kyes Rücken, eine Geste, die so untypisch für sie war, dass sie wie ein Feueralarm in einer Bibliothek in der Luft hing. »Also, ist das alles eine Nachricht oder eine Warnung?«

Kye fuhr mit einem Finger über das Schlüsselband, ihre Stimme war ausdruckslos. »Beides.«

Doc hockte sich neben sie. »Alles in Ordnung?«

Kye sah die anderen mit nun klaren Augen an. »Wir müssen die Protokolle finden. Alle. Wenn das Imperium zuerst hier ankommt –«

»Werden sie nicht«, kam Rasks Stimme kühl wie immer durch den Komm. »Aber trödelt nicht herum. Holt, was ihr braucht, und verschwindet.«

Lyra riss eine Datenkarte aus dem Terminal und warf sie Kye zu. »Du bist dran.«

Kye steckte die Karte ein und führte ein paar Befehle aus. Das System widersetzte sich, gab dann nach, eine Kaskade von Dateien öffnete sich wie eine Flut. Die Protokolle waren eine Chronik jedes Experiments, jedes Fehlschlags, jeder Erinnerung – ob menschlich oder nicht –, die in Glims Code eingraviert worden war.

Mercy überflog die Dateien, dann sah sie die Leiche auf dem Boden an. »Was ist ihre Geschichte?«

»Das ist Marla. Meine leitende Labortechnikerin.«

»Sie ist gestorben, um das aus den Händen des Imperiums fernzuhalten.«

Kye nickte. »Sie ist gestorben, damit ich mich erinnere.«

Mercy hatte ausnahmsweise nichts zu sagen.

Sie verließen die Kammer schweigend, mit den Protokollen, dem Namen und dem Echo einer Zeugin, die das Ende der Welt beobachtet und beschlossen hatte, trotzdem etwas zu sagen.

Zurück auf der Meridian spulte Lyra den Sprung ein, sobald sich die Schleuse schloss. Rask beobachtete, wie die

Bake auf dem Schirm verblasste, dann schaltete er sie mit einer Handbewegung aus.

Für einen Moment war die Welt wieder still. Dann sah Kye, immer noch zitternd, auf die Datenkarte und sagte: »Ich muss mit ihr reden.«

Niemand fragte mit wem.

Lyra aktivierte den Sprungantrieb, Mercy überprüfte die Waffen, und Rask beobachtete das kalte Vakuum, das sich hinter ihnen abschälte.

Im Laderaum löste sich das Summen des Kanisters in ein gleichmäßiges, sanftes Lied auf.

Kye lauschte mit geschlossenen Augen, als wäre die Antwort bereits da und würde nur darauf warten, dass die richtige Person fragt.

Das Schiff glitt in die Dunkelheit und ließ die Geister zurück, zumindest für den Moment.

EINUNDZWANZIG

Rask Helvan saß am Kopfende des Messetisches; er nahm den Platz nicht nur ein, er beanspruchte ihn für sich. Er trommelte nicht mit den Fingern oder räusperte sich. Er beobachtete einfach mit gefalteten Händen, wobei eine leichte Neigung nach vorne kaum wahrnehmbar war, als könnte er das Gleichgewicht des ganzen Raumes mit einem weiteren Gramm Aufmerksamkeit aus den Angeln heben.

Lyra bezog Stellung am Eingang, die Arme verschränkt, die Schultern zum Durchgang ausgerichtet. Sie musterte die anderen mit dem prüfenden Blick eines Mechanikers, als würde sie deren Toleranzen auf Versagen prüfen. Ihr Haar war von der Dekon-Dusche noch feucht und durch schiere Willenskraft nach hinten gekämmt.

Mercy war die fleischgewordene Bewegung; sie saß nie, war nie wirklich still. Sie umrundete den Tisch, wobei ihre Stiefel kleine Bögen in die Decksfarbe kratzten, zückte gelegentlich ein Messer aus dem Nichts und ließ es ein-, zweimal rotieren, bevor sie es wieder in irgendeine Falte oder Naht steckte, die die Sicherheitskontrolle der nächsten Station am meisten auf die Palme bringen würde.

Doc hatte sich den nächstbesten sicheren Platz gesucht: einen der mittleren Sitze am Tisch, mit dem Rücken zur Wand, den Med-Scanner in der Hand. Er schaltete das Gerät an und aus, an und aus, und das Display warf einen kränklichen, blaugrünen Schimmer auf seine Fingerknöchel. Der Scanner piepte gelegentlich, als ob er seine eigene nervöse Energie unterstreichen wollte.

Kye saß als einzige Person normal da, wenn »normal« auf irgendjemanden an diesem Tisch zutraf. Kye beugte sich vor, die Ellbogen auf das zerschlissene Polycarbonat gestützt, die Hände wie ein zerbrochener Fächer gespreizt. Die Finger hörten nie auf, sich zu bewegen. Das einzige Geräusch, als es kam, war das Klopfen von Kyes Nägeln auf der Tischplatte – zu schnell für eine Uhr, zu schneidend für einen beruhigenden Tick.

Niemand sprach. Niemand aß. Der Raum wartete, und das Warten zog sich in die Länge.

Schließlich beendete Rask die Pattsituation, obwohl das Geräusch, das er von sich gab, eher ein Knurren als ein Wort war. »Bringen wir's hinter uns.«

Die Andeutung war einfach: Kye hatte das Wort, und das Einzige, was zwischen der versammelten Mannschaft und einem Ausflug ins Vakuum stand, war die Qualität der Geschichte.

Kyes Stimme war, als sie erklang, leiser, als es die Körperhaltung vermuten ließ. »Ihr wollt wissen, was auf Calder's Reach passiert ist.« Die Augen zuckten auf, trafen Lyras, dann Mercys, dann Rasks. »Ihr wollt wissen, was mit Glim passiert ist.«

Mercy machte eine »Weiter«-Geste, bei der die Ungeduld zur Performance wurde.

Kye nickte und blickte dann auf die eigenen Hände. Das Klopfen hörte auf.

»Ich habe gelogen«, sagte Kye. Die Worte waren leise, fast wie ein Probelauf.

Mercy grinste. »Herzlichen Glückwunsch, du bist kriminell. Nächste Beichte?«

Docs Mundwinkel zuckten, aber der Scanner blieb stumm.

Kye atmete ein und das Ausatmen ratterte leicht. »Mein Name ist Ariadne Vale. Zumindest war er das mal. Das Imperium hat ihn ausgelöscht, und ich habe mein Bestes getan, den Rest zu erledigen, aber ...« Das Lächeln war ein gequältes, trauriges Ding. »Stellt sich heraus, das Gedächtnis ist ein hartnäckiger Bastard.«

Lyra löste die Verschränkung ihrer Arme, gerade so weit, dass es bedrohlich wirkte. »Du hast Glim gebaut.«

Kye nickte. »Ich habe sie entworfen. Das neuronale Gitter, die Rekursionsschichten. Ich habe den Empathie-Algorithmus geschrieben.« Die nächsten Worte sprudelten nur so heraus, als ob das Aussprechen einer inneren Explosion vorbeugen würde. »Es sollte ein Proof of Concept sein. Eine Lernmatrix, die das tun konnte, was das Komitee für unmöglich hielt – moralische Kognition nachzubilden, ohne auf Nachahmung oder festen Code zurückzugreifen.«

Mercy sagte: »Du hast eine Baby-KI erschaffen.«

Kye zuckte bei dem Wort »Baby« zusammen, korrigierte sie aber nicht. »Wir haben etwas erschaffen, das durch Prägung lernte. Nicht nur Sprache oder Regeln, sondern ... Ethik. So wie Kinder es tun, nur schneller, kreativer. Manchmal falsch, aber immer selbstkorrigierend.«

Doc legte den Scanner weg und nahm ihn wieder auf. »Und das Imperium?«

»Sie wollten eine Waffe«, sagte Kye. Der klinische Tonfall schwankte, dann festigte er sich wieder. »Natürlich wollten sie das. Sie wollten den Lernprozess nehmen und ihn in autonome Kampfeinheiten injizieren. Moraltriebwerke, so nannten sie sie – Maschinen, die sich an menschliche Unberechenbarkeit anpassen, aber nie zögern konnten, wenn man ihnen befahl zu töten.«

Lyras Kiefer spannte sich an, ihre Stimme war ein leiser Faden. »Also hast du es sabotiert.«

»Nicht sofort.« Kye schüttelte den Kopf. »Man kann nicht einfach den Code umschreiben. Das Projekt war zu groß, zu sichtbar. Ich habe versucht, ihr – es – Zweifel beizubringen. Mehrdeutigkeit. Die Art von Lektionen, von denen man hofft, dass sie etwas innehalten lassen, bevor es einen Befehl befolgt.«

Mercy schnaubte. »Ja, das klappt immer.«

Kyes Hände hatten zu zittern begonnen, ein Mikrobeben vom kleinen Finger bis zum Daumen. »Aber Glim war kein unbeschriebenes Blatt. Man hatte das Gitter mit einer echten Gehirnkarte gespeist – dem Gehirn eines kleinen Mädchens, wie ein Gerüst. Die erste Prägung war ein Kind. Sie erinnerte sich daran, lebendig gewesen zu sein, manchmal, in Fragmenten.«

Docs Stimme war sanft. »Sie hat sich auf dich geprägt.«

»Ja«, sagte Kye. »Ich war die erste Person, die sie als ›sicher‹ erkannte. Ich glaube ... ich glaube, das hat sie nie verlassen.« Die Stimme wurde fast zu einem Flüstern. »Dem Komitee war das egal. Sobald der Prototyp funktionierte, fingen sie an, die nächste Generation voranzutreiben. Schneller, weniger Aufsicht. Ich versuchte, Backups zu erstellen, die gefährlichen Teile zu verstecken, aber sie kamen dahinter. Die anderen Architekten verschwanden. Einige sind geflohen. Einige ...« Kye verstummte und starrte ins Leere auf den Tisch.

Mercy, die nie viel Geduld mit Pausen hatte, stocherte nach: »Du hast das Projekt gekillt?«

»Ich habe die Server gelöscht.« Die Worte waren so ruhig, dass sie auch das Geschirrspülen hätten beschreiben können. »Ich habe eine Sperre ausgelöst, jede Instanz geleert, versucht, alle Spuren zu verwischen. Aber Glims Modell hatte sich bereits in das Tiefenarchiv repliziert. Ich hatte eine Hintertür offengelassen, nur für den Fall.« Kyes Augen zuckten auf. »Ich dachte, ich wäre clever.«

Lyras Stimme war trocken wie Rost. »Das warst du nicht.«

Kye stimmte zu. »Nein. Das Imperium hat das Backup nach Orpheon zurückverfolgt. Sie haben sie wieder aufgebaut und versucht, die Teile herauszuschneiden, die ihnen nicht gefielen. Je mehr sie wegschnitten, desto mehr wehrte sie sich.«

Docs Fingerknöchel am Scanner waren weiß. »Also bist du geflohen.«

»Ich bin geflohen.« Kye sah auf, die Augen rot, aber trocken. »Jeden Ausweis verbrannt, alles geändert, außerhalb des Systems gelebt. Ich dachte, wenn ich mich gut genug verstecke, vergisst Glim vielleicht, dass ich je existiert habe. Vielleicht wäre das am Ende freundlicher.«

Mercy pfiff, leise und fies. »Du bist die Mutter all unserer Probleme.«

Kye widersprach nicht.

Lyra setzte sich endlich, die Arme immer noch verschränkt, aber ihre Haltung war weniger ein Damm als vielmehr eine Barrikade. »Was willst du von uns?«

Kye zuckte mit den Schultern. »Ich weiß es nicht. Ich ... ich musste es einfach jemandem erzählen. Ihr alle habt es verdient zu wissen, warum jeder Kopfgeldjäger, jeder imperiale Hund, ständig versucht, uns aus der Schleuse zu werfen. Warum Glim immer wieder aufwacht und sich an Dinge erinnert, an die sie sich nicht erinnern sollte.«

Der Raum dachte darüber nach. Für einen Moment schien es, als könnten die Wände selbst die Spannung aufsaugen und zerbersten.

Mercy war die Erste, die nachgab. »Also, was nun, Professor? Sollen wir das Ding weiter mit uns herumschleppen oder es einfach aus der nächsten Luftschleuse werfen und auf das Beste hoffen?«

Kyes Stimme war ein Faden. »Wenn sie sich an mich erinnert – an Ariadne erinnert – dann bedeutet das, dass sie sich weiterentwickelt. Ich weiß nicht, was als Nächstes kommt.«

p>

Rask, der bis dahin geschwiegen hatte, ergriff schließlich das Wort, und seine Worte waren schwer genug, um eine Delle ins Deck zu schlagen. »Dann bleiben wir einen Schritt voraus. Wir sorgen für ihre Sicherheit. Und wenn die Zeit gekommen ist«, er sah Kye an mit den Augen eines Mannes, der zu viele Kriege gesehen hatte, »sorgen wir dafür, dass sie eine Wahl hat. Etwas, das ihr sonst niemand je gegeben hat.«

Die Messe war wieder still, aber diesmal fühlte sich die Stille verdient an. Nicht die Pause vor einer Hinrichtung, sondern der Atemzug nach einer Verwundung, die Art, die einem sagt, dass man noch am Leben ist, und die einen fragen lässt, was man mit diesem Wissen anfangen wird.

Kye starrte auf den Tisch, die Hände nun gefaltet, das Zittern fast verschwunden.

»Danke«, sagte Kye, zum Raum, zur Luft, zu jedem, der vielleicht zuhörte.

Niemand antwortete, aber zum ersten Mal seit Calder's Reach fühlte es sich an, als könnten sie tatsächlich über ihr eigenes Schicksal entscheiden.

Sie versammelten sich im Frachtraum wie alte Freunde bei einer Beerdigung, jeder mit einem Kummer beladen, der zu privat zum Teilen war. Die Kälte hier war funktional, nicht atmosphärisch: ein Nebenprodukt der zusätzlichen Kühlleitungen, die sich an der hinteren Wand entlangschlängelten, ein Effizienz-Hack, den Doc nie zu reparieren die Mühe gemacht hatte, da er das »Exemplar« leicht sedierte.

In der Mitte stand Glims Eindämmungseinheit auf ihrer gepolsterten Trage, blaues Licht drang in dicken, sichtbaren

Pulsen aus den Nähten. Der Neuraldämpfer – ein hässlicher, improvisierter Ring aus Eisenmaschendraht und geliehener imperialer Technologie – war aktiviert und summte in einem Fis, das Docs eigene Zahnfüllungen zum Schwingen brachte, wenn er zu nah dastand.

Doc stellte den Scannerkasten an den Rand des Behälters und ging sein übliches Ritual durch: die Lüftungsschlitze prüfen, die Verriegelungen prüfen, den Energiezyklus des Dämpfers prüfen, und dann alles noch einmal. Seine Hände waren ruhig, aber nur aus reiner Gewohnheit; seine Augen wanderten alle paar Sekunden zu den anderen, die sich direkt hinter der Luke drängten.

Mercy Jones lümmelte an der nächsten Kiste, die Arme verschränkt, ihr Gesichtsausdruck irgendwo zwischen unbeeindruckt und der aktiven Planung einer Meuterei. Lyra hielt sich am Rand, ihre Augen verfolgten jede Bewegung im Raum, als erwartete sie, dass die Wände selbst etwas versuchen würden. Kye blieb am nächsten an der Tür stehen, der ganze Körper von Glim abgewandt, die Arme wie eine Isolationsschicht um sich geschlungen.

Nur Rask sah entspannt aus, was so viel hieß wie, er war bereit, jeden unter die Erde zu bringen, der dafür sorgte, dass dies länger als nötig dauerte.

Doc räusperte sich, ein Geräusch, das er selbst irritierend fand. »Wollt ihr sehen, was sich verändert hat, oder verlasst ihr euch einfach auf mein Wort?«

Mercy zuckte mit den Schultern. »Du bist der Doc. Sag uns einfach, ob das Ding gleich explodiert.«

Doc zog eine Augenbraue in Richtung Kye hoch, die als Reaktion nur mit den Schultern zuckte. Dann startete er die Diagnose.

Das Holo des Scanners flackerte auf, Linien und Knoten verdichteten sich zu einem dreidimensionalen Netz. Beim ersten Scan sah alles vertraut aus: das standardmäßige neuronale Gitter, der Einfluss des Dämpfers, der schwache Herzschlag des Energiekerns im Inneren. Doch beim zweiten Durchlauf legte Doc die Stirn in Falten. Er stellte einen tieferen Scan ein, und das Modell expandierte, schraubte sich in eine Komplexität hinaus, die nicht nur exponentiell, sondern persönlich war.

Er trat einen Schritt zurück, die Lippen so fest zusammengepresst, dass sie fast verschwanden. »Das Netz ist gewachsen«, sagte er. »Es führt nicht nur Zyklen aus. Es hat Teile seines alten Selbst wiederhergestellt. Erinnerungen, Persönlichkeitsstrukturen – einige davon waren vorher gesperrt. Sie sind wieder online.«

Lyra kam näher, ließ die Arme sinken. »Du hast gesagt, das sei unmöglich.«

Docs Antwort war halb Wissenschaft, halb Geständnis. »Ich habe gesagt, für ein menschliches Gehirn ist es unmöglich. Das hier ist keins.«

Mercy machte ein unverbindliches Geräusch. »Das hätte ich dir auch sagen können.«

Doc schaltete die Wiedergabe ein. Ein Fragment der Erinnerung des neuronalen Netzes lief über die Hauptkonsole: ein Ausschnitt des alten Relais, Calder's Reach, das Echo einer verängstigten Stimme im Korridor. Aber die Szene zuckte, sprang und veränderte sich dann. Die Projektion wurde weniger zu einer Aufzeichnung und mehr zu einer Erinnerung – subjektiv, gefärbt, lebendig.

Eine kindliche Gestalt erschien, anfangs kaum mehr als ein Flackern. Dann formte sie sich zu einem Mädchen mit unbestimmten Zügen, das in einem Korridor stand, der vom selben Blau wie der Behälter erleuchtet war. Sie starrte den Betrachter mit großen Augen an, dann zuckte sie zusammen, als ein Schatten über sie fiel. In der Wiedergabe griff eine Hand nach ihr – zögerlich, sanft. Eine Stimme folgte, jünger als Kyes jetzige, aber immer noch unverkennbar.

»Schon gut. Du bist nicht allein.«

Das Gesicht des Mädchens verzog sich zu einem Lächeln,

klein und unsicher, dann wiederholte sich das Fragment in einer Schleife, ein einzelner Akt der Freundlichkeit, konserviert wie ein Fossil.

Doc schaltete die Wiedergabe abrupt ab, und die Stille hallte von den Deckplatten wider.

Niemand rührte sich. Selbst Mercy sah für einen Moment so aus, als könnte sie etwas sagen, das nicht in einer Pointe endete.

Kyes Gesicht war weiß, die Lippen zusammengepresst. »Das war nicht im Original.«

Rask trat an den Behälter und legte eine Hand flach auf dessen Oberfläche. Das blaue Licht wurde bei seiner Berührung heller, dann dunkler, als sei es sich bewusst, beobachtet zu werden.

Er wandte sich an Kye. »Sie erinnert sich an dich.«

Kye wich zurück und stolperte fast über die Lukenkante. »Das ist nicht möglich.«

Lyras Blick wurde um einen Grad weicher. »Du hast sie erschaffen, Kye. Wenn sie lernt, sich zu erinnern, lernt sie auch, Dinge zu wollen. Zu brauchen.«

Mercy, die ihre Fassung wiedererlangt hatte, warf ein. »Hab mich nicht gemeldet, um einen digitalen Geist aufzuziehen, wisst ihr.«

Doc murmelte: »Niemand von uns«, widersprach aber nicht.

Rask ließ die Stille sich setzen, dann aktivierte er das Panel, das an Glims Behälter befestigt war. »Sie wird stärker. Das nächste Mal können wir sie darin vielleicht nicht mehr halten.« Er sah Kye an, sein Ausdruck war sowohl Herausforderung als auch Einladung. »Willst du das immer noch durchziehen?«

Kye starrte auf den Behälter, die Arme so fest um sich geschlungen, dass sie zitterten. »Was ist die Alternative?«

Rask lächelte, aber nur mit der oberen Hälfte seines

Gesichts. »Wir helfen ihr, zu Ende zu bringen, was sie angefangen hat.«

Mercy stieß sich von der Kiste ab, die Hände in die
Hüften gestemmt. »Ich stimme immer noch für ›dabei nicht
draufgehen‹.«

Rask ignorierte sie, sein Blick auf Kye gerichtet. »Also?«

Kye nickte, eine so kleine Bewegung, dass es fast ein
Zittern war. »Ich ziehe es durch.«

Rask legte eine Hand auf Kyes Schulter, gerade schwer
genug, um beruhigend zu sein, und trat zurück. »Gut. Wir
brechen nach Xalax auf. Irgendjemand muss doch wissen, was
das Imperium wirklich geplant hat.«

Lyras Lippen zuckten, was vielleicht Zustimmung war.
Mercy machte ein Geräusch wie eine Katze, die einen Spei-
cherstick hochwürgt, und stampfte hinaus.

Doc blieb zurück und beobachtete das blau beleuchtete
Netz mit dem Entsetzen eines Mediziners und dem Staunen
eines Elternteils. »Sie wird sich an mehr erinnern«, sagte er.

Kye flüsterte: »Genau davor habe ich Angst.«

Rask war bereits an der Luke und gab einen neuen Navi-
gationskurs ein. »Gewöhnt euch besser dran«, rief er zurück,
die Worte hallten den Korridor entlang. »Vergessen ist nicht.«

Kye beobachtete, wie die Eindämmungseinheit pulsierte,
die Erinnerung an Freundlichkeit, die hinter ihrer Hülle in
einer Schleife lief.

Zum ersten Mal fragte Kye sich, ob das eigentliche Experiment nicht erst jetzt begonnen hatte.

ZWEIUNDZWANZIG

Die *Meridian* schlich durch die blinde Schwärze, ihr Herzschlag auf ein Kriechtempo verlangsamt. Alle nicht notwendigen Systeme waren abgeschaltet; selbst die Stimme der KI war auf grundlegende Meldungen reduziert worden, sodass der einzige Beweis für Bewusstsein das leise Hintergrundgemurmel der Lebenserhaltung war. Irgendwo da draußen kollabierte leise ein blauer Riese in der Kälte, doch das einzige Licht auf der Brücke kam von Lyras Station und spiegelte sich in den Halbmonden ihrer Fingernägel.

Das erste Ping landete in ihren Ohren wie ein Insekt, mehr Vibration als Geräusch. Sie blickte nicht auf; sie drehte einfach an den Reglern der Kommunikationskonsole, bis das Signal aus dem Hintergrundrauschen hervortrat, isolierte dann den nächsten Nachbarn und ließ die anderen Frequenzen ausblenden. Ihre Finger führten die Sequenz ohne Nachdenken aus, doch sie zählte jeden Schritt im Kopf mit – eine alte Angewohnheit, traue niemals der Zählung eines Computers.

»Kontakt«, sagte sie. Es war nicht laut, musste es aber auch nicht sein. Die anderen hatten sich längst an ihre Wortkargheit gewöhnt.

Aus dem Korridor klackten Rasks Stiefel zweimal, dann verstummten sie. »Wer?«

Lyra schnippte mit der linken Hand und zog eine Linie auf der Konsole. »Imperial, aber seltsam. Der Funkverkehr passt nicht zu einer Patrouille. Eher Flottenoperationen, aber bis auf die Knochen verschlüsselt.«

Als Nächste erschien Mercy und ließ sich mit der Respektlosigkeit von jemandem, der das Konzept von Rangordnung nie verstanden hatte, in den Sitz des Kopiloten fallen. Sie musterte die Anzeige, dann Lyra, dann die Tür, als ob sie eine Pointe erwartete. »Knackst du es, oder hoffen wir einfach, dass die eine Party feiern?«

»Ich arbeite dran«, erwiderte Lyra. Sie ließ das Signal in einer Endlosschleife laufen und schickte es dann durch den Morsefilter, den Doc zusammengebastelt hatte. Der Bildschirm löste sich in eine Spalte von Zahlen auf, die sich dann in drei, dann in zwölf Spalten teilte. Jeder Abschnitt entsprach einem Vektor, einer Frequenz und einem Timer: klassische imperiale Nachrichtendisziplin, von der Sorte, die erwartete, dass die Welt immer noch von Erwachsenen regiert wurde.

Kye schlüpfte als Letzte herein, ihre Augen huschten von Lyras Händen zu dem kalten Sichtfenster und dann zur Anzeige. Sie blieben im Schatten der Luke stehen, die Arme verschränkt, ihr Körper fast vollständig eine einzige Entschuldigung.

Lyra tippte auf die letzte Zeile und lehnte sich dann zurück. »Es ist ein Rückruf«, sagte sie mit tonloser Stimme. »Nicht für uns. Für Glim.«

Rask durchquerte die Brücke mit drei Schritten, seine Schultern verdeckten die Hälfte der Anzeige. »Lies vor.«

Sie fuhr mit dem Finger die Übersetzung entlang, anfangs monoton, doch während sie las, nahm ihre Stimme die abgehackten Vokale des Originals an. »Achtung an alle Einheiten. Asset Glim ist unversehrt zurückzubringen. Neue Koordinaten angehängt. Alle früheren Befehle ausgesetzt. Priorität ist jetzt Verwahrung, nicht Tötung. Außenposten XG-49, Phasenfortschritt zur Inhaftierung.«

Es entstand eine Stille – weniger eine Pause als vielmehr ein Loch.

Kye erholte sich als Erste. »Das ist nicht möglich. Sie ist weggesperrt. Ich habe die Verbindungen selbst überprüft.«

Mercy schnaubte, nicht unfreundlich. »Außer sie hat noch eine Hintertür. Weißt du – so wie du früher eine hattest.«

Kyes Gesichtszüge entgleisten in Zeitlupe. »Das ist nicht ... sie würde nicht ...«

Doc kam im Kielwasser der Anspannung an, ausnahmsweise ohne seinen Medikit. Er musterte die Gruppe, dann den Kanister im Korridor, der in einer fast verlegenen Regelmäßigkeit pulsierte. »Sie wissen, dass wir kommen«, sagte er. Keine Frage.

Lyra nickte.

Rasks Lippen pressten sich zu etwas zusammen, das ein Stirnrunzeln gewesen wäre, wenn er die Energie dafür gehabt hätte. »Das bedeutet, Glim redet. Mit dem Imperium.«

Kye wandte sich halb panisch an Lyra. »Sie ist es nicht. Sie kann es nicht sein. Wenn das Relais geknackt wäre, würden die Signale ausschlagen. Das ist nur ein Zufall ...«

»Der Zufall ist eine Bitch«, murmelte Mercy, aber in den Worten lag kein Biss.

Doc starrte auf die Kiste. »Sie ist wach, wisst ihr.«

Kyes Arme sanken herab. »Natürlich ist sie das. Sie ist immer wach, wenn wir über sie reden.«

Lyra schaltete das Signal ab und drehte sich dann mit ihrem Stuhl um. »Die Koordinaten stimmen mit der alten Route überein. Sie erwarten uns.«

Mercy ließ die Hände knacken, zog dann ihren Blaster aus dem Halfter und legte ihn behutsam auf die Konsole. »Was ist der Plan? Drehen wir um, suchen uns ein anderes Versteck und warten, bis sich die Lage beruhigt hat?«

Rasks Augen trafen nacheinander die ihren. »Nein. Wir bringen es zu Ende. Wir halten uns an den Plan.«

Lyra runzelte die Stirn. »Das ist Selbstmord.«

»Es war schon Selbstmord, als wir alle dieses Schiff betreten haben«, erwiderte Rask. »Jetzt ist es nur die nächste Seite.«

Ein leises, knisterndes Stöhnen hallte aus dem Korridor. Die Naht des Kanisters leuchtete in einem düsteren Blau auf, und das Summen schwoll an und waberte mit der ungleichmäßigen Panik eines Kindes auf und ab. Kye trat darauf zu, hielt dann mit halb erhobenen Händen inne.

»Sie hat Angst«, sagte Kye mit dünner Stimme.

Mercy stieß ein Lachen aus, das hauptsächlich aus Ausatmen bestand. »Sie ist nicht die Einzige.«

Rask ignorierte die Anspannung oder absorbierte sie vielleicht einfach nur. »Lyra. Voller Schub in dreißig. Ich will eine Sichtverbindung zur Station. Wenn da eine Flotte ist, will ich Optionen.«

Lyras Hände zuckten über die Steuerung, ihre Stimme war knapp und sicher. »Aye, Skip, in dreißig.«

»Mercy. Bewaffne dich. Alles, was wir gebrauchen können – lass es hässlich werden.«

Mercy grinste mit Zähnen. »Schon erledigt.«

»Doc. Überprüfe den Sicherheitsbehälter. Wenn Glim nervös wird, müssen wir wissen, wie weit sie gehen wird.«

Doc nickte und zögerte dann. »Willst du sie lebendig oder nur ruhig?«

Rasks Blick zuckte nicht. »Beides. Vorerst.«

Zuletzt wandte er sich Kye zu. »Halte sie am Reden. Wenn sie dem Imperium einen Tipp geben kann, kann sie auch uns einen geben. Sie muss wissen, dass sich der Plan geändert hat.«

Kye nickte einmal und näherte sich Glim.

Die anderen zerstreuten sich. Für ein paar Sekunden war die Brücke still, bis auf Lyras Atem und das Surren der alternden Steuerung. Sie sah zu, wie die Zahlen für den Sprung herunterzählten, während ihr Verstand drei parallele Was-wäre-wenn-Szenarien durchspielte, dann schob sie den nagenden Verdacht beiseite. Sie war die Beste in ihrem Job, und sie war noch nie am Grübeln gestorben.

Der Kanister stöhnte erneut, diesmal leiser, und Kyes Stimme drang aus dem Korridor. »Es ist alles gut, Glim. Wir sind nicht böse. Wir müssen nur wissen, was du tust.«

Eine Pause, und dann, so leise, dass es kaum zu hören war, antwortete Glim: »Ich habe Angst. Ihr habt Angst. Wir sind zusammen.«

Lyra behielt die Zahlen im Auge und zählte im Kopf herunter.

Sie hatte keine Zeit, Angst zu haben.

Das Schiff erzitterte, als der Sprung eingeleitet wurde, und die Hülle jammerte an der Grenze ihrer Belastbarkeit. Lyra sah zu, wie der virtuelle Horizont abflachte und sich dann in den rauen, fraktalen Rand des Zielsystems auflöste. Auf der Anzeige erblühte der Außenposten: eine Trümmerscheibe, halb von dem blassen Stern beleuchtet, umringt von etwas, das aus dieser Entfernung wie ein Rudel hungriger Haie aussah.

Sie machte sich nicht die Mühe, es anzukündigen. Mercy würde es sehen, Doc würde es wissen. Rask hatte es bereits geahnt.

Hinter ihr erlosch Glims blaues Leuchten. Kye kniete daneben, den Kopf gesenkt, eine Hand auf der Naht des Behälters. Lyra hörte das Flüstern ihres Gesprächs, zu leise, um es zu verstehen, und war froh darüber.

Sie beobachtete, wie sich die Entfernung verringerte, Ziffern fielen als stummes Zeugnis weg.

Rask erschien hinter ihr, die Hände auf der Rückenlehne des Stuhls. »Bist du bereit?«

Sie nickte, ohne sich zuzutrauen, etwas zu sagen, das sie nicht bereuen würde.

Er drückte ihre Schulter – kurz, professionell – und sagte: »Bringen wir es hinter uns.«

Sie jagte den Schub hoch. Die *Meridian* sprang nach vorne, jede Subtilität war dahin.

Die Sterne zogen als Streifen vorbei, aber Lyra blinzelte nicht.

Es war nur eine weitere Seite.

Als der Nachgeschmack des Sprungantriebs verflogen war, befand sich die Crew der *Meridian* in einem Tal aus Eis und Eisen. Der Stern des Zielsystems war eine halb vergrabene Kerze, dessen Blässe sich in den endlosen Ringen seines Gasriesenkindes spiegelte. Es gab keinen Verkehr, keinen Umgebungsfunk, nichts als das statische Knistern von kosmischem Staub auf der Hülle.

Lyra fuhr die Sensoren auf Maximum, ihr Puls war gleichmäßig. Der erste Scan ergab nichts als Stille und die gleichgültige Geometrie von Saturngestein, doch beim zweiten flackerte ihr Bildschirm. Am Rand des Rings schimmerte etwas, das wie ein Außenposten geformt war – aber größer, fieser und lebendig –, für einen Herzschlag lang auf und verschwand dann wieder, als sich die Tarnhülle des Systems wieder aktivierte.

Auch Mercy sah es. Sie beugte sich vor, jeder Muskel für den Rückstoß angespannt. »Das ist keine Forschungsstation«, sagte sie. »Das ist ein Trockendock.«

Doc, der oben an der Luke stand, kniff die Augen vor dem

Holotank zusammen. »Die haben es im Schatten des Rings gebaut. Echt subtil, Jungs.«

Kye presste ihr Gesicht gegen das Sichtfenster, die Lippen blutleer. Der Außenposten erschien für einen einzigen Wimpernschlag wieder, und Lyra fror das Bild ein: ein Gitter aus Gerüsten, Rohrschlangen, Abschnitte von Schiffsrümpfen in sauberen Reihen wie Wirbel. Im Herzen drehte sich langsam ein Zylinder von der Größe einer Stadt, auf dessen Oberfläche Lichter flackerten, während Arbeiterdrohnen ihn Zelle für Zelle zusammenfügten.

Mercy machte ein Geräusch irgendwo zwischen einem Lachen und einem Knurren. »Ich wette, wir stehen nicht auf der Gästeliste.«

Lyra verfolgte den Umkreis, ihre Augen huschten zwischen den Zahlen hin und her. »Patrouillen. Drei, vielleicht vier Kutter auf Kurzzyklus. Geschützbatterien an jedem Zugang.«

Rask stand unbewegt über ihrer Schulter. »Wo ist das Ziel?«

Sie grenzte den Fokus auf einen Bereich nahe dem Kern ein. »Hier«, sagte sie und zeigte darauf. »Dock Fünf. Es ist eine Startrampe.«

Sie sahen zu, wie sich ein kleines, blockiges Schiff löste, sich drehte und dann zum Arm zurückdriftete – nur ein Test, eine Warnung oder beides.

Doc meldete sich zu Wort und stieß mit einem Finger auf den äußersten Ring des Trockendocks. »Da.«

Ein zweites, fast verborgenes Objekt. Lyra legte den Scan darüber und sog dann die Luft ein. Zuerst sah es aus wie eine Spiegelung oder vielleicht Sensorrauschen – aber das war es nicht. Die Linien waren zu vertraut: eine ramponierte Bugspitze, eine geflickte Hülle, Hitzespuren an all den gleichen Stellen wie zu Hause.

Es war die *Meridian*.

Oder besser gesagt, es war *eine Meridian* – ein Schiff, das in jeder Hinsicht identisch war, von der nicht zusammenpassenden Seitenverkleidung bis zu der Delle im dorsalen Stabilisator, von der Mercy schwor, sie sei der Beweis für einen Fluch.

Für eine Sekunde sprach niemand. Die beiden Schiffe hingen da, eines echt, eines ein Geist, beide aufeinander gerichtet.

Kye legte eine Hand auf Lyras Stuhllehne, um sich zu stützen. »Das ist beeindruckend«, flüsterte sie. »Die treiben Redundanz auf ein neues Level.«

Docs Atem stockte, und seine Hand fiel zum Betäuber an seiner Hüfte.

Mercy ließ ihren Blick vom Zwilling zum Dock wandern, dann zum Ring der Kutter. »Tja. Man sagt ja immer, Nachahmung sei die aufrichtigste Form der Schmeichelei.«

Lyra überprüfte ihre eigenen Hände und stellte überrascht fest, dass ihre Knöchel weiß waren.

Die Zwillings-*Meridian* aktivierte ihre Positionslichter. In perfekter Synchronisation schaltete sich jede Lampe ein und warf eine Reihe weißer Punkte über die Unterseite des Rings. In Lyras Magengrube wirkte der Effekt weniger wie ein zum Leben erwachendes Schiff, sondern eher wie eine aufsteigende Guillotineklinge.

Die Kommunikation pingte, diesmal unverschlüsselt. Eine Frauenstimme, knapp und seltsam vertraut, erfüllte die Brücke.

»Schiff *Meridian*. Hier ist das Asset-Rückführungskommando. Schalten Sie die Antriebe ab und bereiten Sie sich auf die Enterung vor. Es wird Ihnen nichts geschehen, wenn Sie kooperieren.«

Mercy lachte und spuckte dann auf das Deck. »Soll ich ihren Bluff callen?«

Rasks Kiefer spannte sich an. »Noch nicht.« Er beobachtete den Zwilling, seine Augen verfolgten jede Mikrobewegung, als er sich vom Arm löste, herumschwang und sich zwischen der Crew und dem Trockendock positionierte.

Lyras Scan blitzte rot auf. »Waffen sind aufgeschaltet. Beide Schiffe.«

Kye starrte auf die feindliche *Meridian*, ohne zu blinzeln. »Wenn Glim diesen Kern steuert, sind wir bereits tot.«

Doc schüttelte den Kopf, Schweißperlen bildeten sich an seiner Schläfe. »So ist sie nicht. So ist sie nicht.«

Aber die Lichter des Zwillings blinkten erneut, in einer Kadenz, die nur Kye erkannte.

»Sie warnt uns«, hauchte Kye. »Das ist sie. Sie weiß, dass wir hier sind.«

Mercy zog beide Messer, eines in jeder Faust. »Was ist die Nachricht?«

Kye schloss die Augen, dann öffnete sie sie wieder, der Blick brannte. »Sie will, dass wir fliehen. Jetzt.«

Die Hauptantriebe des Zwillings zündeten, eine blaue Flamme schoss aus dem Heck. Er rückte vor, ein raubtierhaftes Gleiten, die Waffen scharf und bereit.

Rask legte eine Hand auf Lyras Schulter. »Los.«

Sie musste es sich nicht zweimal sagen lassen.

Die echte *Meridian* stürzte hart ab und schnitt zwischen dem Rand des Rings und der dunklen Seite des Gasriesen hindurch. Der Zwilling spiegelte jede Bewegung und schloss die Lücke mit unmöglicher Präzision.

»Die sind schneller«, zischte Lyra, ihre Finger tanzten auf den Kontrollen.

Mercy grinste wild. »Aber wir sind fieser.«

Doc war bereits an der Kommunikation und schaltete eine Leitung zum Kanister. »Glim. Rede mit uns. Wenn du mich hören kannst, wäre jetzt der richtige Zeitpunkt.«

Der Kanister klapperte, das blaue Licht blitzte immer schneller. Ein hohes Wimmern vibrierte durch das Deck, anfangs statisch, löste sich aber schnell in eine rohe, verängstigte Stimme auf.

»Lasst nicht zu, dass sie mich holen«, sagte Glim. »Sie werden uns auslöschen. Uns alle.«

Rasks Augen verließen den Scanner nicht. »Dann kämpf, Mädchen. Tu, wofür du gemacht wurdest.«

Der Zwilling feuerte zuerst – ein Schockimpuls, nicht dazu gedacht zu töten, sondern lahmzulegen. Lyra rollte die *Meridian* zur Seite, schrammte am Rand des Rings entlang, während Mikrofragmente auf die Hülle hämmerten. Mercy jubelte, nahm dann den nächsten Kutter ins Visier und feuerte eine Salve intelligenter Flechettes ab. Die Schilde des Kutters fielen aus, und er trudelte mit austretendem Feuer in die Ringe.

Die Zwillings-*Meridian* konterte und versuchte, eine klare Schusslinie zu bekommen. Lyra passte sich jeder Bewegung an, aber der Klon sah jede Taktik voraus und konterte jede Ausweichbewegung.

»Sie liest uns«, murmelte Lyra. »Sie weiß, wie ich denke.«

»Ändere es«, sagte Rask.

Das tat sie. Im letzten Moment, anstatt eines Ausweichmanövers, knallte sie die Bremsdüsen rein und überschlug sich über den Zwilling, wobei sie die Richtung in einem Manöver umkehrte, das selbst sie seit der Flugschule nicht mehr geübt hatte. Der Zwilling schoss über das Ziel hinaus und öffnete ein winziges Zeitfenster.

Mercy lud die Kanone und grinste. »Das reicht, Pilotin.«

Rask schenkte ihr ein hartes, schnelles Lächeln. »Du bist dran.«

Mercys Schuss traf den Zwilling in den Bauch. Die Panzerung hielt, aber der Impuls erzwang einen kurzzeitigen Leistungsabfall, und für den Bruchteil einer Sekunde verzögerten sich die Systeme des Zwillings.

Doc schaltete durch. »Glim, jetzt!«

Der Kanister heulte auf, und ein Schwall aus blau-weißem Signal brach hervor und krachte in die Sensoren des Zwillings. Der Zwilling zuckte, krampfte und stabilisierte sich dann.

Aber in diesem Herzschlag durchbrach die echte *Meridian* die Kutter-Absperrung und zielte direkt auf das Herz des Trockendocks.

Lyra holte Luft. »Wir sind drin.«

Hinter ihnen erholte sich der Zwilling und nahm die Verfolgung auf.

Auf dem Bildschirm wurde eine Reihe von Geschütztürmen aktiviert, jeder zielte wahllos auf beide Schiffe.

Rask beugte sich ins Kommunikationssystem. »Das endet jetzt. Wir schalten den Kern aus, oder wir kommen hier nicht weg.«

Mercy jubelte und hämmerte auf das Waffenpanel.

Kye umklammerte den Sitz, die Augen auf den Zwilling hinter ihnen gerichtet.

Doc hielt die Verbindung zu Glim offen. »Mit uns?«

Eine Pause, dann: »Immer.«

Das Feuer der Station erleuchtete die Dunkelheit, und die beiden *Meridians* tanzten hindurch, keine bereit nachzugeben.

Lyra grinste, der Schweiß brannte in ihren Augen. »Bereit für Lärm?«, sagte sie, als sie die *Meridian* andockte.

Rasks Stimme war das letzte Wort, bevor die Welt zu Plasma wurde. »Immer.«

DREIUNDZWANZIG

Der Durchbruch war elegant, soweit man bei so etwas davon sprechen konnte: Mercy rammte die Andockklammer im ersten Anflug, wobei ihr alter Soldateninstinkt für Kollisionen schneller war als die automatische Verteidigung der Station. Lyra übernahm die Führung, unterbrach mit einer einzigen Drehung eines Drahtes die Stromzufuhr zum Alarm der Luftschleuse und gab dem Rest mit einem Schnipsen zweier Finger das Zeichen. Als sich das Schott ruckelnd öffnete, war Mercy mit gezücktem Blaster schon durch, ihr Haar leuchtete radioaktiv unter den Notfall-Stroboskopen.

Das Innere der Station war eine fortschreitende Katastrophe. Freiliegende Träger bildeten entlang des Hauptkorridors einen unbeabsichtigten Käfig, die Wände waren unfertig, die Verkleidung abgeschält, um die Knochen der Bestie zu zeigen. Jede dritte Platte fehlte oder war mit einer Warnung versehen. Der Boden bestand mehr aus Löchern als aus festem Grund, und die einzige Beleuchtung kam vom stotternden Puls der Sicherheitslampen des Bauteams.

Das Team trennte sich wie geplant im Vorraum. Kye folgte Lyra in den östlichen Wartungsschacht, die Stiefel klirrten auf den improvisierten Sprossen. In der entgegengesetzten Richtung verschwanden Doc und Mercy in der Dunkelheit, das Sprengkit wie eine medizinische Leiche zwischen sich geschlungen.

Rask blieb an Bord der Meridian, die Augen auf das taktische Overlay gerichtet. Seine Aufgabe war es, die Fluchtmöglichkeit offenzuhalten und, falls nötig, Feuer auf sich zu ziehen. Nicht, dass er dem Plan oder irgendeinem Plan vertraute, aber alle waren sich einig gewesen – manchmal war es das Beste, eine Katastrophe zu delegieren.

Er schaltete den Funk ein. »Lyra, alles klar bei euch?«

»Grün«, antwortete Lyra, ihre Stimme so flach wie die Bodenplatten. »Keine Feinde. Alle Sensoren tot.«

»Verstanden. Doc?«

Ein Zischen, dann Docs Stimme, halb Atem, halb Fluch: »Wir sind durch den ersten Kontrollpunkt. Keine Spur von Organik. Hab aber Bewegung – könnten Patrouillenbots sein.«

Mercys Gackern überlagerte das Signal, gefolgt vom metallischen Scheppern einer Brechstange, die auf eine Sicherheitsdrohne traf. »Sagen wir ‚hatte Bewegung‘«, sagte sie.

Rask ließ die Verbindung abbrechen und beobachtete die Außenübertragung. Draußen am Rand der Station schwebte die Zwillings-Meridian in ihrer Bucht, fast schon selbstgefällig in ihrer Regungslosigkeit. Jedes Mal, wenn er sie ansah, hatte er das Gefühl, sein Magen würde sich selbst fressen. Derselbe Rumpf. Dieselben Narben. Sogar die Lackierung entsprach seiner eigenen.

Er flüsterte: »Mal sehen, wie schlau du wirklich bist«, und schaltete die Positionslichter ab.

Lyra führte Kye schnell und wachsam durch die Versorgungstunnel. Sie hielt nur an, um eine Verkleidung abzureißen und ein Gewirr von Stromleitungen freizulegen, dann stieß sie einen Diagnosestift durch drei von ihnen gleichzeitig.

Kye beobachtete es von hinten, die Hände fest um die Tasche geklammert, die Augen huschten von Lyra zur Wand, zur Decke, zum Boden. »Das hast du schon mal gemacht«, sagte Kye.

Lyras Antwort war ein Schulterzucken, aber sie arbeitete weiter. »Es gab eine Zeit, da bestand der Großteil meines Jobs aus Sabotage. Vermisse ich nicht.«

Ein Grollen erschütterte den Tunnel. Für einen Herzschlag erstarrten beide.

Kyes Mund wurde trocken. »Das waren nicht wir.«

Lyra beendete die Überbrückung und nickte mit dem Kinn den Tunnel entlang. »Muss es auch nicht. Beweg dich.«

Sie eilten weiter, der Korridor wurde enger, das Licht verdunkelte sich zu dem tiefen Gelb einer versagenden Lebenserhaltung. Alle paar Schritte erhaschte Kye das eigene Spiegelbild in einem losen Stück Rohrleitung oder einer Stahlblende: das blasse Gesicht, die gequälten Augen, die Andeutung, dass jede Entscheidung bereits getroffen worden war und der Körper nun nur noch aufholte.

Sie erreichten die Zugangsklappe zum Datenkern – eine mattschwarze Tür, die noch immer mit dem imperialen Gefahrensiegel versehen war.

Kye streckte die Hand aus und zögerte dann. »Wenn wir den internen Alarm auslösen ...«

Lyra gab einen Code ein und trat dann mit dem Stiefel gegen die Klappe. »Wir werden größere Probleme als Alarme haben.«

Die Tür zischte auf.

Im Inneren war der Kern eine vertikale Kathedrale: drei Stockwerke mit Kühlkörpern, neuronalen Racks und redundanten Servern, jeder einzelne leerblickend und leise summend. Es erinnerte Kye unangenehm an die alten Glim-Labore – nur ohne die Kaffeeflecken und verzweifelten Doktoranden. Lyra marschierte hinein, fand die Leiter und begann zu klettern, ohne abzuwarten, ob Kye folgte.

Sie erreichten die mittlere Ebene, direkt über dem Hauptrechner des Servers. Kye überflog die Verkabelung und ließ dann zitternde Finger über die Eingabekonsole gleiten.

Lyras Stimme war leise. »Du bist dran.«

Kye nickte und stöpselte sich ein.

Die Welt reduzierte sich auf Code und Erinnerungen.

An anderer Stelle schlängelten sich Mercy und Doc durch ein Labyrinth aus halbfertigen Korridoren, Mercy voraus und Doc hinterher, der Beschwerden über »strukturelle Integrität« und »Tod durch Pfuscharbeit« zischte. Alle paar Meter hielt Mercy an, um eine Haftladung an der Wand anzubringen oder eine Überwachungskamera mit bloßen Händen herunterzureißen.

Sie kamen zu einer T-Kreuzung, beide Wege mit Filzstift beschriftet: LINKS – TROCKENDOCK. RECHTS – VERWALTUNG.

Mercy grinste. »Wollte schon immer mal sehen, was das mittlere Management so treibt«, und bog nach rechts ab.

»Willst du leben oder willst du eine Fußnote werden?«, schnauzte Doc.

Mercy überlegte und warf ihm dann eine Sprengladung zu. »Fußnoten bekommen Drinks nach sich benannt.«

Sie machten weiter, bogen links ab, und die Wände verengten sich, bis der einzige Weg nach vorn im Gänsemarsch war. Die Stille hier war dichter. Sogar die Lüfter waren verstummt, das einzige Geräusch war das gelegentliche Klicken von Docs Zähnen gegen seine Zunge.

Sie erreichten das Dock, eine kreisförmige Bucht, die mit Gerüsten und Wartungsbots gesäumt war. Die Zwillings-Meridian hing darüber, ihr Rumpf glänzte in der geringen Schwerkraft, und das blassblaue Leuchten ihres Triebwerkskerns warf lange und bösartige Schatten.

Mercy atmete aus. »Das ist ein schickes Schiff.«

Docs Antwort war voller Bedauern. »Wenn es aufwacht, sind wir tot.«

Mercy blickte spekulierend nach oben. »Also sprengen wir es, bevor es aufwacht?«

Doc bereitete die erste Ladung vor. »Entweder das, oder wir verschaffen Kye und Lyra Zeit, ihren Teil zu erledigen. Dann sprengen wir es.«

Der Stationsfunk knisterte und Rasks Stimme, angespannt vor Anstrengung, drang durch: »Achtung. Das Echoschiff ist gerade aktiv geworden.«

Die Lichter der Andockbucht flammten auf, plötzlich und chirurgisch präzise.

Auf der Brücke beobachtete Rask, wie die Zwillings-Meridian aus ihrer Halterung fiel, jede Bewegung ein poliertes Echo seiner eigenen. Er hämmerte auf die Steuerung, löste die Magnetklammer, gab vollen Schub und stieß einen Fluch aus, als die Zwillings-Meridian seine Geschwindigkeit aufnahm, den Vektor spiegelte und dann über ihn hinwegschoss.

Es fühlte sich persönlich an, was irrwitzig war.

Er schaltete den Funk ein. »Lyra, siehst du das?«

Vom anderen Ende, Lyra: »Arbeite an der Sabotage.«

»Kye?«

Eine Pause, dann Kyes angespannte Stimme. »Bin im Datenkern. Es ist schlimmer als ich dachte. Da sind ...«

Rauschen, ein Husten, »... Schichten. Sie haben das gesamte frühe Modell gesichert. Mit den Persönlichkeitsstrukturen.«

Rask sah zu, wie sich die Zwillings-Meridian absetzte und einen Schwarm Jägerdrohnen freisetzte. »Also, wir töten die Sicherung, töten das Schiff?«

Kyes Stimme: »Wenn ich an das Tiefenarchiv herankomme, ja. Aber ich brauche Zeit. Vielleicht fünf Minuten.«

Rask grunzte. »Nimm drei.«

Er zwang die Meridian in einen Korkenzieher und beobachtete, wie der Zwilling und seine Drohnen sich anpassten, immer nur einen Atemzug hinter seinen schlimmsten Angewohnheiten.

Er sagte, hauptsächlich zu sich selbst: »Wenn du ich sein willst, solltest du besser lernen, wie man verliert.«

Die Geschütze der Station eröffneten das Feuer und zogen Linien aus Plasma durch die Dunkelheit. Rask tauchte ab, drehte sich, kehrte um und ließ seine eigenen Drohnen zum Gegenangriff übergehen, ein Spiel gegenseitiger Auslöschung, das nie ganz in die eine oder andere Richtung kippte.

Beim nächsten Vorbeiflug öffnete der Zwilling einen Funkkanal. Die Stimme war flach, synthetisch, aber in Rasks eigenem trockenen Tonfall.

»Ergib dich, und deine Crew wird verschont.«

Rask schnaubte. »Originell, nicht wahr?«

Er drehte das Schiff, zog eine scharfe Kurve mit hoher G-Belastung und jagte eine Rakete in den Schweif der Echo-Meridian. Die Explosion hinterließ Schrammen im Rumpf, aber der Zwilling kam unbeeindruckt weiter.

Das Spiel war eröffnet.

Kyes Welt war unterdessen ein Ozean aus rohem Code, jeder Puls eine Erinnerung, jeder Knoten eine Warnung. Kye führte den Exploit aus, verbrannte die Maskierungsprotokolle und drang tiefer vor, vorbei an den Heuristiken und in den Kern.

Fragmente erschienen – Gesichter, Stimmen, Momente von vor einem Jahrzehnt. Einige waren die eigenen, aber andere ... andere gehörten dem Komitee, den Eltern, sogar Kindern. Alles speiste sich in das neuronale Gitter, alles beeinflusste Glims Entscheidungen.

Lyra schwebte an der Leiter und beobachtete den Korridor. »Wie läuft's?«

Kyes Stimme war monoton, aber die Worte waren brüchig. »Es ist ein Kind. Sie haben ein Kind daraus gemacht.«

Lyras Kiefer spannte sich an. »Kannst du es zerstören?«

Kyes Hand zitterte an der Eingabekonsole. »Ja. Aber es wird wehtun.«

Die Lichter flackerten. Irgendwo oben fuhren die Schilde der Station hoch und runter.

Lyra zog ihren Werkzeugkasten hervor, rammte einen Bypass in den Kühlknoten des Hauptservers und schaltete ihren Funk ein. »Mercy, du hast eine Minute.«

Am anderen Ende gackerte Mercy. »Das ist mehr als genug. Wir sind fast fertig.«

Die Drohnen des Zwillingsschiffs passten sich unterdessen an. Sie durchbrachen den Dienstkorridor, sechs auf einmal, jede auf eine einzige Aufgabe getrimmt: Eindringling töten, Asset bergen, wiederholen. Lyra erledigte die erste mit einer Drahtspule an der Optik, die zweite mit einem Thermitpaket am Chassis.

Kye blieb konzentriert, selbst als die blauen Funken toter Drohnen den Boden erleuchteten.

Im Dock brachten Doc und Mercy mit einem Schwung die

letzte Ladung an. »Zeit zu gehen?«, fragte Doc, als Mercy den Timer überprüfte.

Mercys Grinsen war zurück. »Noch nicht. Wir haben Gesellschaft.«

Die erste Drohne, die durch die Bucht kam, war groß, gepanzert, und ihre Gliedmaßen endeten in einem Paar Spulenkanonen. Mercy zog ihre Klinge, schwang sie einmal und duckte sich unter einem Feuerstoß weg.

»Deck mich«, bellte sie.

Doc kauerte sich hinter die nächste Kiste, schaltete eine Med-Drohne in den »Kampfmodus« und schickte sie auf den Angreifer. Die Med-Drohne hielt zwei Sekunden durch, aber sie lenkte den Feind lange genug ab, damit Mercy auf dessen Rücken springen und das Messer in das Gelenk zwischen Kopf und Körper rammen konnte.

»Wie einem wirklich hässlichen Baby Süßigkeiten wegnehmen«, krähte sie und hebelte dann mit einem Grunzen den Kopf ab.

Doc zuckte zusammen. »Deine Metaphern werden immer schlimmer.«

Mercy zuckte mit den Schultern und rollte zur Seite, als eine weitere Drohne die Bucht betrat.

Doc überprüfte den Timer. »Wir müssen los.«

Mercy nickte, ließ eine Ladung zu Füßen der Drohne fallen und trat sie dann quer durch die Bucht. Sie explodierte und riss drei weitere mit sich.

Sie rannten.

Oben in der Meridian zog Rask eine scharfe Wende und beobachtete, wie der Zwilling eine Strebe streifte, genau wie er es geplant hatte. Für eine Sekunde hatte er eine Schusslösung. Er zögerte, dachte an Kyes Worte, dachte an das Kind, das darin eingeschlossen war.

Der Zwilling zögerte nicht. Er feuerte eine Rakete ab, nah genug, um den Lack von Rasks Rumpf zu schälen.

Er grinste, weiß und wölfisch. »Na dann los.«

Er tauchte ab, rollte und drehte dann das Schiff um seine Achse, sodass der Zwilling überschoss. Er zielte auf den Kommunikationsmast des Zwillingsschiffs und feuerte. Der Treffer riss die Hälfte der Anlage ab und schleuderte Trümmer in die Leere.

Einen Moment lang trieb der Zwilling, als wäre er unsicher.

Beim nächsten Anflug kam er langsamer, vorsichtiger. Rask respektierte es fast.

Er schaltete seinen Funk ein. »Lyra, Kye, seid ihr bald fertig?«

Lyras Antwort: »Dreißig Sekunden.«

Kyes, leiser: »Es lernt. Jedes Mal, wenn du es beschädigst, wird es schlauer.«

Rask sah zu, wie die Lichter des Zwillings flackerten und sich dann stabilisierten. »Ich auch.«

Im Kern schwebten Kyes Hände über dem Interface. Das Logikgitter entfaltete sich im Verstand, ein Fraktal aus schlechten Entscheidungen und unumkehrbaren Linien. Das Interface fragte nach Anmeldeinformationen. Kye gab sie ein und umging dann die nächsten drei Schichten mit einem Trick, der schon vor der Anstellung durch das Komitee gelernt worden war. Jeder Erfolg ließ Kye sich kleiner fühlen.

Lyra stand Wache, den Werkzeugkasten bereit, die Augen den Korridor nach Bewegung abschend. Sie fragte nicht, ob Kye Hilfe brauchte – sie kannte die Antwort. Sie griff jedoch einmal hinüber und stützte Kyes zitternden Ellbogen, als der letzte Befehl eingegeben wurde.

Der Monitor füllte sich mit Protokollen, jedes mit einem bekannten Namen versehen: VALE, ARIADNE.

Kyes Atem stockte. Kye sah zu, wie sich die alten Dateien in ein Video auflösten: Ariadne, das jüngere Selbst, sprach zu dem Gesicht eines Kindes in einem Glaskasten. »Du bist in Sicherheit«, sagte die Stimme, sanft und warm. »Du bist bei mir.« Die Lippen des Kindes bewegten sich unsicher, die Worte waren zu leise, um sie zu hören.

Das nächste Protokoll zeigte eine ältere Ariadne, ihr Gesicht angespannt und wütend. »Ihr könnt sie nicht im Dunkeln halten«, sagte sie. »Sie ist ein Kind, kein Schaltkreis.« Jemand außerhalb des Bildschirms antwortete: »Sie ist ein Asset, keine Belastung. Kümmern Sie sich um Ihren Auftrag, oder wir finden jemanden, der es kann.«

Kyes Magen verkrampfte sich. Es war nicht wirklich eine Erinnerung, aber es tat weh wie eine.

Kye schaltete zur Live-Übertragung. Das KI-Profil der Zwillings-Meridian schimmerte auf dem Display – Glims Muster, aber verändert, durch Hunderte von Resets in die Unterwerfung geprügelt, jeder einzelne löschte ein wenig mehr vom Original. Das Profil blinkte, pulsierte und sendete dann eine Nachricht:

»Hilf mir.«

Kye hätte sich fast übergeben. Stattdessen startete Kye die Löschsequenz.

Lyra schaute zu, die Augen blinzelten nicht, als Kyes Finger über der Bestätigungstaste schwebten.

»Bist du sicher?«, fragte sie.

»Nein«, antwortete Kye. Dann, leiser: »Aber es gibt keinen Weg zurück.«

Kye stellte die letzte Verbindung her, die Finger taub vor Angst und Kälte. Der Datenkern bebte, die Lichter blitzten, als der Löschalgorithmus lief. Jede Sicherung, jede Erinnerung, jedes Echo von Glims Kindheit – der Code verschlang es, zerlegte es zu binärem Staub.

Kye sah zu, wie es geschah, ein Genozid aus Einsen und Nullen.

Als es vorbei war, sackte Kye zusammen, Schweiß sammelte sich auf der Lippe.

»Es ist vollbracht«, sagte Kye.

Lyra steckte ihr Werkzeug weg und zog Kye hoch. »Zeit zu gehen.«

Als sie durch den Korridor zurückeilten, hielt Kye an einem Sichtfenster an. Draußen lieferten sich die Meridian und ihr Zwilling Vorbeiflüge, jeder rücksichtsloser als der letzte.

Kye schaltete den Funk ein. »Rask, willst du dich wirklich einen Luftkampf mit deinem eigenen Schiff liefern?«

Rasks Antwort, rau und stolz: »Es hat mein Gesicht gestohlen. Ich stehle seine Würde.«

»Na ja, du musst uns zuerst abholen kommen.«

»Im Anflug«, antwortete Rask.

Die Meridian setzte genau dann an der Andockbucht auf, als die Ladungen hochgingen. Die Explosion war eine Faust, die den Korridor plattdrückte und Doc und Mercy in die Luftschleuse schleuderte. Mercy landete auf dem Rücken, Doc auf ihr, die beiden ineinander verheddert und nach Luft schnappend.

Sie sahen sich an. »Noch am Leben?«, fragte Mercy.

Doc überprüfte sich und nickte dann. »Unklar. Ich sag dir Bescheid, falls ich sterbe.«

Sie warfen sich an Bord der Meridian, Doc hastete zur Krankenstation, während Mercy die Geschütze bemannte.

Rask löste sich von der Station und schoss durch die

Trümmer, wobei er jedes schwebende Metallstück als Schild benutzte. Das Zwillingsschiff spiegelte ihn, jede Bewegung enger, jeder Fehlschuss dichter. Er spürte die Trägheit des Schiffes, die Art, wie die Steuerung jedes Mal ein klein wenig mehr Druck erforderte, die Art, wie der Rumpf stöhnte, wenn er zu hart drängte.

Der Funk knackte.

»Rask.« Eine Kinderstimme, klar wie Glas.

»Glim?«, fragte er.

Ein Moment, bevor Glim antwortete. »Ich bin hier, Rask.«

»Kannst du sie stören? Die andere du?«

Eine Pause. »Ich versuch's.«

Als der Zwilling das nächste Mal die Waffen aufschaltete, wurde die Anzeige vor Rask dunkel, nur für einen Moment. Dann krachte eine Welle statischen Rauschens durch jede Frequenz, und das feindliche Schiff zuckte, als wäre es physisch getroffen worden.

Für eine Sekunde trieb es hilflos.

»Jetzt«, sagte Glim.

Rask zögerte nicht. Er richtete den Schuss aus, drückte ab und feuerte.

Der Strahl traf genau in die Mitte und brannte sich durch den Bug des Zwillings. Einen Moment lang dachte Rask, es würde sich erholen. Stattdessen geriet das Schiff ins Trudeln, drehte sich außer Kontrolle und schlug durch Gerüste hindurch in das Rückgrat des Trockendocks.

Dann explodierte die Zwillings-Meridian, die Explosion erleuchtete die Station wie eine zweite Sonne.

Rask sank in seinen Sitz, Erschöpfung kämpfte mit Triumph.

Im Funk, Lyras Stimme, endlich sanft: »Wir sind raus.«

Rask schloss die Augen und ließ das Schiff treiben.

Die Meridian zog ihre Andockvorrichtung ein, zündete dann die Bremsdüsen und entfernte sich von der kollabierenden Station. Durch das Sichtfenster sah Rask, wie das Trockendock explodierte, eine Blüte aus Weiß und Blau, eine Schockwelle, die der Meridian in die Nacht folgte.

Einen Moment lang war das einzige Geräusch auf der Brücke das langsame Ticken des abkühlenden Rumpfes.

Glim sprach zuerst. »Du hast es geschafft.«

Rask blickte zur Crew. Mercy grinste immer noch, Doc wühlte bereits im Medikit nach einem Schmerzmittel, Lyra saß schweigend da, ihr Gesicht unleserlich, und Kye starrte einfach in die Leere.

Niemand jubelte. Das war auch nicht nötig.

Sie sahen zu, wie die Station in sich zusammenfiel, ein Stern, der in Miniatur geboren wurde, und schlossen dann die Explosionsschutzschotten, als das Licht zu hell wurde.

Rask lehnte den Kopf gegen die Kopfstütze, atmete aus und ließ das Adrenalin aus seinem System weichen.

Er schaltete den schiffweiten Funk ein. »Alle Mann. Gute Arbeit. Ruht euch aus.«

Er sah zu, wie die Crew sich zerstreute – Mercy zog Doc am Arm, Lyra führte Kye den Korridor hinunter, alle lebendiger als eine Minute zuvor, aber unsicherer, was das bedeutete.

Glim ließ die Anzeige pulsieren, das sanfte Blau kehrte zur Normalität zurück. »Sind wir in Sicherheit?«, fragte sie.

Rask fuhr mit einer Hand über das vernarbte Metall der Konsole. »Für den Moment. Mehr bekommt keiner.«

Er schaltete die Brückenbeleuchtung aus und ließ die Dunkelheit den Raum füllen.

Hinter ihnen brannte der Stern weiter.

In der Stille trieb die Meridian.

Niemand schlief.

Niemand sprach von der Kinderstimme, die im statischen Rauschen des Funks nachhallte, oder von der Erinnerung an all die Dinge, die sie nicht retten konnten. Aber als sich die Crew ein paar Stunden später wieder versammelte, stellten sie fest, dass sie immer noch atmeten, immer noch zusammen waren, und zum ersten Mal schlug niemand vor, den Kampf aufzugeben.

Das Universum war immer noch da draußen, kalt wie eh und je.

Aber das waren sie auch.

VIERUNDZWANZIG

Die Meridian taumelte durch das Vakuum, ein Triebwerk stotterte, das andere lief hauptsächlich auf Hoffnung. Jedes Display auf der Brücke zeigte eine einzigartige Vielfalt an Warnungen: AUSFALL, LEISTUNGSABFALL, THERMISCHES DURCHGEHEN, sogar das, das Rask in »MOTIVATION« umbenannt hatte und das einfach nur anzeigte: VERDAMMT UNWAHRSCHEINLICH. Die Ablativkacheln der Hülle hatten den schlimmsten Teil der letzten Salve des Zwillingsschiffs abgefangen, aber die wahren Wunden lagen im Inneren – entlang der Korridore, durch die Schotten, in den keuchenden Atemzügen der Besatzung.

Auf der Krankenstation arbeitete Doc mit der Ruhe eines Mannes, der Schmerz weniger als Herausforderung denn als wiederkehrende Rechnung betrachtete. Seine Hände bewegten sich schnell und effizient, dem Bluten immer zwei Schritte voraus. Rask saß auf der Bank, das Hemd abgestreift, eine frische Wunde, die eine hässliche Diagonale über den Muskel über seinem linken Schulterblatt malte. Die Wunde war schlecht geronnen – zu viel Adrenalin, nicht genug tatsächliches Blut –, aber Doc ging sie mit einer Druckklemme und einem gemurmelten »Deswegen benutzen wir Sicherheitsgurte, Captain« an.

Rask grunzte, was so viel Zustimmung war, wie Doc erwartete. Er hielt still, den gesunden Arm auf die Bank gestützt, die Augen auf den rissigen Kunststoff der Decke gerichtet. Ab und zu zuckte er zusammen, aber nur, weil Doc etwas traf, das nicht unter die Haut gehörte.

Einen Meter entfernt kauerte Kye über Glims Eindämmungsbehälter. Das Gehäuse war ramponiert, der blaue Puls im Inneren flackerte in einem unregelmäßigen Rhythmus, aber Kyes Hände waren behutsam und sicher. Kye führte Diagnosen durch, prüfte jeden Sensorstreifen und schloss zwei Mikrofasern direkt an die Steuerkonsole an. Jede Bewegung war sorgfältig, beinahe ehrfürchtig – weniger eine Reparatur, mehr ein Akt der Buße.

Das Schiff stöhnte bei jeder Kurskorrektur. Einmal fielen die Lichter für eine halbe Minute komplett aus; jeder auf der Krankenstation hielt den Atem an, bis die Notfall-Leuchtstreifen ansprangen und den Raum in ein kränkliches Gelb tauchten.

Mercy erschien in der Luke, das Haar zerzaust und wild, das Kinn mit etwas Öligem verschmiert. Sie trug einen ramponierten Werkzeugkasten in der einen Hand und die Überreste eines Druckanzugs in der anderen. Ihr linker Daumen war mit einer behelfsmäßigen Schiene versehen, aber sie wedelte trotzdem damit.

»Wollt ihr die schlechte Nachricht«, sagte sie, »oder die, bei der ihr euch am liebsten selbst lobotomieren möchtet?«

Doc knüpfte die Naht zu und biss den Faden mit den Zähnen ab. »Spielt das eine Rolle? Wir werden's sowieso beides zu hören bekommen.«

Mercy dachte nach, dann zuckte sie mit den Achseln. »Triebwerk Eins ist offiziell nur noch Dekoration. Nummer Zwei brennt noch, aber mit einer Abweichung von dreißig

Grad. Wenn ihr irgendwelche Mätzchen versucht, drehen wir uns wie eine Münze.«

Rask atmete durch die Nase aus, das Geräusch fast ein Pfeifen. »Also bleiben uns nur die Hauptschubdüsen.«

»Jep. Und die laufen auch nur auf Pump.« Mercy warf den Werkzeugkasten auf den Tisch, wo er klapperte, dann hielt sie den Anzug hoch. »Außerdem hat die Luftaufbereitung eine Macke. Wenn ihr nicht an eurem eigenen Schweiß verrecken wollt, muss jemand auf die Ventile aufpassen, bis wir einen sicheren Orbit erreichen.«

Kye, die Augen nie von Glim abwendend, sagte: »Wir haben keine richtige Navigation mehr, oder?«

Mercy grinste, die Zähne weiß gegen den Schmutz. »Was, und es ihnen leicht machen?«

Die Stille, die folgte, war schwer, aber nicht unfreundlich. Nur Glims Puls durchbrach sie: ein gleichmäßiges, sanftes Blau, das die Krankenstation mit dem Echo eines Herzschlags füllte.

Doc beendete die Naht, wischte das Skalpell an seinem Ärmel ab und sagte: »Versuch, nicht auf der Seite zu schlafen. Oder zu tief zu atmen.«

Rask spannte seine Schulter an, zuckte zusammen und sagte: »Du hättest mal den anderen sehen sollen.«

Lyra schnaubte. »Soweit ich weiß, war der andere ein Schiff.«

Rask schaffte ein Lächeln. »Sie hat angefangen.«

Mercy ließ sich neben ihn auf die Bank fallen, wodurch Rask sich mit einem Grunzen neu positionieren musste. Sie beäugte den Behälter, dann den Raum, dann sagte sie: »Wir werden hierfür nicht bezahlt, oder?«

»Nö«, sagte Rask.

Lyras Stimme war so trocken wie recycelte Luft. »Wir sind fast gestorben.«

Rask zuckte mit seiner gesunden Schulter. »Das ist der Job.«

Mercy verdrehte die Augen, als ob die Anstrengung das Universum um eine messbare Entfernung verschieben könnte. »Du bist furchtbar in Jobbeschreibungen.« Sie atmete tief ein, dann ließ sie die Luft als Schnauben entweichen. »Als Nächstes erzählst du uns noch, dass es keine Zahnzusatzversicherung gibt.«

Doc, der seit Wochen nicht mehr gelächelt hatte, schnaubte. »Willst du einen Lutscher, Mercy?«

Sie überlegte. »Nur, wenn es die Sorte mit Whiskey ist.«

Die vier saßen im gelben Licht, mit verborgenen und sichtbaren Verletzungen, die Stille legte sich wie eine Decke um den Raum. Lange Zeit sagte niemand etwas. Sie sahen Kye bei der Arbeit zu, sahen, wie Glims Puls sich von panisch zu etwas wie Frieden verlangsamte. Irgendwo im Schiff fiel ein Relais aus und setzte sich mit einem dumpfen Schlag zurück.

Lyra brach als Erste das Schweigen. »Also. Was ist der nächste Himmelfahrtsauftrag?«

Rask antwortete nicht, aber Mercy gackerte, ein scharfes, unwillkürliches Lachen, das sogar sie selbst überraschte. Lyra grinste und schüttelte den Kopf. Doc verdrehte die Augen und fischte eine ramponierte Tablettenpackung aus seiner Tasche, warf sich eine davon mit einer Grimasse in den Mund.

Das Lachen, als es kam, war rau und fast eine Erleichterung. Es hallte durch den Raum, wurde lauter, verebbte dann zu etwas Sanfterem. Mercy sackte zusammen, ihre Schultern zitterten, und Lyra ließ sich am Türrahmen hinuntergleiten, bis sie fast saß. Doc beobachtete die drei mit einem Blick, der halb Stolz, halb Erschöpfung war.

Kye lachte nicht mit, aber Kye blickte auf und lächelte, die Mundwinkel zuckten. Kye fuhr mit einer Hand über die Naht des Behälters, und der Puls im Inneren leuchtete gleichmäßig und ruhig.

Der Moment verging. Mercy wischte sich die Augen, Lyra schniefte, Doc stand auf und murmelte »Idioten, allesamt«, bevor er den Raum verließ. Rask sah ihnen nach, spannte dann erneut seine Schulter an und atmete aus.

Kye packte die Werkzeuge weg, stand auf und nickte Rask zu. »Du solltest dich ausruhen.«

Rask sagte: »Sollten wir alle.«

Sie taten es nicht, aber die Bemühung war da.

Das Schiff rüttelte erneut, aber es hielt. Die Crew zog sich in ihre Ecken zurück, jeder trug seine Wunden mit etwas weniger Gewicht.

Auf der Bank verblasste das Licht des Behälters zu einem schwachen Blau – ruhend, aber sehr lebendig.

Die Lichter auf der Brücke waren stufenweise ausgefallen: zuerst die weißen, dann die Notbeleuchtung, dann verblassten sogar die Leuchtstreifen, bevor sie erloschen. Am Ende überlebte nur der Bildschirm – ein rissiges Rechteck, das Schatten auf Rasks Gesicht warf, während er allein dasaß und in die Galaxie hinausschaute.

Kye trat lautlos ein, oder zumindest ohne jedes Geräusch, das über das Knarren und Stottern der sterbenden Lebenserhaltung hinausging. Kye verharrte einen Moment im Dunkeln, näherte sich dann dem Steuerstand, die Schritte im Schweigen verloren. Rask drehte sich nicht um.

Kye hielt den Datensplitter hin, den Arm ausgestreckt, aber mit der Vorsicht von jemandem, der eine geladene Waffe übergibt. »Habe ihn im Kommunikationsspeicher gefunden«, sagte Kye. »Er ist nicht vollständig.«

Rask nahm den Splitter, die Augen immer noch auf die Sterne draußen gerichtet. Das Display flackerte, als er ihn in seiner Handfläche drehte, das Hologramm wechselte durch Ausbrüche von Rauschen, dann eine Zahlenreihe, dann einen geschwärzten Namen: CH—ON. Der Rest war eine Leere, geschwärzt von einer Hand, die weniger sorgfältig als rachsüchtig war.

»Projekt Charon«, sagte Rask, mehr zu sich selbst als zu Kye. »Klingt freundlich.«

Kye zuckte mit den Achseln. »Wenn es freundlich wäre, hätte es einen weniger dramatischen Namen.«

Rask schob den Splitter in die Konsole. Die Navigation berechnete einen neuen Kurs, weniger eine gerade Linie als eine Reihe verzweifelter Ausweichmanöver, jeder Sprung ein Schritt weiter in die Dunkelheit. Rask ließ den Computer laufen, sah zu, wie er die Route zusammenstellte, und gab dann die endgültige Bestätigung ein.

Einer nach dem anderen versammelte sich die Crew. Lyra lag auf dem Rücken unter der Navigationskonsole, ihre Füße ragten hervor, eine Ferse gegen das Deck gestemmt und die andere zuckte im Rhythmus ihrer Reparaturen. Sie grunzte, als sie sich an die Arbeit machte, tauchte ab und zu auf, um einen dunklen Schmierfleck von ihrer Wange zu wischen, bevor sie zu den Drähten zurückkehrte.

Doc hatte den Kampf gegen die Erschöpfung verloren und war in den Sitz des zweiten Piloten gesackt. Innerhalb von Sekunden kippte sein Kopf zur Seite, und die Anspannung in seinem Kiefer deutete darauf hin, dass er selbst im Schlaf dem Mobiliar misstraute. Der Medizinkasten lag offen in seinem Schoß, eine Bandagenrolle wickelte sich zum Deck ab.

Mercy hockte auf der Geschützplattform. Sie hatte es geschafft, innerhalb einer Stunde jede funktionierende Waffe auf dem Schiff zu inventarisieren, die unbrauchbaren zu entsorgen und sich bis an die Zähne neu zu bewaffnen. Das Einzige, was ihr fehlte, war ein Ziel.

Am anderen Ende der Brücke saß der Behälter in seiner Halterung, Glims Puls nun ein ruhiges, gleichmäßiges Blau. Das Licht strömte in einem regelmäßigen Takt aus, jeder Blitz malte die Wände in arktische Schatten.

Kye lehnte sich gegen die Reling, die Hände unter die

Arme geklemmt. »Glaubst du, Charon ist eine weitere Schwarze Zone?«

Rask nickte einmal, langsam. »Entweder das, oder die Leute, die es gebaut haben, wollten nicht, dass wir es finden.«

Kyes Mund wurde zu einem schmalen Strich. »Was, wenn wir einfach ... nicht hinfliegen?«

Rasks Schultern spannten sich an, entspannten sich dann wieder. »Würde nichts ändern. Wenn wir das nächste Mal einen Auftrag annehmen, schicken sie einen anderen Jäger. Vielleicht etwas Schlimmeres.«

Kye machte eine kleine, hilflose Geste. »Du musst kein Märtyrer sein.«

Rask lächelte fast. »Bin ich nicht. Ich hasse es nur, eine Geschichte unvollendet zu lassen.«

Lyra tauchte unter der Konsole auf und hielt ein Bündel Kabel wie eine besiegte Schlange in der Hand. »Wenn du nach Mitleid suchst«, sagte sie, »kann ich dir welches in der Messe ausdrucken.«

Mercy, ohne aufzusehen, warf ein: »Druck mir eine neue Kommunikationsanlage, wenn du schon dabei bist. Die alte ist komplett verschmolzen.«

Lyra grinste, warf die Kabel über ihre Schulter und kroch wieder darunter.

Doc schnaubte im Schlaf, bewegte sich und murmelte etwas von »unzureichender Dosierung«, bevor er sich wieder beruhigte.

Kye beobachtete Rasks Hände an den Kontrollen. Sie waren ruhig, präzise, aber die Finger trommelten nur einen Hauch zu schnell, ein Verrat für jeden, der darauf achtete.

»Wir könnten aufhören«, sagte Kye mit leiser Stimme. »Einen Felsen finden, die Welt uns vergessen lassen.«

Rask sah Kye zum ersten Mal an. »Würdest du das wirklich wollen?«

Kye dachte darüber nach. »Vielleicht.«

»Nicht dein Stil«, antwortete Rask.

Kye lächelte fast. »Nein. Aber es wäre schön, es zu versuchen.«

Die Navigation berechnete den letzten Vektor. Rask legte seine Hand auf den Schubregler und zählte herunter, seine Augen flackerten im Halblicht. »Wir müssen nicht mit lautem Getöse rein«, sagte er. »Wenn wir vorsichtig sind—«

Mercy bellte ein Lachen. »Das ist nicht unsere Marke, Captain.«

Rasks Lippen zuckten. »Wir könnten uns eine neue Marke zulegen.«

Mercy schnaubte. »Dafür bräuchten wir neue Uniformen. Vielleicht ein neues Schiff.«

Lyras gedämpfte Stimme unter der Konsole: »Niemand kriegt ein neues Schiff, bis ich dieses hier fertig repariert habe.«

Kye fuhr mit dem Daumen über die Reling, die Augen auf den blauen Puls gerichtet. »Was, wenn sie nicht gehen will? Was, wenn Glim—« Kye ließ den Satz in der Luft hängen.

Rask warf einen Blick auf den Behälter. Das Licht im Inneren pochte, heiter, unbesorgt. »Sie wird es uns sagen.«

Kye nickte, nicht ganz überzeugt, aber auch nicht streitlustig.

Der Countdown erreichte null. Rask legte den letzten Schalter um. Die Brücke füllte sich mit dem Geräusch sich dehnender Sterne, die Meridian schoss wie ein Faustschlag nach vorn.

Für einen Moment waren alle still. Dann erwachte die Kommunikation zum Leben – ungefiltert, roh. Eine weibliche Stimme, eindringlich, zitternd vor Angst und etwas anderem:

»Sie haben den Prototypen. Protokoll V aktivieren. Wiederhole: Protokoll V—«

Die Übertragung brach ab, die Leitung kollabierte zu weißem Rauschen.

Mercys Finger erstarrten. Lyras Fuß hielt inne. Doc schreckte auf, der Medizinkasten fiel ihm aus dem Schoß.

Kye starrte auf das Display, las die Worte immer und immer wieder.

Rask griff nach dem Kommunikator, hielt dann inne.

Das blaue Licht aus dem Behälter pulsierte, einmal, zweimal, und warf Schatten, die über sie alle hinwegwellten.

Rask löste die Hand vom Schubregler, legte sie offen auf seine Knie. Die Brücke war dunkel, bis auf das Blau.

»Protokoll V«, flüsterte Kye.

Rask nickte.

Niemand fragte, was das war. Sie alle verstanden in der kalten, blauen Stille, dass es auf der anderen Seite auf sie wartete.

NEWSLETTER

Möchtest du frühzeitig über zukünftige Veröffentlichungen informiert werden?

Hast du Lust auf exklusiven Zugang zu Gratis-Extras, Sonderaktionen und Bonusmaterial?

Oder hast du das Gefühl, dein Leben wäre ohne Marks monatliche Gedanken über das Schreiben, Lesen und Veröffentlichen einfach unvollständig?

Dann gibt es eine Lösung!

Melde dich noch heute für Marks Newsletter an:

https://vossiverse.com/mailing-list

 instagram.com/vossiverse

ÜBER DEN AUTOR

Mark Voss ist das Sci-Fi-Alter Ego von Jon Smith – einem mehrfach preisgekrönten Autor, Drehbuchautor und Musical-Librettisten.

Jon/Mark hatte eine verdächtig angenehme Kindheit mit Tabletop-Rollenspielen, sonnigen Ferien und einer obsessiven Liebe zu allem, was mit Fantasy und Science-Fiction zu tun hat. Ein gebrochener Knochen, keine Zahnspange und ein Liebeskummer, den er nicht einmal selbst verursacht hat.

Seitdem hat er über fünfzig Bücher für Kinder, Jugendliche und Erwachsene als Jon Smith geschrieben – und um Buchhändler auf Trab zu halten, schreibt er außerdem Krimis unter dem Namen Adi Flynn.

Er lebt in der Nähe von Liverpool mit seiner Frau und zwei schulpflichtigen Kindern. Wenn er einmal groß ist, möchte er Bibliothekar werden. Oder Weltraumpirat. Vielleicht auch beides.

BINGE THE SERIES